KB000541

호랑이님은 고백 받고 싶어!

제3부 나와 호랑이님 결(結) 외전

카넬 지음
영인 일러스트

목차

다섯 명의 신부

"소개하겠습니다."

나는 눈앞에 있는 랑이를 보았다.

아니.

정확하게 말할 필요가 있구나.

나는 세희의 이야기를 한 귀로 듣고 한 귀로 흘리면서, 내 앞에 일렬로 쭉 서 있는 랑이'들'을 바라보았다.

단수가 아니다.

복수다.

"먼저, 레드 안주인님이십니다."

세희가 말하자, 랑이들 중에서 가장 왼쪽에 서 있던 붉은 머리카락 사이사이에 검정 브릿지가 들어간 랑이가 한 걸음 앞으로 나서선 기세등등한 자세로 자신의 가슴팍을 주먹으로 툭툭 두드리며 외쳤다.

"나는 빨강이이니라!"

잠까아아아안!!

안 된다, 빨간 랑이야!

그 이름은 우리나라에서 안 돼!

위험한 이름이라고!

이름을 듣자마자 다른 모든 것을 제쳐 두고 가장 먼저 튀어나온 내 생각을 읽었는지, 아니면 나와 같은 생각을 했는지 세희가 다급한 목소리로 빨간 랑이에게 말했다.

"레드 안주인님. 그 이름이 마음에 드신 것은 알겠습니다만, 보시다시피 주인님께서도 상당히 곤란해하시는 눈치시니 조금 전에 권유해 드린 이름으로 자신을 칭해 주셨으면 합니다."

빨간 랑이가 호쾌하게 말했다.

"너희들은 별 이상한 걸 신경 쓰는구나! 빨강이가 뭐 어때서 그러느냐?!"

살면서 이런 날이 올 거라고는 생각 못했지만, 나와 세희는 한마음 한뜻이 되어서 빨간 랑이에게 두 손 모아 간절히 부탁했다.

거기에는 빨간 랑이도 어쩔 수 없었는지 어깨를 으쓱하며 말했다.

"알겠느니라. 그러면 난 홍랑이로 되느니라!"

둘 중에서 안도의 한숨을 먼저 내쉰 건 과연 누구였을까?

어쨌든.

홍랑이의 특징은 이름 그대로 머리카락과 눈썹, 그리고 눈동자까지 빨갛다는 점이었다. 그야말로 타오르는 화염 같다고 할까, 보고 있자면 술에 취하지 않은 염라대왕이 생각난다.

염라대왕과 다른 게 있다면, 몸에서 뿜어내는 기세가 뜨겁긴 하지만 주위를 압도하지 않는다는 걸까?

"무얼 하느냐, 성훈아! 어서 내 이름을 불러 보지 않고!"

뭔가 성격도 급한 것 같고.

"그, 그래, 홍랑아."

하지만 홍랑이도 랑이이기 때문일까.

"으히히힛, 네가 이름을 불러 주니 정말 기분이 좋구나!"

내가 이름을 불러 주자 기쁜 표정을 짓고서는 허리에 두 손을 올린 채 가슴을 피며 호탕하게 웃었다.

왠지 모르게 청룡언월도나 장팔사모 같은 게 잘 어울릴 것 같단 말이지.

"레드 안주인님께서 괜찮으시다면 다음 분을 소개해 드리도록 하겠습니다."

세희가 슬쩍 자기 자리로 돌아가 달라고 요청하자 …….

"무얼 그리 돌려 말하느냐? 내 자리로 돌아가라고 하면 될 것을! 이 몸은 그리 속이 좁지 않으니라!"

그렇게 직설적으로 말하며, 앞으로 나왔던 때처럼 호쾌하게 뒤로 물러났다.

그 모습에 살짝 당황한 나와 달리, 세희는 평소와 같은 무표정으로 홍랑이 옆에 있는 또 다른 랑이를 공손하게 손바닥으로 지칭하며 말했다.

"다음으로, 블랙 안주인님입니다."

"……."

홍랑이 옆에 있는 검은 랑이가 아무 말 없이 한 걸음 앞으로 나왔다.

머리부터 발끝까지 검은색으로 물든 랑이가 말이죠.

음.

확실하게 짚고 넘어가야 한 것 같은데.

우리 집에는 검은색 호랑이가 한 마리 살고 있다.

냥이라고 있죠.

하지만 지금 앞으로 나온 검은 랑이는 냥이와는 완전히 다른 인물……

요물이라고 하긴 좀 그러니까 인물이라고 하자.

인물처럼 보였다.

그건 단순히 냥이처럼 검은색 머리카락 사이사이에 흰색이 보이지 않기 때문은 아니었다.

"……내 이름은 흑랑이이니라."

온몸에서 풍기고 있는 알 수 없는 분위기 때문이지.

뭐랄까, 창밖에 내리는 차가운 겨울비를 바라보면서 아메리카노를 마시며 우수에 잠기는 게 어울릴 것 같은 느낌이라고 할까?

"후우……."

저 봐!

한숨을 한 번 내쉬는 거로 우리 집 안방이 세상의 온갖 풍파를 다 겪고 이겨 낸 남성이 멋들어진 양복을 입고 위스키 한

잔을 홀짝이며 여유 있는 미소를 짓고는 저쪽 숙녀분에게 한 잔, 같은 소리를 해도 이상하지 않을 것 같은 공간이 됐다고!

손에 들고 있는, 실제로는 아무것도 없지만 왠지 모르게 손에 들고 있는 것처럼 보이는 빈 잔을 내려놓고서 흑랑이가 말했다.

"미안하게 되었느니라."

그렇게 말한 흑랑이가 뒤로 물러서자, 순식간에 사라졌지만.

뭐지, 이건.

요술인가.

"이럴 상황에서 쓰기에 아주 좋은 고유결계란 대명사가 있습니다. 혹은, 안주인님의 심상세계가 현실을 침식했다는 설명으로 대신할 수도 있겠군요."

몰라.

전에도 들은 것 같지만, 모르는 거로 하자.

"그러면 블랙 안주인님에 이어, 옐로우 안주인님을 소개해 드리겠습니다."

그러는 사이 금발 랑이가 앞으로 나오며 말했다.

"나는 금랑이이니라!"

……지금 눈 근처에 손가락으로 브이를 만들며 포즈를 취할 만한 이유라도 있었던가?

누가 사진이라도 찍고 있어?

하지만 그렇다고 그게 이상하다는 건 아니다.

랑이야 워낙 평소에도 활발한 성격의 녀석이었으니까.

다만 랑이와 금랑이가 다른 게 있다면, 머리스타일과 옷차림. 그리고 나를 대하는 태도를 꼽을 수 있을 거다.

가장 눈에 띄는 건 금랑이의 머리스타일이었는데, 이 녀석. 머리카락을 양쪽으로 묶었거든.

흔히 말하는 트윈 테일이라는 겁니다.

입고 있는 옷에도 이런저런 장신구도 붙어 있고 귀에는 구멍을 뚫지 않아도 달 수 있는 귀걸이를, 꼬리에는 리본에, 왼쪽 다리에는 망사 스타킹까지 신고 있어서 내 눈을 확 끄는 맛이 있다.

뭐랄까, 화려하네요!

유행에 민감한 여자애 같다고 할까, 아니, 지금 잘 보니까 살짝 화장도 했잖아!

"오늘 하루 잘 부탁하느니라~♡"

거기다 묘하게 요염하다고 할까, 애교가 남달라!

평소의 랑이가 어린아이 그 자체였던 것과 너무 대조되어서 묘하게 의식될 정도다.

"헤헷, 마음에 드느냐? 너에게 잘 보이고 싶어 조금 신경 썼느니라."

그걸 또 어떻게 눈치챘는지, 아니, 금랑이도 랑이라면 눈치챌 만하지.

금랑이는 살짝 눈웃음을 지으며 내게 한 걸음 다가오려고 했지만, 그 앞을 세희가 막아섰다.

"개인적인 어필은 소개 시간이 지난 뒤에 해 주시기 바랍니다, 옐로우 안주인님."

"에이~ 조금 정도는 괜찮지 않느냐."

"그리 약속해 주셨을 겁니다, 옐로우 안주인님."

"우~ 알겠느니라~."

금랑이가 살짝 볼을 부풀린 것도 잠시.

이내 내게 손을 흔들고서는 자기 자리로 돌아가자, 세희가 금랑이 옆에 서 있는 랑이를 앞으로 모시며 말했다.

"그럼 옐로우 안주인님에 이어서……."

"나는 파랑이."

신비한 파랑색 머리카락과 눈동자를 가진 랑이가 제자리에 선 채로 말했다.

그것도 세희의 말을 자르며.

"그것으로 충분하느니라."

그렇게 차갑게 말한 파랑이는 앞으로 나서지도, 더 이상 아무 말도 하지 않고 입을 닫았다.

나는 평소의 랑이에게서는 볼 수 없었던 그 모습에 살짝 당황했지만, 세희는 달랐다.

"그럼 다음 안주인님을 소개해 드리겠습니다."

바로 경직된 분위기를 수습했으니까.

"핑크 안주인님이십니다."

세희의 말에 양 뺨을 봉숭아빛으로 물들인 랑이가 앞으로 나서며 말했다.

"나는 도랑이라고 하느니라."

……도랑이?

분랑이나 분홍랑이가 아니라 도랑이?

아니, 왜 여기서 도랑이 나와?

이해를 못해서 아무 말도 못하고 도랑이를 보고 있자니, 이 녀석이 몸을 배배 꼬며 입을 열었다.

"뭐, 뭐라 아무 말이라도 해 보거라."

랑이가, 아니, 도랑이가 그저 바라보고 있는 것만으로 수줍어하는 모습을 보니까 많이 신기하다.

랑이라면 이럴 때, '응? 성훈아, 왜 그러느냐? 내 얼굴에 뭐라도 묻었느냐?' 같은 말을 하면서 얼굴을 바짝 들이밀었을 테니까.

"으, 으냐아……."

아, 지금 이런 생각이나 할 때가 아니구나.

도랑이가 어느새 잘 익은 복숭아처럼 되어 버렸으니까.

나는 도랑이를 안심시키기 위해 머리를 쓰다듬어 주면서 말했다.

"왜 이름이 도랑이인지 궁금해서."

"핑크 안주인님의 성함에 쓰인 도는, 복숭아를 이야기할 때의 도(桃)입니다."

도랑이에게 물어봤지만 세희가 대답했다.

당사자는 고개를 숙이고 얼굴을 붉힌 채 아무 말도 못했거든.

이 녀석, 수줍음이 많은 성격인 것 같네.

조금은 주의해야겠다고 생각하며 도랑이의 머리에서 손을

거두자 세희가 허리를 숙여 인사하며 말했다.

"그럼, 이것으로 안주인님에 대한 소개를 마치겠습니다."

뭔가 박수라도 쳐야 할 것 같은 기분이군.

"수고하였느니라, 세희야! 역시 내 창귀로구나!"

홍랑이는 실제로 쳤고.

"……후."

그 소리에 옆에 있던 흑랑이가 살짝 눈살을 찌푸리며 한숨을 쉬자.

"응?"

홍랑이가 휙, 고개를 돌리고서 흑랑이를 뜨거운 시선으로 바라보며 말했다.

"지금 왜 한숨을 쉰 것이느냐?"

흑랑이는 그 시선을 가볍게 받아넘기며 말했다.

"기분이 나빴다면 사과하겠느니라."

"아니, 아니. 지금 네가 사과할 게 무엇이 있겠느냐? 나는 단지 그 이유를 알고 싶을 뿐이니라!"

슬쩍 꼬리털이 곤두서려고 하는 홍랑이와 달리 이제는 고개까지 돌려 다시금 창밖을 바라보기 시작한 흑랑이가 말했다.

"분명 필요한 일이라 할지라도, 내 낭군님께 스스로를 다시 한번 소개하는 것은 지금까지의 인연을 부정하는 것 같아 문 뜩 서글퍼졌기 때문이니라."

……생각보다 정신 연령이 높아 보이는 말을 하는 구나.

"응? 그게 무슨 말이느냐?"

덕분에 홍랑이는 이해를 못한채 눈만 깜빡 깜빡였고, 흑랑이는 깊은 수심이 가득한 한숨을 내쉬었다. 그에 자극당한 홍랑이가 눈을 번쩍 빛내고선 흑랑이에게 외치듯 말했고.

"왜 한숨을 쉬는 것이느냐?! 알기 쉽게 말해 보거라!"

"이미 충분히 쉽게 말했느니라."

"으냐아앗! 답답해서 속이 터질 것 같구나!"

거짓말이 아닌지 털을 곤두세운 홍랑이가 움켜쥔 주먹으로 가슴팍을 툭툭 두드렸다.

흑랑이는 그 모습을 보고서는 다시 한번 한숨을 쉬었고.

기분 탓일까.

홍랑이에게서 뿜어져 나오는 붉은 기운과 흑랑이에게서 스물스물 기어 나오는 검은 기운이 맞붙어 힘을 겨루는 것 같은 환각이 보이는 건.

"……너희 둘 다 시끄러운 것이니라."

그리고 파랑이가 날카로운 얼음 같은 말 한마디로 두 기운의 사이를 찔렀다!

"으냐앗? 지금 내게 시끄럽다고 하였느냐!"

"자각도 없던 것이느냐."

시니컬한 파랑이의 말에 흑랑이가 이 소동에 더 이상 신경 쓰기 싫다는 듯이 한 발자국 물러서는 것과 달리, 홍랑이는 붉은 털을 곤두세우며 주먹을 불끈 쥐었다.

"너희 둘 다 뭘 그런 걸 가지고 그러느냐? 이런 사소한 일에 신경 쓰면 인생이 손해이니라!"

"싸, 싸움은 안 되느니라. 성훈이의 앞이지 않느냐?"

그 사이를 미소를 잃지 않은 금랑이와 안절부절 못하는 도랑이가 막지 않았다면 사소한 다툼 정도는 일어났을지도 모르겠군.

그래도 혹시 모르니 화제 정도는 돌려놓자.

"그런데 말이다."

궁금한 것도 있으니까 말이지.

"약속한 대로 너희들의 자기소개는 다 들었으니까 나도 이제 할 말 좀 하자."

나는 일을 마치고 안방에 들어오자마자 하고 싶었던, 하지만 일단 자기소개를 할 때까지는 기다려 달라고 부탁······ 이라는 이름의 강요로 지금까지 참아야 했던 말을 이제야 입에 담을 수 있었다.

"왜 이렇게 된 거야?"

나는 알 수 있다.

랑이와의 깊은 인연을 쌓아 온 나는 한눈에 알 수 있었다.

지금 내 눈앞에 있는 다섯 명의 색깔과 성격이 다른 랑이들이, 모두 내가 사랑하는 랑이라는 것을.

나 역시 세희의 장난 아닌 장난에 여러 명으로 분할되었던 적도 있고 말이야.

하지만 나는 알고 싶었다.

나 때와는 달리 외모와 성격이 다른 랑이로 나눠진 이유를!

"이유는 간단합니다."

전혀 간단하지 않을 거라는 각오를 한 나를 보며 세희가 손을 한 번 흔들자.

······묘하게 눈에 익은 인형극 무대가 튀어나왔다.

단순히 우리 집 안방을 배경으로 하고 있기 때문이 아니라, 커튼이나 조명 같은 게 눈에 익는단 말이야.

내가 저걸 언제 봤나 기억을 되살려 보고 있는 사이, 무대 안에 랑이와 세희를 쏙 빼닮은 인형이 툭 튀어나왔다.

아, 저 인형.

너무나 잘 만든 인형을 보고서 기억이 되살아난 내가 '역시 네놈이었냐아아아아!!'라고 외치려는 순간.

랑이 인형이 과장되게 두 팔을 흔들며 말했다.

"세희야, 세희야!"

랑이와 쏙 닮은 목소리로 말이지!

"왜 그러십니까, 안주인님."

당연하겠지만, 공손하게 몸을 숙이며 대답하는 세희 인형도 본인의 목소리와 똑같았다.

"궁금한 게 있느니라."

"말씀해 보시지요."

랑이 인형이 짧은 팔로 턱을 괴는 듯한 자세를 취하며 말했다.

"동화책에서 읽었는데 말이니라. 사람은 모두 여러 가지 페르····· 페르시아?"

"페르소나입니다."

"아! 그렇구나! 페르소나! 그 페르소나라는 게 있다고 보았느니라!"

"잠깐. 야, 잠깐. 일단 멈춰 봐."

나는 어느새, 창가에 앉아 밖을 바라보며 깊은 한숨을 내쉬고 있는 흑랑이를 제외하고서는 내 앞에 옹기종기 모여 앉아 세희의 인형극에 빠져있던 랑이들의 의문 섞인 시선을 받으면서도 당당히 내 할 말을 했다.

"동화책에 페르소나 같은 어려운 말이 나올 리가 없잖아!"

페르소나.

나도 그게 무슨 뜻인지 정확히는 알지 못한다. 대충, 사람들이 살아가면서 쓰는 가면 같은 거? 그 정도로만 알고 있지.

그런데 랑이가 읽는 동화책에 그런 어려운 단어가 나올 리가 없잖아!

내 타당한 반론에 대답한 건 고개를 돌려 나를 올려다보고 있는 파랑이였다.

"나오느니라."

"어, 어? 그, 그래?"

그 목소리가 얼마나 쌀쌀맞은지 순간 이 녀석이 랑이라는 걸 알고 있으면서도 살짝 목소리가 떨리고 말았다.

"……"

그 모습을 본 파랑이는 내 태도에 상처받았다는 듯이 살짝 표정을 굳히고서 다시 고개를 돌렸고.

아니, 저기, 파랑아?

내가 너를 겁내는 건 아니고, 그냥 조금 당황했을 뿐이야. 랑이가 그런 식으로 나한테 말한 적은 없었으니까. 그러니 괜히 마음에 두지 말아 줬으면 하는데.

"그렇느니라! 하지만 나는 그게 뭔지 모르겠느니라! 사실 별로 신경 쓸 것 없는 것 아니겠느냐? 그런 사소한 것은 말이니라!"

홍랑아, 너는 파랑이의 반응 같은 걸 조금은 마음에 둬 줬으면 좋겠고.

같은 랑이잖니.

"……흐냐아."

그리고 도랑아.

하고 싶은 말이 있으면 그냥 해도 돼.

왜 그렇게 내 눈치를 살피다가 두 손을 꼬옥 쥐고서 고개만 푸욱 숙이니.

내가 살짝 몸을 숙여 하고 싶은 말이 있으면 하라는 뜻으로 도랑이의 머리를 툭툭 두드렸을 때.

"신경 쓸 것 없느니라, 파랑아. 너도 우리 성훈이가 어떤 성격인지 알지 않느냐?"

금랑이가 파랑이의 머리를 쓰다듬으면서 그렇게 위로해 주었다.

그러면서 살짝 나를 보며 윙크를 하는 것도 잊지 않았고.

"……네가 신경 쓸 일이 아니니라."

파랑이는 귀찮다는 듯 금랑이의 손을 쳐 내고서는 고개를 들어 인형극 무대를 바라보았다.

"계속해도 되겠습니까?"

정확히 말하면, 무대 위에 빼꼼 솟아 나온 세희의 얼굴을 말이지.

"어, 그래."

내가 다시 소파에 몸을 묻고 세희가 다시 무대 뒤로 몸을 숨기자, 인형이 움직이기 시작했다.

"아! 그렇구나! 페르소나! 그 페르소나라는 게 있다고 보았느니라!"

거기서부터 시작하는 겁니까.

"인터넷 사전에 개인이 사회생활 속에서 사람들로부터 비난받지 않기 위해 겉으로 드러내게 되는, 자신의 본성과는 다른 태도나 성격. 혹은 사회의 규범과 관습을 내면화한 것 말씀이시군요."

"으, 으냐아?"

세희 인형의 친절한 설명에 인형 랑이 인형의 머리에 물음표가 떠오른 것도 잠시.

"그, 그렇느니라! 아무튼 그런 것 같았느니라!"

이해 못했군.

"으히히힛, 완전 이해를 못한 모습이 웃기지 않느냐!"

홍랑아, 저거 너다.

네가 이해 못한 거야. 배꼽 잡고 웃지 마. 지금 파랑이가 널 한심하다는 듯이 바라보는 시선이 느껴지지 않니?

그건 그렇고.

시간이 나면 랑이가 읽은 동화책, 나도 한번 봐야겠다.

랑이의 교육을 맡고 있는 나래와 세희, 그리고 냥이를 믿지 못하는 건 아니지만…….

살짝 궁금해졌거든.

도대체 무슨 동화책이어서 페르소나 같은 전문 용어가 나오는 거야?

"그래서 말이니라."

하지만 지금은 눈앞의 인형극에 집중하자.

"성훈이가 내 어떤 페르시…… 소나! 페르소나를 가장 사랑하는지 궁금해졌느니라."

"……잠깐만."

다시 한번 인형극을 중단시킨 대가로 랑이들의 의문 섞인 시선을 다시 한번 독차지하게 되었지만, 할 말은 해야겠다.

"그, 뭐냐……."

이 말을 랑이들 앞에서 해도 되나 싶지만, 그래도 해야겠다!

"랑이한테는 페르소나 같은 게 없잖아?"

가정도 사회 집단이라는 측면에서 생각해 본다면, 랑이도 일종의 사회생활을 하고 있다 생각할 수 있다.

엄밀하게 따지면 말이지.

하지만, 내가 딴죽 걸고 싶은 건 그런 게 아니다.

1. 사람들로부터 비난받지 않기 위해.

2. 자신의 본성과는 다른 태도나 성격.

이 부분이 말이 안 되니까 그러는 거지!

만약, 저게 사실이라면 지금껏 랑이는 잘 만든 가면을 쓰고서 나를 속여 왔다는 말이나 다름없잖아?

그게 사실이라면, 운다?

진심으로 울 거라고?

그렇게 내 생각을 말하자.

"……."

"……."

"……."

파랑이와 금랑이와 도랑이가 내 시선을 피해 고개를 돌렸고.

"바람이…… 부는 것이로구나."

창밖을 바라보고 있던 흑랑이는 때와 장소에 맞지 않는 알 수 없는 소리를 냈다.

그리고 랑이들이 그런 반응을 보인 이유는.

"그래서 말하지 않았느냐! 전혀 이해를 못 하고 있었다고 말이니라!"

홍랑이의 호쾌한 폭로를 듣고 나서였다.

"랑이는 폐 뭐시기가 성격이라고 이해한 것이니라! 나처럼 모르면 모른다고 말하면 될 것을!"

그렇구나.

"후, 그때의 나는 정말 바보였구나."

파랑이가 냉소적으로 말하고 있지만, 너도 랑이라는 사실을 잊지 말았으면 한다.

"주인님."

그리고 우리 집에서는 그 누구보다 차가운 목소리로 말할 수 있는 녀석이 있지.

"참을성 없는 어린아이처럼 사사건건 끼어들어, 채 5분도 안 되는 단막극의 진행을 한 번만 더 멈추실 경우. 제가 살아 있는 가축을 잘 손질된 고깃덩어리로 만드는 데에 뛰어난 재주가 있다는 사실을 직접 체험, 실례, 보실 수 있는 기회를 드리겠습니다."

아무리 그래도 말이 심한 것 아니냐는 생각이 들었지만, 저는 앞으로도 고기를 아무 생각 없이 맛있게 먹고 싶으니 그냥 입을 다물기로 했습니다.

내가 고개를 끄덕이자 만족한 듯한 미소를 지은 세희가 다시 무대 뒤로 몸을 숨겼고.

"성훈이가 내 어떤 페르…… 소나! 페르소나를 가장 사랑하는지 궁금해졌느니라."

인형극이 다시 시작되었다.

"그럴 때는 성격이라고 말씀하시는 것이 맞습니다, 안주인님."

……세희가 화낼 만한 이유가 있었구나.

미안~ 내가 잘못했다~

"아, 그러하느냐?"

"그렇습니다."

"헤헤헷."

쑥스럽다는 듯 머리를 긁적이며 웃은 랑이 인형은 이내 고개를 휘휘 젓고는…….

아무래도 상관없는 이야기지만 인형으로 저런 걸 알아볼 수 있게 연기하는 세희의 솜씨가 훌륭하군.

어쨌든.

세희의 솜씨로 살아 있는 것처럼 움직인 랑이 인형이 말했다.

"그래서 말이니라. 성훈이가 내 성격 중에서 어떤 점을 가장 좋아하는지 알고 싶어졌느니라."

"그럴 필요가 있으실지 모르겠습니다."

"응?"

고개를 갸웃거린 랑이 인형에게 세희 인형이 말했다.

"안주인님께서도 아시다시피 주인님은 안주인님의 모든 것을 사랑하고 계시니까 말이죠."

사실이긴 하지만, 다른 사람의 입에서 저런 소리를 듣자니 얼굴이 뜨거워지는군.

"당연한 것을 이야기하고 있구나!"

"……흥."

"아~ 성훈이가 부끄러워하느니라~♡"

"화, 확실히 맞는 말이지만 보는 내가 다 부끄러워지느니라."

"이 삭막한 세상도…… 네가 있기에 살아갈 수 있는 것이겠지……."

하지 마!

그만해!

한 명으로 충분하다고!

색색별로 다른 다섯 명의 랑이의 반응 덕분에, 요괴의 왕이 되었을 때의 영상을 TV에서 처음 봤을 때 정도로 부끄러워졌다고!

"그래도 말이니라."

그나마 다행인 건, 세희의 인형극이 계속되었다는 거지.

"고기라면 가리지 않고 좋아하는 나도, 가장 좋아하는 건 소고기이지 않느냐?"

그랬니?

랑이는 고기라면 가리지 않고 잘 먹어서 뭘 가장 좋아하는지 지금까지 몰랐는데 말이야.

절대로 관심이 없어서 그런 게 아니다!

밥상에 올라간 고기반찬은 언제나 순식간에 깨끗이 비워서 그런 거지!

스스로에게 변명 아닌 변명을 하고 있을 때, 랑이 인형이 가슴에 손을 얹고서 말했다.

"낭군님께서 내게 주시는 과분한 사랑을 의심하는 것이 아니니라. 나는 그저 성훈이가 내 어떤 면을 가장 사랑하시는지, 그 점이 궁금한 것뿐이니라."

"그렇습니까."

세희 인형이 고개를 끄덕인 뒤, 소매에서 작은 종이를 꺼내 손에 쥐었다.

"그렇다면 안주인님."

인형극에 쓰이는 소품이니만큼 종이는 손톱만 한 크기였지만, 매사에 치밀하고 꼼꼼한 세희가 만든 것이니만큼 나는 그게 부적이라는 것을 한눈에 알아볼 수 있었다.

"안주인님의 가장 대표적인 성격대로 육체와 영을 나눠 드리겠습니다."

그렇게 말한 세희 인형은 랑이 인형이 말을 할 시간도 주지 않고 다가가, 이마에 부적을 붙였다.

그러자.

번쩍!

조명이 형형색색으로 밝게 빛나더니 곧 빨강, 노랑, 파랑, 검정, 분홍색의 랑이 인형이 하얀 랑이 인형을 대신해서 무대 위에 서 있었다.

눈에 띄게 당황하고 있는 랑이 인형들을 대신해, 세희 인형이 한 발자국 앞으로 나오며 무대의 밖.

정확하게는 나를 보며 말했다.

"이 요술은 오늘 저녁까지 계속될 것입니다. 짧은 시간이긴 합니다만, 안주인님께서 원하시는 바를 이루시기에는 충분할 것입니다."

세희 인형이 살짝 헛기침을 한 뒤 허리를 숙이며 말했다.

"그럼 주인님, 앞으로의 일을 잘 부탁드립니다."

그리고 커튼이 무대를 가리며 인형극은 끝을 맞이했다.

짝짝짝짝짝짝짝짝!

물개 박수를 치는 홍랑이와 손목을 이용해서 박수를 치는 금랑이. 그리고 딱 두 번 박수를 치고 손을 내린 파랑이와 그리 큰 소리를 내지 않으며 손뼉을 치는 도랑이. 손에 든 잔을 한 번 들어 올렸다가 다시 창밖으로 시선을 돌린 흑랑이.

"제 미천한 재주를 좋게 봐 주셔서 감사합니다, 안주인님들."

그리고 인형극 무대 앞에 서서 연극을 마친 배우처럼 허리 숙여 인사하는 세희까지.

나는 그 모든 것을 잠시 지켜본 뒤.

세희가 인형극 무대를 소매 속에 다시 집어넣은 뒤에서야 입을 열었다.

"그러니까 간단하게 말하면 이 모든 게 네놈의 소행이라, 이 말이지?"

세희가 살짝 인상을 찡그리며 말했다.

"셰익스피어의 명작, 로미오의 줄리엣을 머리에 피도 마르지 않은 미성년자들이 한낱 감정에 이성적인 판단을 하지 못하고 동반 자살하는 이야기라고 요약하시는 것만큼 어리석은 말씀, 잘 들었습니다."

······아니, 도대체 날 뭐로 보는 거야?

나는 그렇게 길게 말 안 해.

그냥 '연인이 동반 자살하는 이야기'라고 말하지.

하지만 그렇게 말했다가는 내 문학적 소양이 의심받을 게 틀림없기에, 있지도 않지만, 나는 세희와 눈을 맞춘 채 아무 말도 하지 않았다.

"······칫."

그런데 왠지 파랑이의 기분이 나빠진 것 같은 기분이 듭니다.

왜죠.

누가 좀 알려 주세요.

"뭘 그리 뜨거운 눈으로 세희를 보고 있는 것이느냐?! 그럴 시간이 있다면 나를 봐 주어라!"

그리고 홍랑이는 자리에서 일어나 내 두 볼을 잡고서 휙! 고개를 돌려 자신을 바라보게 만드는 것으로 파랑이의 기분이 상한 이유를 알려 주었다.

아, 그건 그렇고 홍랑이의 두 눈동자는 그 정말 활활 불타오르는 것 같군.

……왠지 모르게 그 안에 하트가 보이는 것 같기도 한데, 내 착각이겠지.

그런 생각을 하는 것도 잠시.

"웅?"

무언가 당겨지는 느낌이 들어서 아래를 보니, 얼굴을 붉힌 도랑이가 내 옷깃 끝을 잡고서 살짝 고개를 돌려 내 시선을 피한 채 수줍어하는 목소리로 말했다.

"나, 나도 같은 마음이니라."

아, 이건 좀 타격이 큰데요.

순간 가슴이 두근, 하고 뛰어 버릴 정도로.

하지만 그것도 잠시.

"으냐아~?"

금랑이가 살짝 심통이 난 목소리로 말하고서는 등 뒤에서

덥썩! 나를 껴안았다!

"도랑이 혼자 치사하게 점수를 따는 것이느냐? 그러면 나도 질 수 없느니라."

밀지 마라!

없는 가슴 꾹꾹 밀지 마!

"······천박해."

야!

다시 말하지만, 너도 랑이라고!

"후······."

거기다 이쪽을 살짝 보았다 다시 고개를 돌린 흑랑이의 주변에 어두운 기운이 넘실넘실 풍겨 나오기 시작했다.

음.

뭐라고 할까.

평소보다 더 정신없어!

"일단 안주인님들의 육탄 공격에 헤롱거리느라 정신이 없으신 주인님께 답변을 드리자면."

그러는 가운데 세희의 목소리가 귓가에 내리꽂히듯 들렸다.

"저 혼자서 벌인 일이라고는 할 수 없습니다. 냥이 님께서도 한 발 들어 주셨으니까 말이죠."

생각지도 못한 의외의 이야기에 나는 깜짝 놀랐다.

얼마나 놀랐냐면, 나와 계속해서 눈을 맞추려고 필사적인 홍랑이의 머리를 쓰다듬어 달래고서 다시 자리에 앉히고.

눈도 마주치지 못하는 도랑이의 볼을 손가락으로 꾸욱 눌러서 긴장을 풀어 준 뒤.

나를 끌어안고 있는 금랑이를 어떻게든 떼어 놓고서.

살짝 삐친 파랑이의 허리를 두 손으로 끌어안아 번쩍 들어 내 다리 위에 앉히며.

여전히 창밖을 바라보고 있지만, 우연찮게 나와 눈이 마주친 흑랑이에게 미소를 지어 주면서.

세희에게 말할 정도였으니까.

"냥이가?"

그러고 보니, 그 자식 어디 갔지?

랑이를 보는 것만으로 밥 한 그릇을 뚝딱 해치울 수 있는 여동생 바보 녀석이, 이런 상황에서 살랑거리는 꼬리 한번 비추지 않는다는 건 상식적으로 이해가 안 되는데?

늦게나마 안방을 둘러보고 있는 내게 세희가 말했다.

"비록 당신께서 스스로 협력을 하셨다 한들, 안주인님과 같은 대요괴의 영을 다섯으로 분리하고 그에 맞춰 육신을 부여하는 대요술은 지금껏 전례가 없을 정도로 많은 요력과 정교한 술식이 필요한 일입니다."

왠지 모르게 냥이가 안 보이는 이유가 짐작이 갔지만, 그럼에도 나는 묻지 않을 수 없었다.

"……그래서?"

왠지 모르게 세희는 TV 프로그램의 내레이션같이 딱딱한 말투로 내게 말했다.

"그러나 냥이 님께서 안주인님들과 즐거운 시간을 보내는 일은 없었다. 대요술의 술법을 짜는 데 모든 역량을 발휘한 냥이 님은 거짓말같이 탈진했기 때문이다."

응.

역시 내 생각대로였구나.

"오후 4시쯤이 되면 기력을 회복하실 테지만 말이죠."

하지만 내가 걱정할 필요는 없는 것 같기에, 나는 세희에게 궁금한 걸 물어보았다.

"그러는 넌 괜찮아 보인다?"

세희가 빙긋 미소 지었다.

"쓸 수 있는 요력만은, 제가 냥이 님보다 우위에 있으니까 말이죠."

……그래?

다르게 말하면 요술은 냥이가 잘 쓰지만 요력은 네가 더 많다는 이야기지?

"그러면 좀 있다가 냥이한테 가 보자. 그 녀석, 너희들이 가 주면 분명 기뻐……."

"그럴 필요는 없느니라!"

깜짝이야.

나는 코가 닿을 정도로 가까이 다가온 홍랑이의 어깨를 잡아 살짝 뒤로 물러나게 하며 말했다.

"왜?"

"필요 없으니까 말이니라!"

누가 내 인생에 도돌이표 넣었냐?

나는 슬쩍 시선을 돌려 조용히 있는 파랑이를 보았다.

색 때문인지, 홍랑이와 달리 파랑이는 제대로 된 대답을 해 줄 것 같았거든.

"홍랑이가 필요 없다 하지 않았느냐."

하지만 홍랑이도 파랑이도.

"성훈아, 검둥이도 여자아이니라. 꾸미지 않은 **본모습**을 보여 주고 싶을 리 없지 않느냐?"

"나, 나도 같은 마음이니라. 지금은 검둥이 혼자 마음 편히 있도록 해 주는 게 좋을 것 같으니라."

금랑이도 도랑이도.

"……어둠에 묻힌 진실을 바라보는 것은 너에겐 아직 이르느니라."

흑랑이도 모두 랑이였다.

흐음~

랑이들이 이렇게 반대하는 걸 보니 오히려 지금 당장 냥이의 방으로 달려가고 싶다는 생각이 들었지만, 그 순간 발목이 잡히겠지.

지금도 금랑이가 내 다리에 달라붙어 있지만.

"알았어."

결국 나는 랑이들의 주장을 받아 주기로 했다.

뭐, 냥이니까 괜찮겠지.

"그보다 말이니라!"

그래도 아직 불안한지, 홍랑이가 화제를 돌릴 생각으로 외치듯 말했다.

"세희야! 가장 중요한 설명을 도대체 언제 할 생각이느냐?!"

가장 중요한 설명?

설명은 이미 충분한 거 아니야?

랑이가 자신의 성격 중에 어떤 면을 내가 가장 좋아하는지 궁금해했고, 기회를 틈탄 세희와 여동생 사랑에 눈이 먼 냥이가 경천동지할 대요술을 부렸다.

이거 말고 또 뭐가 더 있어?

"죄송합니다만, 레드 안주인님."

있나 보다.

나는 홍랑이에게 허리 숙여 사과를 하는 세희를 보고 확신할 수 있었다.

"주인님께서 워낙 산만하신……."

너무나 자연스럽게 책임을 내게 떠넘기려는 세희의 말을.

"그렇다면 내가 말하겠느니라!"

홍랑이가 가볍게 잘라 버리며 내 앞에 당당히 서서 말했다.

"……저, 바보."

파랑이의 말에 꼬리가 살짝 움찔한 채로.

"지금부터 오늘 저녁까지 성훈이는 우리들이 독차지하기로 했느니라! 그리고 합쳐지기 전! 우리들 중에서 누가 가장 마음에 들었는지 네가 말해 주어야 하느니라!"

……어, 음, 내 의사는?

그렇게 말할 수 없었던 건, 홍랑이의 시선이 워낙 뜨겁기 때문만은 아니었다.

나와 눈이 마주치면 부끄러워하며 고개를 숙이던 도랑이도.

창밖을 바라보고 있던 흑랑이도.

활기차며 장난스러운 태도로 거리낌 없는 스킨십을 해 오던 금랑이도.

필요하다며 차가운 시선을 아끼지 않고 보내오던 파랑이도.

지금만큼은 홍랑이의 주장에 한마음 한뜻이 되어 고개를 끄덕였으니까.

"어, 그런데 말이다."

그래서 나는 긍정도 부정도 하지 않고 살짝 화제를 돌렸다.

"방금 독차지라고 했지?"

홍랑이가 말한 덕분에 떠오른 의문을 물어보는 거로.

"그러고 보니 조금 신경 쓰이는 게 있는데."

다섯 명의 랑이 때문에 눈치채지 못했던 점.

나는 그 점을 언급했다.

"……너희 말고 다른 애들은 어디 갔냐?"

그 순간.

랑이들은 그야말로 각양각색의 반응을 보였다.

"그, 그런 사소하지는 않지만 신경 쓰지 않아도 되는 걸 물어볼 필요가 있겠느냐!"

호탕하기 그지없는 홍랑이가 획! 고개를 돌리고서는 대답을 피해 버렸고.

"다크 코코아가…… 생각나는 날이로구나."

흑랑이는 창밖을 바라보며 어둠을 장막처럼 둘러 말을 거는 것조차 거절하는 분위기를 조성했다.

"서, 성훈이가 걱정할 일은 아무것도 없느니라. 응. 걱정할 일은 없었느니라."

도랑이의 눈동자가 한 곳에 있지 못하고 격하게 흔들린다.

"나하곤 상관없느니라."

그렇게 말하는 것치고는 파랑이의 목소리에는 조금 전까지 듬뿍 담겨 있던 냉기가 부족하고.

"그런 사소한 거 너무 신경 쓰면 안 되느니라~ 응?"

어느새 일어나 볼을 콕 찌르며 애교를 부리는 금랑이의 뺨에는 한 방울 식은땀이 흘러내리고 있다.

……뭐냐, 이 반응은.

살짝 불안해진 나는 고개를 들어 이 모든 일의 답을 알고 있는 녀석을 보았고, 세희는 음영이 드리워진 얼굴로 말했다.

"……주인님처럼 감이 좋은 분은 싫단 말이죠."

너, 인마!

그거 자신이 저지른 범죄를 주인공에게 들켰을 때 악당이 하는 소리잖아!

물론 랑이와 세희가 그런 짓을 할 리는 없지만!

39
다섯 명의 신부

그래도 걱정되는 건 걱정되는 거다.

나는 그런 내 마음을 가득 담아 랑이들을 바라보며 말했다.

"그래서 어떻게 된 거야?"

사실대로 말하지 않으면 따끔하게 혼낼 거라는 뜻을 가득 담아 내려다보고 있자니 각양각색의 랑이들이 한마음 한뜻이 되어 휙 고개를 돌렸다.

세희를 향해.

안주인님들의 시선을 한 몸에 받은 세희가 깊은 한숨을 내쉬고서 말했다.

"휴가를 가셨습니다."

나는 휴대폰을 꺼내서 '휴가'를 검색해 보았다.

휴가.

학업 또는 근무를 일정 기간 동안 쉬는 일.

나는 휴대폰 화면을 세희에게 들이밀며 말했다.

"……내가 모르는 사이에 휴가의 뜻이 바뀐 거냐?"

"주인님께서 이해를 못하시는 것 같으니 다시 말씀드리겠습니다."

세희가 어깨를 으쓱하며 말을 이었다.

"주인님께서 오매불망하시는 가족분들께서는 잠시 외유를 나가셨습니다."

"외유?"

"바깥 외(外)에 놀 유(遊)자를 쓰는, 그 외유 맞습니다."

그러니까 바깥에 놀러 나갔다는 거지?

날 빼놓고?

상상도 못한 일에 내가 당황하고 있을 때.

"물론, 그럴 만한 사정이 있었습니다."

세희가 설명을 시작했다.

"처음은 성린 님의 호기심을 살짝 자극하는 것으로 시작하였……."

"잠깐."

"……뭡니까, 주인님."

세희의 말을 중간에 끊는 건 정말로 하고 싶지 않은 일이지만, 이번에는 어쩔 수 없었다.

세희의 손이 소매 쪽으로 향한 것을 보아, 가만히 있다가는 인형극의 제 2막이 올라갈 것 같았으니까.

"말 끊은 건 미안한데 말이다."

그래도 사과는 해야겠지만.

"난 지금 최대한 빨리 아이들이 왜 나만 빼놓고 놀러 나갔는지 알고 싶다. 최대한 빨리."

내 진심이 통했던 걸까.

세희는 소매로 향하던 손을 거두고 다시금 공손하게 앞으로 모으고서 내게 말했다.

"여심을 파악하는데도 그 정도 눈치가 있으시면 얼마나 좋겠습니까. 아니, 이미 파악하셨으면서 모르는 척 하고 계시는 것일런지요."

대, 대답하기 미묘한 화제 꺼내지 마!

아픈 곳을 찔린 나는 일부러 크게 헛기침을 한 뒤 세희에게 말했다.

"됐고, 어떻게 된 일인지 설명이나 해."

세희는 한쪽 입꼬리를 올려 말없이 나를 비웃은 뒤, 사정을 설명해 줬다.

"주인님과 안주인님들께서 오랜만에 오붓한 한때를 보내실 수 있도록 다른 분들께는 한동안 모든 것을 잊고 푹 쉴 수 있는 자리를 마련해 드렸습니다."

정말 간단하게!

"……그 녀석들이 순순히 수긍할 리가 없는데."

자의식 과잉이나 다름없는 말이지만, 아이들이 나만 빼놓고 놀러 갈 것 같지가 않아서 하는 말이다.

그래, 마치 오랜만에 피자를 시켰는데 나만 쏙 빼놓고 아이들끼리만 먹는 걸 상상할 수 없는 것처럼.

"받아들일 수밖에 없는 제안을 드렸으니까 말이죠."

그래서 불길한 기분이 들었다.

"모든 제안을 말씀드렸다가는 이야기가 길어질 것 같으니, 페이 님의 경우만 예로 들겠습니다."

나는 이야기가 길어져도 괜찮다, 라고 말하려고 했지만.

""""""……"""""".

하고 싶은 말은 많아 보이지만 인내력을 가지고 참고 있는 랑이들을 본 순간 생각을 바꾸고 고개를 끄덕였다.

그 모습을 보고 한쪽 입꼬리를 살짝 올린 세희가 말했다.

"페이 님께는 하루 동안 치이 님과 함께 고향에 돌아가 쉬실 경우, 제가 요괴넷의 관리를 한동안 대신해 드리겠다고 말씀드렸습니다."

폐이야아아아아아아아!! 미안하다아아아아아아아아아!

정말 미안하다아아아아아아아아!!

푹 쉬고 돌아오려어어엄!!

마음속으로 고마움과 미안함의 외침을 부르짖고 있자니, 세희가 슬쩍 한 발자국 뒤로 물러나면서 말했다.

"자, 그러면 사전 설명은 여기까지인 것 같군요."

그 순간.

"성훈아!"

지금껏 기다려 왔다는 듯이, 홍랑이가 힘찬 목소리로 외치며 내 양쪽 어깨를 잡아 왔다.

"그러면 지금부터 뭘 하고 놀지 정하자꾸나!"

"으, 응?"

살짝 당황한 내가 말을 흐리자 홍랑이는 붉은 눈동자를 번뜩이면서 기운차게 외쳤다.

"역시 이런 날에는 밖에서 힘차게 뛰어노는 것이 좋지 않겠느냐?!"

나는 슬쩍 시선을 돌려 창밖을 바라보았다.

아, 물론 흑랑이가 있는 쪽이 아니다.

거기는 어째서인지 창밖으로 뿌우~ 뱃고동을 울리며 항구를 떠나가고 있는 선박이 보이고 있으니까 말이죠.

그건 그렇고.

흑랑이의 요력에 왜곡되지 않은 창밖에선 나뭇잎이 다 떨어진 나뭇가지가 거친 바람에 흔들리는 풍경이 보인다.

바람이 얼마나 강한지 아름드리나무가 신장개업한 가게의 풍선 인형처럼 보일 정도다.

정말 그렇다는 건 아니고.

나는 다시 고개를 돌려 홍랑이를 바라보며 말했다.

"……밖에서 놀자고?"

"응!"

……추워서 싫은데요. 바람도 많이 불고요.

아무리 내 사랑이 뜨겁고 뜨겁다 해도 그건 마음의 이야기고, 몸은 정직한 법이니까.

나는 내 몸의 안전과 건강을 위해 슬쩍 완곡한 거절의 의사를 표시하기로 했다.

"오늘은 좀 춥지 않을까?"

"힘껏 뛰어놀면 그깟 추위는 아무것도 아니니라!"

아니야!

오히려 땀이 식어서 감기에 걸리기 더 쉽다고!

하지만 그것보다 더 큰 문제는 홍랑이가 밖에서 노는 걸 너무나 기대하는 눈치라는 거다.

나는 입으로 나오려는 한숨을 속으로 삼키고 그러자고 말하려 했다.

"영하 7도."

하지만 그 전에 파랑이가 입을 열었다.

"이런 날씨에 밖에서 놀다가 성훈이가 감기라도 걸리면 어쩌려는 것이느냐."

몸이 으스스 떨릴 정도로 차가운 목소리로.

"으냐아?"

그에 홍랑이가 그게 무슨 소리냐는 듯, 불타는 듯한 눈썹을 모으며 파랑이에게 말했다.

"성훈이가 감기에는 왜 걸린단 말이느냐?"

파랑이가 고개를 절레절레 흔들며 말했다.

"그것도 모르다니, 너는 바보이느냐?"

꼬리와 귀가 바짝 선 홍랑이가 외치듯이 말했다.

"누, 누가 바보라는 것이느냐?! 그렇게 말하는 네가 바보이니라!"

"너는 성훈이가 아직 연약한 인간이라는 것을 잊고 있지 않느냐."

"그게 무슨 상관이느냐? 같이 놀다가 지치면 집으로 돌아와서 쉬면 되는데!"

이글이글 불타는 눈으로 자신을 바라보는 홍랑이를 얼음처럼 마주하던 파랑이는 뭔가 말하려고 살짝 입을 벌렸다가, 이내 고개를 절레절레 흔들었다.

마치, 너만 성훈이하고 놀 거냐고 물으려다 포기한 것처럼.

"너 같은 바보와 이야기를 해 봤자 아무 의미가 없을 것 같으니라."

……저는 누구누구처럼 남의 속을 자유자재로 읽을 줄은 모릅니다.

"으냐앗!! 지금 나를 무시하는 것이느냐?!"

홍랑이가 털을 부풀리며 꼬리를 바짝 세웠고, 파랑이는 코웃음을 치고는 휙 고개를 돌렸다.

뭐라고 할까.

홍랑이와 파랑이는 성격이 잘 안 맞는 것 같네.

가만히 보고 있다가는 랑이 대전이 일어날 것 같으니 슬슬 끼어들어야겠다고 생각했을 때.

"꼭 밖에서 놀아야 하겠느냐?"

둘의 의견 충돌을 가만히 지켜보고 있던 금랑이가 슬쩍 홍랑이를 뒤에서 끌어안으며 말했다.

……원래 스킨십을 좋아하는 랑이지만, 금랑이는 그보다 한 단계 더 나아간 것 같군.

"홍랑아, 잘 생각해 보거라."

봐 봐.

지금도 저렇게 말하며, 홍랑이의 부풀어 오른 꼬리를 위에서 아래로 부드럽게 쓰다듬고 있잖아.

"밖에서 나가 놀면 당연히 성훈이도 두껍게 옷을 입을 것 아니겠느냐?"

……어째서 그 손이 뱀처럼 움직여 꼬리의 뿌리 쪽에서 아래쪽으로 움직이는지는 잘 모르겠습니다만.

"흐, 흐냐앙?"

"그러면 아무리 신나게 논다 해도 성훈이의 체온을 마음껏 느낄 수는 없을 것이니라. 그러니 밖에서 노는 건 다음으로 미루는 게 어떠하겠느냐?"

그리고 다른 한 손이 왜 앞으로 향해서 옷 안쪽을 파고들어 위로 올라가는지도!

금랑이의 손길에 홍랑이가 몸을 부르르 떨며 급하게 외쳤다.

"그, 그만! 그만하거라! 알겠으니 그만하란 말이니라!"

홍랑이의 항복 표시에 금랑이는 깔끔하게 뒤로 물러나서는 고개를 돌려 내게 윙크를 해 왔다.

해석하자면, '나 잘했지?' 정도가 되겠군.

홍랑이를 말려 줘서 고맙긴 한데 그 방법 때문에 뭐라 할 말이 없어진 내가 씁쓸한 미소만 짓고 있자니, 네발로 엎드려서 숨을 몰아쉬고 있던 홍랑이가 고개를 번쩍 들고서 금랑이에게 말했다.

"앞으로 그런 짓은 하지 말거라! 뭔가 그래서는 안 되는 것 같단 말이니라!"

"왜 그러느냐? 너도 나도 이런 걸 좋아하지 않느냐?"

자신의 머리카락만큼이나 얼굴을 붉게 물든 홍랑이가 외쳤다.

"그, 그거랑 이거랑은 다르지 않느냐!"

"헤에~ 홍랑이가 그렇다면 그런 것으로 하겠느니라."

홍랑이의 항의를 가볍게 넘긴 금랑이가 슬쩍 내 옆에 다가와 내 손등에 손을 올리고서는 말했다.

"잘 들었느냐? 나도 다른 랑이들도 내가 조금 전에 했던 것을 좋아하느니라."

어이쿠, 그러세요?

나는 피식 웃고는 금랑이의 머리를 쓰다듬어 주며 말했다.

"그걸 내가 모르겠냐."

금랑이의 눈매가 활처럼 휘었다.

"알고 있었단 말이느냐?"

그런데 왜 지금 머리만 쓰다듬어 주고 있냐고 묻는 거지, 이건.

"하지만 난 머리를 쓰다듬어 주는 걸 더 좋아하거든."

그래서 난 슬쩍 내게 안겨 오려는 금랑이의 손을 자신의 허벅지 위쪽에 되돌려 놓고서 지금껏 조용히 있는 도랑이에게 말을 하려고 했지만……

"데헷~☆"

금랑이가 포기를 모르는 녀석이라 일단 이 녀석의 관심부터 다른 쪽으로 돌려야겠다는 결론이 나왔습니다.

"그래서 넌 뭐 하면서 놀고 싶은데?"

"응?"

자신에게 물어볼 줄은 몰랐다는 듯, 금랑이가 손가락을 입술에 살짝 댄 뒤.

"나는 말이니라."

다른 쪽으로 흥미가 가득 생긴 표정으로 내게 말했다.

"우리들은 모두 좀 꾸밀 필요가 있다고 생각하느니라."

동문서답도 이런 동문서답이 없겠지.

나는 일부러 머리를 긁적이며 금랑이에게 말했다.

"그게 무슨 소리야?"

금랑이가 손을 들어 다른 랑이들을 한 명씩 가리킨 뒤 말했다.

"보거라, 성훈아. 다들 색만 다를 뿐, 같은 옷을 입고 있지 않느냐?"

그거야, 뭐, 그렇지.

반지나 귀걸이, 발찌를 달고 손톱에 반짝이는 뭔가를…….

"비즈라고 합니다."

세희가 말하길, 비즈라는 걸 붙인 금랑이와 다르게 다른 랑이들은 평소에 입고 있던 옷의 색만 변했으니까.

홍랑이는 빨간색, 파랑이는 파랑색, 흑랑이는 검은색, 도랑이는 분홍색, 이렇게.

랑이들을 한번 둘러보고 고개를 끄덕인 내게 금랑이가 말했다.

"여자아이가 이래서야 쓰겠느냐"

안 될 건 어디 있는데?

그렇게 말하지 않은 건, 금랑이의 말에 다른 랑이들이 모두 자신의 옷차림을 한 번씩 살펴보고서 골똘히 생각에 잠겼기 때문이었다.

아, 흑랑이는 빼고.

그 녀석은 세희가 준 것으로 보이는 우유가 든 유리컵을 흔들며 애수에 잠긴 눈으로 창밖만 바라보고 있었으니까.

"우리는 조금 더 꾸밀 필요가 있느니라."

그러는 사이 금랑이는 어딘가 장난꾸러기 같은 미소를 짓고는 말했다.

"그러니까 쇼핑을 하러 가는 건 어떠하겠느냐?"

금랑이의 제안에 가장 먼저 귀를 쫑긋거린 건 어느새 기운을 되찾은 홍랑이였다.

"나는 찬성이니라!"

어째서인지 대범하게 바지를 풀어 자신의 하얀색 속옷을 만천하에 드러내면서.

"성훈이에게 보여 주고 싶은 예쁜 속옷도 사고 싶으니 말이니라!"

아니, 면으로 만든 속옷이 뭐 어때서?

앞에 작은 붉은색 리본도 달려 있어서 귀엽기만 하구만!

……내가 지금 이런 거에 딴죽 걸 때가 아닌 것 같은데 말이야.

"나는 그런 뜻으로 말한 건 아니었는데 말이니라."

금랑이는 도랑이의 주장에 살짝 당황한 눈치였다.

"아, 그래도 지금 입고 있는 팬티는 성훈이한테 보여 주기에 조금 부끄러운 디자인이긴 하느니라."

모르겠습니다, 선생님.

세상에는 보여 줘도 부끄럽지 않은 디자인의 팬티라는 게 있는 건가요?

"……나쁘지 않은 생각이니라."

아무래도 있나 봅니다.

갑자기 내게 등을 돌린 파랑이가 바지를 살짝 앞으로 당겨 속옷을 확인하고서는 고개를 끄덕이는 걸 보니까.

"한낱 천조각일 뿐인 것을……."

흑랑이는 자신의 말이 거짓이 아니라는 것을 보여 주기 위해서인지, 검은색 팬티 차림으로 의자에 앉아 있었다!

너, 도대체 바지는 언제 벗은 거야?!

"나, 나도 벗어야 하는 것이느냐?"

지금 그게 문제가 아니군.

얼굴을 붉힌 채 바지춤을 부여잡고 있는 도랑이를 말려야 하니까.

"아니, 안 그래도 된다."

"부끄럽지만 성훈이가 바란다면……."

"괜찮아."

"그러하느냐……."

그렇게 말하는 도랑이의 꼬리와 귀는 밥 먹을 때가 멀지 않아 간식은 나중에 먹자고 했을 때의 랑이처럼 추욱 늘어져 있었다.

나는 깊은 한숨을 쉬고 이 사태를 구경만 하고 있는 세희에게 눈길을 주었다.

"……"

가볍게 무시당했습니다만.

그래서 나는 흑랑이와 도랑이를 번갈아 바라보았다.

"아."

내 시선을 눈치챈 도랑이가 살짝 얼굴을 붉히고서는 흑랑이에게 다가가 바지를 올려 주며 말했다.

"흑랑아, 아무리 성훈이 앞이라 해도 몸가짐은 바르게 해야 하지 않겠느냐?"

"……진정한 사랑 앞에 방해물 같은 것은 없느니라."

"아니, 제대로 입어라."

결국 나는 입을 열 수밖에 없었다.

"너도."

내 시선을 받은 홍랑이는 오히려 당당하게 두 다리를 어깨너비로 벌리고서는 팔짱을 끼며 소리 높여 말했다.

"너에게 보여 주는 것에 무슨 문제가 있겠느냐?!"

"……그래?"

그렇다고 하니 나는 휴대폰을 꺼내서 홍랑이의 사진을 찍었다.

찰칵.

"성훈아?"

찰칵, 찰칵.

"가, 갑자기 사진은 왜 찍는 것이느냐?"

찰칵, 찰칵, 찰칵, 찰칵, 찰칵, 찰칵, 찰칵, 찰칵, 찰칵, 찰칵, 찰칵, 찰칵, 찰칵, 찰칵, 찰칵!

"내, 내가 잘못했느니라!"

결국 새빨개진 얼굴로 자리에 주저앉으며 항복을 외친 건 홍랑이었다.

"알면 제대로 입어."

나는 휴대폰으로 찍은 사진을 지우…….

이 사진을 죽을 때까지 보관하지 못하는 게 눈물이 날 정도로 매우매우 아쉽지만 지워야겠지.

나는 이를 악물고 팬티 차림으로 부끄러워하는 홍랑이의 사진을 지우고서 말했다.

"그건 그렇고 쇼핑하러 가는 건 괜찮을 것 같긴 해."

금랑이의 귀가 쫑긋하고 섰다.

"성훈이도 그렇게 생각하느냐?"

나는 고개를 끄덕인 뒤 말했다.

"다들 성격도 다르니까 취향도 다를 거 아냐? 그러니까 다들 마음에 드는 옷을 고르는 것도 괜찮겠네."

자.

해야 할 일이 정해졌으면, 이제는 움직여야지.

나는 소파에서 일어나며 말했다.

"그러면, 쇼핑하러 가자."

전처럼 나래에게 부탁해서 백화점을 빌리는 일은 못하겠지만, 근처 마을에 가서 이것저것 둘러보면 되겠지.

"가긴 어딜 갑니까."

분명, 세희는 내 말에 딴죽을 걸지 않으면 성불하는 병에 걸린 게 분명해.

"옷 사러 간다는 말, 못 들었냐?"

당연한, 너무나 상식적인 내 말에 세희는 깊은 한숨을 내쉬고서는 사람을 벌레처럼 바라보며 말했다.

"연재 시작한 지 10년, 권수로는 27권이나 이야기가 진행되었는데도 아직 인간의 상식에서 벗어나지 못한 주인님을 보고 있자니 제 말라 버린 줄 알았던 눈물샘이 존재 의의를 되찾을 것만 같습니다."

"……무슨 말이 하고 싶은 거냐."

"집을 나설 이유가 없다는 뜻이지요."

세희가 나를 향해 한쪽 팔을 멋들어지게 펼친 뒤 말했다.

"주인님과 안주인님들께서 찾으시는 모든 것들이 이곳에 있는데 말입니다."

어둠으로 가득 차 있는 자신의 소매를 보라는 듯.

그 순간.

"우와앗?!"

나는 서유기에 나오는 손오공이 금각, 은각의 호리병에 빨려 들어가듯, 세희의 소매 속에 끌려 들어갔다!

* * *

세희가 소매에서 별의별 물건을 꺼낼 때마다, 내가 자주 농담처럼 했던 말을 다들 기억하고 있을 거다.

왜, 세희의 소매 안에는 없는 물건이 없을 거라고 했잖아.

"……우와."

그리고 그건 사실이었다.

대로 양쪽으로 세희 인형이 공손하게 두 손을 모으고 앞에 서서 반기는 가게들이 끝이 보이지 않을 정도로 늘어서 있었으니까.

물론, '몽크의 절규'가 떠오를 법한 색의 하늘과 검게 물든 태양.

그 하늘을 사열 종대로 날아가고 있는 머리가 셋에 날개는 여섯인 커다란 뱀들.

텅 빈 소주병으로 만든 녹색 가로등.

이런 세상을 만든 녀석의 정신 상태를 의심하게 만들 것 같은 풍경에서 신경을 꺼야 보이긴 합니다만.

"여긴 정말 오랜만에 와 보는구나!"

"예전에 와 본 적 있어?"

"그러하느니라!"

홍랑이가 호쾌하고 고개를 끄덕였다.

……그래서 이 괴상망측한 세상에도 적응할 수 있었던 걸까.

"예전에 비해 많이 변했구나."

파랑이의 말에 나는 살짝 관심이 생겼다.

"변했어?"

내 질문에 귀를 쫑긋거리며 몸을 돌린 파랑이는, 왜인지 모르게 냥이처럼 표정 관리를 하면서 말했다.

"그러하느니라."

파랑이가 꼬리를 흔들며 말을 이었다.

"처음 왔을 때는 온 세상이 어둠이나 다름없었느니."

어둠이라는 단어에 반응한 걸까.

흑랑이가 어디서 가져온 건지 모를 시가(Cigar) 모양의 초콜릿을 입에 물며 말했다.

"이곳이 숨기지 않은 자신의 모습이라 말하며 쓰게 웃음 짓던 세희가 칠흑같은 어둠 속에 홀로 피어난 꽃처럼 처연해 보였던 기억이 나는구나."

여러분.

믿기지 않으시겠지만 지금 한 말은 흑랑이의 입에서 나온 게 맞습니다.

물론 랑이가 가끔 어른스러워 보일 때가 있긴 하지. 하지만 조금 전처럼 분위기 있다고 할까, 어려운 말을 유창하게 하는 경우는 정말 드물다.

예전에 냥이의 요술 속에서 했던 말도, 몇 번이나 연습했었다고 이야기하기도 했고.

랑이가 언제 이렇게 컸지?

그런 생각에 잠겨 있는 동안, 도랑이가 진달래꽃처럼 예쁜 미소를 지으며 말했다.

"하지만 성훈이 덕분에 세희의 마음도 이렇게 밝아질 수 있었느니라."

나는 시선을 돌려 괴상한 색깔의 하늘과 검게 물든 태양, 끔찍한 소리로 우는 괴생물체와 비어 버린 술병을 바라보았다.

밝게, 말이지.

"응!"

하지만 홍랑이는 그 말에 조금의 딴죽도 걸지 않고 바람 소리가 날 정도로 고개를 끄덕인 뒤 말했다.

"세희를 이렇게까지 바꿔 놓다니, 역시 우리 낭군님은 대단하느니라!"

성격이 모두 다르다 해도 랑이이기 때문일까.

나를 향한 랑이들의 시선에는 나에 대한 사랑과 동경과 감사, 그리고 사랑이 가득 담겨 있었다.

"고맙다."

랑이 한 명이면 모를까, 다섯 명의 랑이에게 그런 시선을 받으니 나도 모르게 콧대가 높아질 것만 같군.

하지만······.

많이 나아진 게 이 모양 이 꼴이라는 거죠.

세희의 어둠이 너무나 깊구나.

"주인님의 마음 속 풍경, 실례, 무의식의 세계보다는 제 쪽이 나으니 자기 앞가림이나 잘하시지요."

나는 언제나 그렇듯이 갑자기 나타나서 가볍게 넘길 수 없는 소리를 한 세희를 노려보았다.

"내가 뭐 어때서?"

세희가 어디서 많이 본, 그래, 마치 염라가 들고 다니던 업경하고 쏙 빼닮은 거울을 주머니에서 꺼내며 말했다.

"직접 보여 드립니까?"

"아니, 괜찮아. 응. 괜찮다. 안 보여 줘도 돼."

"자신 없으십니까?"

응.

자신이 없다 뿐일까. 무섭기까지 하다.

짚이는 게 한두 가지가 아니라서 말이죠.

"나는 무지무지무지 궁금하느니라!"

"……나 역시 부정할 생각은 없느니라."

"으냐아~♡ 그러지 말고 함께 가 보자꾸나, 성훈아."

"자신의 모습을 돌아보는 것이야말로 한걸음 더 나아갈 수 있는 계기가 되는 것이니라."

"……우, 우리들하고 함께 가는데도 정말 안 되는 것이느냐?"

그러니까 안 되는 거다, 도랑아.

"자~ 그것보다는 말이야~"

그래서 나는 과장되게 두 팔을 펼치며 말했다.

"다들 옷 사러 가자~! 그러려고 왔잖아? 안 그래?"

"으냐아~ 정말정말 궁금한데 말이니라~ 응? 보여 주면 안 되느냐? 진짜진짜 보고 싶단 말이니라♡"

금랑이가 달라붙어 애교를 부리며 어떻게든 내 마음을 돌리려고 했지만, 어림도 없지!

그리고 은근슬쩍 옷 안으로 손 집어넣지 마!

나는 금랑이의 손을 밖으로 빼고, 머리를 누르듯 쓰다듬으며 살짝 엄하게 말했다.

"안 돼."

"치~ 치사하느니라!"

뺨을 한 뼘이나 부풀리고서 발을 동동 굴린다고 해서 내가 넘어갈 것 같으냐.

군자는 위험한 곳에 가지 않는다는 말도 있잖아.

나는 랑이들의 관심을 다른 곳으로 돌리기 위해 입을 열었다.

"그보다 누구 옷부터 사러 갈까? 아니면 따로 들렀다가 모일까?"

예전처럼 랑이가 한 명이었다면 모를까, 지금은 다섯 명으로 늘어나서 필요한 일이기도 했고.

내 생각이긴 하지만, 각자 둘러본 다음에 마음에 드는 걸 고른 뒤 다시 모이는 게 합리적인 방법 아닐까.

절대로 제가 함께 옷을 고르는 게 귀찮고 지루해서 그런 게 아닙니다. 우리 랑이들의 옷을 골라 주는 게 지루할 리가 없잖아요?

"무슨 말을 하는 것이느냐, 성훈아?! 당연히 너와 함께 골라야 하지 않겠느냐!"

"……나는 아무래도 상관없느니라."

"성훈이가 골라 주면 정말 기쁠 것 같으니라."

"이왕이면 예쁘고 귀여운 옷으로 말이니라♡"

"네 마음에만 든다면 그것이 누더기든 비단옷이든 무슨 상관이겠느냐."

랑이들도 나와 같이 옷을 고르는 게 좋은 것 같고.

"그래? 그러면……."

'누구 옷부터 먼저 고를까?'라고 물어보려는 찰나.

"앗! 저기 마음에 드는 옷들이 많으니라!"

홍랑이가 번쩍 손을 들어 자신이 첫 번째라는 뜻을 전했다. 그 모습에 파랑이는 살짝 한숨을 쉬었지만 아무 말 없이, 도랑이는 옅은 미소를 지으며 매장으로 향했다.

"……."

다만 금랑이는 살짝 찌푸린 얼굴로 고개를 절레절레 흔들며 걸음을 옮겼는데, 홍랑이가 손으로 가리킨 가게를 보니까 그 이유를 알 것만 같았다.

홍랑이가 관심을 가진 가게는 스포츠웨어 매장이었으니까.

예쁜 옷을 사려고 했는데 관심을 가진 게 스포츠웨어라서 살짝 마음에 안 든 눈치인가 보네.

요즘에는 스포츠웨어라고 해도 투박한 것만 있는 게 아니지만, 꾸미는 걸 좋아하는 금랑이의 눈에는 안 차는 것 같다.

"빨리 오거라, 성훈아! 빨리!"

그러거나 말거나, 홍랑이는 이미 매장 입구의 문을 열고서 이쪽을 향해 손짓을 하고 있었지만.

"그래."

랑이들과 함께 홍랑이의 뒤를 이어 가게로 향하려고 할 때.

"주인님."

"응?"

나는 잠깐 걸음을 멈추고 뒤를 돌아보았다.

"왜?"

세희가 보란 듯이 치마 주머니에서 태블릿 PC를 꺼내며 내게 말했다.

"저는 해야 할 일이 있으니, 볼일을 마치시고 불러 주시기 바랍니다."

아, 맞다.

세희는 폐이 대신 요괴넷 관리를 한다고 했지.

"고생해라."

나는 살짝 고개를 숙이는 세희를 뒤로하고 홍랑이가 빨리 오라고 채근하는 매장으로 향했다.

"어서 오십시오, 큰 주인님. 그리고 안주인님들."

이제는 익숙하다 못해 귀엽게까지 보이는 세희 인형이 문을 열며 우리를 맞이해 줬다.

뭐, 솔직히 저 작은 체구로 아장아장 걸어와서 꾸벅 고개를 숙이는 모습은 귀엽긴 하지.

"모든 상품이 안주인님의 체형에 맞춰져 있으므로 편하게 고르시면 되겠습니다."

……나는?

그런 내 생각을 읽은 듯이 세희 인형이 말을 이었다.

"참고로 이곳은 안주인님을 위한 상점가이기에 큰 주인님께 맞는 상품은 마련되어 있지 않으니, 원하시는 상품이 있다면 기억해 두셨다가 제 주인님, 실례, 본체에게 말씀해 주시면 사이즈를 맞춰 드리겠습니다."

아, 그래.

여기 말고도 다른 곳이 있다는 말이구나. 거긴 도대체 뭐가 있을지 궁금하네.

"성훈아, 네가 보기에는 어떤 옷이 마음에 드느냐?"

지금은 홍랑이의 옷을 골라 주는 게 먼저니까 넘어가자.

"좀 둘러봐야겠는데?"

"응! 그러면 나도 찾아보겠느니라! 마음에 드는 옷이 있으면 날 불러 주어라!"

그렇게 나와 홍랑이는 매장을 둘러보았다.

사실 패션 센스라고는 없는 내가 보기에는 다 거기서 거기처럼 보이긴 하네.

그렇다면 먼저 색부터 생각을 해 보는 게 좋겠군.

홍랑이는 말 그대로 붉은색 머리카락과 눈동자를 가지고 있으니까…….

모르겠습니다.

제가 패션에 관심이 있다면, 지금처럼 세희가 주는 옷만 입으며 살고 있지 않았겠죠.

그런 의미에서 나는 홍랑이가 검은색 츄리닝에 관심을 보이고 있는 사이 슬쩍 세희 인형을 향해 시선을 돌렸다.

내 시선에 담긴 뜻을 눈치챘기 때문일까.

세희 인형이 매장 한쪽으로 종종 걸어가서는 마네킹이 입고 있는 옷을 가리키며 말했다.

"이런 건 어떠십니까?"

음.

역시 세희의 인형이군.

나는 손가락으로 두 눈을 꾸욱 누르며 말했다.

"……그건 뭐냐."

"블루머입니다."

"블루머?"

블루머라고 불린 옷은, 옷이라고 하기에는 너무나 짧았다.

나한테는 조금 두꺼운 재질의 천으로 만든 수영복 하의로 보일 정도다.

"그게 옷이라고?"

"이래 봬도 꽤나 유례가 깊은 옷입니다, 큰 주인님."

나는 휴대폰을 꺼내서 인터넷으로 블루머를 찾아보려고 했지만, 전파가 터지지 않는다.

와이파이 신호도 없네.

문명의 이기와 떨어져 세희 인형이 한 말이 사실인지 확인해 볼 수 없어진 내게.

"인터넷에서 블루머를 검색해 보실 경우. 체조, 경마, 수영 등을 할 때 여자가 입었던 바지의 한 가지이며, 19세기 중반에서 20세기 초에 미국, 프랑스 등지에서 여성 해방 운동가들이 여성복을 간소화하고 남성복과 비슷하게 만들자는 운동을 일으켰을 때 미국의 아멜리아 블루머가 처음 만든 옷이라고 나올 겁니다. 배구나 육상 선수들이 입는 운동복으로 알려져 있기도 하지요."

아, 그래. 고맙다.

그렇게 말하니까 저런 운동복을 입은 육상 선수들을 올림픽에서 본 것 같기도 하네.

"으음……."

하지만 내 입에서는 낮은 신음 소리가 나왔고, 이에 세희 인형이 시선으로 물어 왔다.

무슨 문제라도 있냐고.

아니, 문제는 없다.

문제는 없는데.

"랑이한테는 노출이 좀 심한 것 같아서 말이야."

"언제나 알몸의 가족분들과 목욕을 즐기시는 큰 주인님께서 하실 말씀이 아니신 것 같습니다."

그, 그렇게 말하면 할 말이 없잖아!

아니, 그 전에!

목욕할 때 옷 입는 게 이상한 거 아니야? 왜 내가 나쁘다는 듯이 말하는데!

"응?"

아뿔싸!

자기 변론이나 하고 있을 때가 아니었다!

"성훈아, 무얼 보고 있느냐?"

혼자서 매장을 둘러보고 있던 홍랑이의 관심이 이쪽으로 향했다!

"아니, 별거 아니야."

나는 재빨리 몸을 돌려 최대한 홍랑이의 시선에서 블루머가 보이지 않도록 노력했지만.

"오!"

홍랑이가 붉은색 두 눈동자에 열기를 띠며 내 등 뒤를 보고 있는 걸 보니 별 의미 없는 일이었습니다."역시 성훈이니라! 내 마음에 쏙 드는 옷을 찾아내다니!"

나는 볼을 타고 흘러내리는 식은땀을 닦아 내며 말했다.

"……그렇게 마음에 드냐?"

"그러하느니라! 이 얼마나 몸을 움직이는데 편해 보이느냐?"

내가 다른 걸 찾아보는 게 어떻겠냐는 말을 하기도 전에, 홍랑이가 쇠뿔도 단숨에 빼라는 듯 나를 지나쳐서 세희 인형에게 말했다.

"그러니 이거로 정했느니라!"

빨라!

고민 좀 해라, 이 녀석아!

"그럼 잠시 실례하겠습니다, 레드 안주인님."

너는 내 눈치 좀 보고!

하지만 제 마음의 소리는 세희 인형에게 닿지 않았습…….

아니, 내 마음의 소리를 듣고도 무시한 세희 인형은 눈 깜빡할 사이에 홍랑이에게 블루머를 입혀 버렸다.

블루머로 갈아입은 홍랑이는 제자리에서 폴짝폴짝 뛰고 엉덩이를 이쪽저쪽 씰룩씰룩하며 꼬리까지 살랑살랑 흔든 뒤, 기쁜 음색으로 말했다.

"역시 마음에 드니라!"

"그, 그러냐."

그에 비해 나는 뭐라 형용할 수 없는 기분에 사로잡힐 수밖에 없었다.

그런 내 기색을 눈치챘는지 홍랑이가 고개를 갸웃거리며 내게 말했다.

"성훈이는 이 옷이 싫으느냐?"

거짓말을 해 봤자 들킬 게 뻔하기에 나는 사실대로 말하기로 했다.

"아니, 좋아."

크!

검은색 블루머 아래로 보이는 홍랑이의 통통한 허벅지라니!

정말 최고잖아!

블루머를 만드신 선구자의 의도와는 다른 것 같지만!

저는 혈기 왕성한 청소년이라서 말이죠!

사랑하는 홍랑이의 새하얗고 통통한 허벅지를 보는 순간 조금 전에 들었던 우려 같은 건 그대로 사라질 수밖에 없단 말입니다!

"이런 폐도, 실례, 패도를 걷는 분을 주인님이라고 모시고 있는 제 본체가 참으로 불쌍하게 여겨집니다."

나는 세희 인형이 하는 말을 가볍게 무시하고서 홍랑이의 머리를 쓰다듬으며 말했다.

"정말 예뻐, 홍랑아."

내 칭찬에서 진심을 느꼈는지 홍랑이가 살짝 붉을 붉히며 환하게 웃었다.

"헤헤헷! 다행이니라! 그럼 바지는 이거로 하겠느니라!"

그럼 이제 위에 입을 거만 고르면 되겠네.

그렇게 생각하며 다시 매장을 둘러보자니, 시선 한쪽에 입술을 쭈욱 내밀고 있는 금랑이가 보였다.

왜 그러지?

나는 잠깐 세희 인형에게 홍랑이를 맡기고 금랑이에게 다가가서 말을 걸었다.

"왜 그래?"

이제는 볼까지 부풀린 금랑이가 말했다.

"홍랑이에게 좀 더 예쁜 옷을 골라 주고 싶었느니라."

아, 그게 불만이었냐.

하지만 스포츠웨어 매장에 들어온 이상 별다른 선택지가 없었을 것 같은데.

그런 내 생각을 눈치채기라도 했는지, 금랑이가 내 손을 잡고서 매장 한쪽으로 끌고 가서는 차곡차곡 쌓여 있는 옷들을 가리키며 말했다.

"움직이기 편하면서도 예쁜 디자인은 많이 있는데 말이니라."

정확히 말하면, 분홍색 레깅스를 말이지.

이걸 보니까 옛날 생각이 나네.

나래가 내게 운동을 가르쳐 줄 때, 이런 레깅스를 입고 온 적이 있었다.

노출이라고는 하나도 없는데 나래의 육감적인 몸매가 **오롯**

이 드러나서 민망했다고 할까, 눈 둘 곳이 없어서 정말 곤란했었다.

나래는 그런 나를 보며 당당하게 다들 이런 걸 입고 운동한다고 했지만, 살짝 붉어져 있던 귓불은 숨기지 못했었고.

결국 그 작은 소동은, 이러다가는 제대로 설 수도 없을 것 같으니 제발 다른 옷으로 갈아입어 달라는 부탁으로 종식되었다.

······그리운 듯 그립지 않은 추억 이야기는 여기까지 하고.

나는 시선을 돌려 매장 안을 날듯이 돌아다니고 있는 홍랑이를 바라보며 금랑이에게 말했다.

"그래도 어쩔 수 없어 보이는데?"

금랑이도 홍랑이를 한번 본 다음 가볍게 어깨를 떨궜다.

"어쩔 수 없구나. 홍랑이도 랑이이니까 말이니라."

그렇게 말하는 금랑이의 귀와 꼬리가 추욱 늘어진 게 많이 아쉬운 것 같다.

으음~

이럴 때는 기운을 북돋아 주는 게 내 역할이겠지.

"그래도, 금랑아."

"으냐아?"

나는 고개를 든 금랑이에게 보란 듯이 입고 있는 티셔츠를 툭툭 건드리며 말했다.

"아직 위가 남아 있잖아?"

스포츠웨어 매장에서 금랑이의 취향에 맞는 옷이 있을 것 같지는 않지만, 지금 홍랑이가 관심을 가진 러닝셔츠보다야

낫겠지.

……안 돼, 홍랑아.

그건 안 된다.

캐릭터가 겹쳐 버린다고.

블루머야 돌핀 팬츠하고 달라서 괜찮지만, 러닝셔츠는 안 돼.

그렇기에 어떻게 할까 살짝 고민하고 있는 내게, 어느새 옷 한 벌을 손에 들고 온 금랑이가 말했다.

"이런 건 어떠하느냐?"

"응?"

금랑이가 가지고 온 옷은 흰색에 빨강색 줄무늬가 들어가고 가슴팍에 귀여운 빨강색 호랑이 그림이 로고처럼 박혀 있는 티셔츠였다.

음.

"좋은 것 같네."

금랑이가 좋다면 좋은 거겠지.

나보다 패션 센스가 있는 것 같으니까 말이야.

그런데 내 의견까지 들은 금랑이는 제자리에서 꿈쩍도 하지 않고 가만히 있었다.

왜 그러지?

이대로 있다가는 정말로 홍랑이가 러닝셔츠를 고르게 될 것 같은데?

"무얼 하느냐, 성훈아?"

그런 생각을 하고 있었기에 핀잔이 섞인 듯한 금랑이의 말에 나는 살짝 당황할 수밖에 없었다.

"어?"

금랑이가 몸을 추욱 늘어뜨리고서는 고개만 들어 나를 올려다보며 말했다.

"홍랑이에게 추천해 주는 건 성훈이가 해야 하는 일 아니느냐?"

그쪽이 홍랑이가 더 기뻐할 테니까 말이지.

"그래도 고른 건 너잖아?"

"흐냐아……."

깊은 한숨을 내쉰 금랑이가 한 손으로 입가를 세로로 가리고 허리를 숙이라고 손짓했다.

혹여나 홍랑이가 듣지 못하도록 귓속말을 하고 싶은 것 같다.

나는 금랑이의 바람대로 허리를 숙였고, 금랑이가 말했다.

"후~!"

아니, 귀에 입김을 불었다!

"우왓?!"

"성훈이에게 주는 벌이니라."

사람 마음을 두근거리게 만든 금랑이가 귀엽게 미소 지으며 말을 이었다.

아니, 이게 어떻게 벌이 되는데?

포상이지.

나는 그런 생각을 마음속 한편에 고이 접어 두고 귀를 만지작거리며 말했다.

"내가 뭘 잘못했는데?"

금랑이가 나래처럼 팔짱을 끼고 나를 올려다보며 말했다.

"이 옷, 나 혼자 고른 건 아니지 않느냐?"

아니, 네가 골랐습니다만.

그런 내 생각을 읽은 듯이, 금랑이가 입술을 삐쭉 내밀며 말했다.

"이 옷이 마음에 든다고 한 건 거짓말이었느냐?"

나는 고개를 저었다.

"그러면 나와 네가 같이 고른 것 아니느냐?"

그렇게 되나?

살짝 고민하고 있자니 금랑이가 말을 이었다.

"애초에 부부는 일심동체이니라. 내 뜻은 네 뜻이고, 네 뜻은 내 뜻이니 아무런 문제도 없느니라!"

놀랍게도 금랑이의 말에 설득당하는 내가 있었다.

그렇게 된 가장 큰 이유는, 아마도 홍랑이가 러닝셔츠를 손에 들고 만족스러운 미소를 짓고 있기 때문이 아닐까.

"알았어."

나는 금랑이에게서 티셔츠를 빼앗듯이 받아 들고서는 말을 이었다.

"그럼 갔다 올게."

"응."

그렇게 해서.

"어떠하느냐, 성훈아?"

짜잔~!

하의가 실종된 홍랑이가 나타났습니다!

아니, 잘 보면 블루머의 끝자락이 살짝, 아주 살짝 보여서 뭔가를 입고 있다는 걸 알 수는 있는데…….

그게 더 위험해!

온전히 드러낸 것보다 살짝 숨긴 게 더 배덕감이 느껴진다고 할까, 어쨌든 위험해!

육체의 삼각지로 내 시선이 자꾸 가려고 한다고!

이래서야 내 사회적 입장이 위험…….

아, 맞다. 나한테 그런 건 없지.

"역시 잘 어울려. 최고야."

그렇기에 나는 내 마음을 한 치도 숨기지 않고 홍랑이에게 말할 수 있었다.

"으냐아?"

그런데 홍랑이는 뭔가 이상한지 고개를 갸웃거리며 말했다.

"그런데 어딜 보고 있는 것이느냐?"

네 허벅지.

정확히 말하면 양쪽 허벅지 사이에 있는 역삼각형의 틈.

……하지만 아무리 나라 해도 그런 말까지 할 정도로 스스로에게 진실된 삶을 살기로 한 건 아니다.

그래서 난 시선을 위로 서서히 올리면서 홍랑이에게 말했다.

"잘 어울리나 확인하고 있었어."

"헤헤헷, 그럴 필요가 무엇이 있느냐?"

홍랑이가 두 발을 어깨 너비로 벌리고 허리에 손을 올리며 당당하게 말했다.

"네가 골라 주고 내가 입었으니, 무조건 잘 어울릴 수밖에 없는 것을!"

저 넘치는 자신감은 나도 좀 배워야 할 것 같다는 생각이 들었을 때.

"그러면 홍랑아."

어느새 다가온 도랑이가 홍랑이의 눈치를 살피며 말했다.

"다음에는 내 옷을 고르러 가도 되겠느냐?"

호오.

도랑이가 먼저 말을 꺼낼 줄은 몰랐는데.

아무래도 홍랑이가 옷을 갈아입는 걸 보고, 자기도 자기 취향대로 옷을 갈아입고 싶은 마음이 커졌나 보다.

수줍게 물어 온 도랑이를 보며 두 눈을 깜빡깜빡 감았다 뜬 홍랑이는, 이내 자신의 가슴을 두드리며 기운차게 말했다.

"나는 만족했으니 괜찮으니라!"

다행이네.

* * *

"여기이니라."

스포츠웨어 매장에서 나온 도랑이가 찾아간 곳은…….

내가 이런 곳과는 별로 접점이 없어서 뭐라고 해야 할지 모르겠네.

뭔가 봄에 핀 꽃처럼 화사한 느낌이 드는 여성복 매장이었다. 그렇다고 조금 전에 홍랑이가 골랐던 스포츠웨어 매장처럼 넓고 심플한 곳은 아니다.

여러 사람이 들어가기에는 좁아 보이는 매장에 가득히 색색들이 옷들이 진열되어 있는, 어딘가 앤티크한 느낌을 주는 곳이었으니까.

그렇기에 매장 안에 있을 수 있었던 건 나와 도랑이, 그리고 세희 인형뿐이었다.

다행인 건, 금랑이와 홍랑이와 파랑이와 흑랑이가 밖에서 기다리는 걸 싫어하지 않는 것 같다는 정도?

금랑이는 도랑이가 이곳을 고른 게 마음에 드는지 흐뭇한 미소를 짓고 있고.

홍랑이는 새 옷이 마음에 들었는지 이리저리 폴짝폴짝 뛰어다니며 하늘에 날아다니고 있는 괴생물체를 한 번씩 쓰다듬고 있네.

파랑이는 근처 벤치에 묵묵히 앉아 있지만, 불만이 있는 표정은 아니다.

흑랑이?

어째서인지 소주병으로 만든 가로등 위에 서서 먼 곳을 바라보고 있습니다.

재주도 좋아라.

즉, 지금 문제는 나한테만 있다는 거다.

조금 전의 스포츠웨어 매장보다 이곳이 나한테는 조금 더 이계와 가깝다고 할까, 익숙하지 않은 것들 천지란 말이죠.

즉, 지금 저는 꽃향기가 나도 이상할 것 같지 않은 옷들에게 둘러싸여 압도당하고 있다는 겁니다.

"성훈아."

그나마 다행인 건 내 옆에 있는 도랑이 덕분에 조금이나마 여유가 있다는 걸까.

"응?"

"저건 어떠하느냐?"

도랑이가 가리킨 건 꽃무늬가 들어간 하늘하늘한 원피스였다.

나는 잠시 머릿속에서 저 옷을 입은 도랑이의 모습을 상상해 봤고.

"잠깐만."

그런 바보 같은 짓거리를 할 필요가 없다는 사실을 깨달았다.

옷을 몸에 대보면 되니까.

나는 도랑이가 건네 준 옷을 목에 대보았다.

응.

역시 우리 랑이, 아니, 도랑이다.

매장에 빼곡한 옷들 덕분에 약간은 답답하게 느껴지던 이곳이, 한순간에 꽃이 흐드러지게 핀 넓은 화원으로 변해 버리잖아?

"정말 잘 어울려, 도랑아."

"그러하느냐?"

살짝 뺨을 붉히며 도랑이가 몸을 배배 꼰다.

도랑이가 기뻐하니까 나도 기쁘군.

"그러면 성훈아."

"응?"

흐뭇한 미소를 지으며 대답한 내게 홍조를 띄운 도랑이가 말했다.

"저, 저, 저, 저기서 갈아입는 것 좀 도와주어라."

탈의실을 가리키면서.

……왜 이야기가 그렇게 되지?

"너 혼자 갈아입어, 이 녀석아."

"그, 그치만…… 이런 옷은 안 입어봐서 모르겠단 말이니라."

"나도 안 입어봐서 몰라."

여장은 몇 번 해 봤습니다만, 그때의 기억은 이미 머릿속에서 지워 버려서 말이죠.

"……모, 모르는 걸 서로 도와가며 배우는 것 또한 연인들의 즐거움 아니겠느냐?"

하지만 도랑이는 동요하는 마음만큼이나 흔들리는 꼬리를 감출 생각을 하지 않고, 머리에 김이 올라올 정도로 붉어진 얼굴로 나를 바라보며 다시 한번 내게 말했다.

흐음~?

이 녀석 봐라?

수줍음이 많은 성격이라 해도 랑이는 랑이라는 건가?

부끄럽긴 하지만 단 둘이 있을 때 조금이라도 나와 같이 있고 싶다는 거지? **바깥에서는 안을 들여다 볼 수 없는** 탈의실에서도 말이야.

지금 그게 도대체 뭐가 문제냐고 생각한 사람이 있다면…….

나와 동지라는 뜻이다!

사실 저도 별 문제는 없을 것 같아요!

목욕할 때 서로서로 구석구석 씻겨 주는 사이에 이런 게 무슨 문제겠습니까?!

하지만 세상에는 상식이라는 게 있고, 나는 그걸 랑이에게 가르쳐 줘야 하는 입장이다.

탈의실에 남자와 여자가 같이 들어가도 되는 건 소설과 만화뿐이라고.

그래서 나는 무릎에 손을 얹고 허리를 굽혀서 도랑이와 눈높이를 맞추고서 가만히 있었다.

"으냐아?"

뚫어지게 바라보았다.

"왜, 왜 그러느냐?"

보고 또 봐도 언제나 귀여운 도랑이를 뚫어지게 바라보았다.

"항복, 항복이니라."

결국 도랑이가 분홍빛으로 물든 얼굴을 두 손으로 가렸다.

그제야 나는 다시 허리를 펴고서 도랑이의 머리를 쓰다듬으며 말했다.

"나 말고 세희 인형한테 도와 달라고 해."

아쉬움에 도랑이의 귀가 축 처지는 걸 본 나는 기운을 돋워 주기 위해 말을 이었다.

"나중에 아이가 생기면 아빠인 나보다 엄마인 네가 옷 입는 법을 가르쳐 주는 게 좋을 테니까."

"흐, 흐냐아앙?!"

내 고백 아닌 고백에 깜짝 놀라 행복에 가득 찬 비명을 지르며 손을 내린 도랑이의 두 뺨은 복숭아처럼 붉게 물들어 있었다.

"그, 그렇구나. 응. 그러하느니라. 흐냐아, 성훈이도 참, 그런 일까지 미리미리 염두에 두고 있었구나. 으냐아, 나는 생각도 못하고 있었느니라."

아니.

나도 지금 막 생각해 낸 거다.

애초에 우리 사이에 아이가 생기면, 그 안주인님 바라기와 여동생 바보 녀석이 옥이야 금이야 모시고 다닐 게 뻔한데 걱정할 필요가 없지.

"응."

그래도 이모들보다는 엄마가 직접 가르쳐 주는 게 좋을 것 같기에 나는 고개를 끄덕였다.

"헤헤헷."

내 표정에서 진심을 느꼈는지, 도랑이가 행복한 미소를 짓고서는 탈의실로 들어갔다.

그 뒤를 이어 들어가는 세희 인형이 이쪽을 돌아보며 살짝 눈살을 찌푸렸습니다만, 무슨 상관이겠어?

나는 그저 빙긋 미소를 건네며 커튼을 쳤다.

나와 도랑이, 그리고 세희 인형만 있으니까 커튼을 칠 필요는 없을지도 모르지만······.

다시 말하지만, 이것이 세간의 상식이라는 것입니다.

그렇게 커튼을 친 탈의실 앞에서 잠시 기다리고 있는 사이.

"서, 성훈아."

안쪽에서 뭔가 곤란해하는 도랑이의 목소리가 들려왔다.

"왜?"

"조금 도와줄 수 있느냐?"

으음~

이 정도는 괜찮겠지.

"왜 그래?"

나는 커튼을 살짝 옆으로 밀고 머리만 안쪽으로 들이밀었다.

그 안에는 내 쪽을 향해 등을 돌리고 있는 도랑이와 그 밑에서 만세를 부르고 있는 세희 인형이 있었다.

조금 더 정확하게 말하면, 뒤에 달린 지퍼를 올리지 못해서 등을 훤히 드러낸 채 머리카락이 아래로 흘러내리지 않게 앞쪽으로 모아 손으로 잡고 있는 도랑이와, 두 팔을 위로 들고 제자리에서 깡충깡충 뛰고 있는 세희 인형이.

······이상하다.

아까 봤을 때는 지퍼 같은 건 없는 평범한 원피스였는데. 내가 대충 봐서 그런가?

이게 지금 세희를 본떠 만든 인형의 장난이 아닐까 싶어 잠시 기억을 되짚어 보고 있을 때.

그런 사정과는 아무 관계가 없는 도랑이가 내 쪽을 향해 고개를 돌리며 말했다.

"뒤에 손이 닿지 않으니라."

"그…… 래?"

가장 먼저 든 생각은, 옷 사이로 보이는 도랑이의 등이 상당히 아름다웠다는 것이었다.

아주 살짝 볼록하게 튀어나온 배와는 다르게 안쪽으로 곡선을 그리며 들어간 등은, 손가락으로 한 번 훑어 보고 싶을 정도였으니까.

두 번째로 든 생각은, 머리카락에 가려져 있던 도랑이의 목덜미가 상당히 눈부셔 보였다는 거다. 도랑이가 조금만 더 어른이었다면 색기까지 느껴지지 않았을까 싶을 정도로.

세 번째로 든 생각은, 세희가 만든 인형이 하늘도 날지 못할 정도로 성능이 나쁘지 않을 것이라는 것.

지금도 시위하듯이 제자리에서 폴짝폴짝 뛰고 있는 게 상당히 의심스럽다는 거지.

"……성훈아?"

마지막으로 든 생각은, 내가 이럴 때가 아니라는 것이었다.

"아, 그래. 잠깐만."

나는 커튼을 살짝 옆으로 민 뒤, 반쯤 탈의실에 발을 걸치고서 허리쯤에 있는 지퍼를 잡고서 도랑이에게 말했다.

"올릴게."

머리카락 잘 잡고 있으라는 뜻이지.

혹시라도 중간에 끼이면 아플 테니까.

"알겠느니라."

지이이익.

나는 끝까지 지퍼를 올리고서 도랑이에게 말했다.

"다 됐어."

"고마우니라, 성훈아."

그제야 도랑이가 머리카락을 손에서 놓았다. 비단결처럼 흩날리는 분홍색 머리카락을 보고 있자니······.

"커튼 다시 칠게."

나는 도랑이의 대답을 듣지 않고 밖으로 완전히 나왔다.

가게 안에서 찾아볼 게 생겼거든.

내가 옷가지들 사이에 있던 물건 중에서 도랑이에게 어울릴 법한 디자인을 찾았을 때.

"어, 어떻느냐, 성훈아?"

도랑이가 탈의실에서 나왔다.

"······역시 잘 어울려."

잠깐 할 말을 잊어버리고 말았지만, 나는 늦지 않게 내 마음을 말로 표현할 수 있었다.

옷을 대봤을 때는 도랑이가 가지고 있는 매력의 30퍼센트 정도 밖에 보인 게 아니었을까, 하는 멍청한 생각이 들 정도로.

"그러하느냐?"

내 칭찬이 기뻤는지, 도랑이가 밝은 미소를 짓고서는 제자리에서 한 바퀴를 빙 돌고서 제자리에 섰다.

그 모습이 너무나 귀엽고 사랑스러워서 빤히 보다가 조금 전에는 바뀐 옷차림에 보이지 않았던 것들이 시아에 들어왔다.

어깨에 작은 핸드백을 메고 머리카락에는 머리핀을 달고 있는 걸 말이지.

······정말 잘 어울리네.

그래서 나는 도랑이가 눈치채지 못하게 손에 들고 있던 걸 주머니 속에 집어넣었다.

"큰 주인님."

다시 말하자면, 인형의 눈은 피하지 못했다는 거지.

"도벽은 신경증적인 정신병의 일종으로 봐야 한다는 학술적 연구가 있을 정도로 가볍게 생각해서는 안 되는 일입니다."

하고 싶은 말은 정말 많이 있었지만, 나는 그중에서 가장 먼저 해야 할 말을 꺼냈다.

"나중에 다시 제자리에 놓을 생각이었다."

"그 나중이 지금이 되겠군요."

"야."

"왜 그러십니까, 큰 주인님. 혹시 인형인 저와는 말이 통하지 않으니 사장, 실례, 본체를 불러오라 하시고 싶으신 겁니까?"

"······아니, 됐다."

말싸움으로는 인형도 못 이기겠군.

요괴넷 게시판을 관리하고 있을 세희를 이곳에 불렀다가

무슨 말을 들을지 무서우니 그만두자.

나는 무슨 이야기를 하는지 이해를 못하고 고개를 갸웃거리며 머리카락으로 물음표를 만드는 도랑이의 시선을 받으며 주머니에 집어넣었던 물건을 꺼냈다.

"아."

하얀색 꽃 모양 머리핀을.

……잘 어울릴 것 같아서 달아 주려고 했죠.

내가 고른 머리핀보다는 도랑이가 하고 있는 쪽이 더 잘 어울려 보여서 숨겼지만.

물론.

"성훈아, 그건 나를 위해 골라 준 것이느냐?"

도랑이는 내가 자신을 위해 골라 준 머리핀 쪽을 더 좋아할 거라는 건 알고 있다.

"그래."

알고 있지만, 내 개인적인 욕심으로는 도랑이가 조금이라도 더 예뻐 보였으면 한다고.

"고맙느니라!"

내 개인적인 욕심과 도랑이의 행복에 찬 초롱초롱한 눈망울을 동시에 저울질한다면 한쪽이 너무 가벼워서 날아가 버리겠지만.

나는 씁쓸하면서도 내심 기쁜 마음을 숨기며 꽃 머리핀을 건네주려고 했다.

"으냐아…… 성훈이가 직접 달아 주면 안 되겠느냐?"

이미 머리카락을 예쁘게 정리하고 있던 머리핀을 핸드백에 넣고서 내게 고개를 숙인 도랑이를 보고 바로 생각을 바꿨지만.

"알았어."

나는 조심스럽게 머리핀을 달아 주…… 려다가, 한 가지 사실을 깨달았다.

저, 지금까지 누군가에게 머리핀을 달아 준 적 없습니다. 당연하겠지만 직접 해 본 적도 없고요.

"……성훈아?"

내가 가만히 있는 게 이상했는지 도랑이가 고개를 살짝 들어 나를 올려다보았다.

나는 도랑이의 기대와 의문이 반반 섞인 시선에 씁쓸한 미소로 답하며 말했다.

"나, 머리핀 달아 본 적이 없어서 말이야."

"그러하느냐? 그러면……."

고개를 들고 내 손에서 머리핀을 받으려던 도랑이는 이내 "아." 하고 소리를 내고서는 손을 뒤로 빼며 말했다.

"이번 기회에 말이니라. 배워 두면 되겠구나."

부끄러운 기색이 역력한 목소리로 말이지.

"나, 나중을 위해서 말이니라."

내가 했던 말을 그대로 돌려받았구나.

그 모습이 기특하고 사랑스러워서 살짝 웃음을 터트린 나는 손가락만 만지작거리고 있는 도랑이에게 말했다.

"나중을 위해서 말이지?"

얼굴이 새빨갛게 물든 도랑이가 아무 말도 못하고 푸욱 고개를 숙였다.

그 모습에 피식 웃고 만 나는 도랑이가 바라는 대로 조심스럽게 머리핀을 달아 주었다.

혹시라도 도랑이의 여린 피부에 상처라도 나지 않도록 조심하면서.

……결국에는 세희 인형이 허공에 둥둥 떠서 살짝 고쳐 달아 줬지만 말이죠.

역시 날 수 있었어, 이 자식!

* * *

"응, 정말 잘 어울리는구나! 아까보다 열 배는 더 귀여워 보이니라!"

가게를 나왔을 때 나와 도랑이를 맞이해 준 건 만족한 표정의 금랑이었다.

"그것은 분명, 사랑이 담겨 있기 때문일 것이니라."

흑랑이는 세희의 인형이 준비해 온 듯한 붉은색 음료가 담긴 와인잔을 쥐고 '그대의 아름다움에 치어스~'같은 자세로 도랑이를 칭찬했고.

"잘 어울려."

기다리는 동안 청바지와 흰색 티로 갈아입은 듯 보이는 파랑이는 머리에 쓴 야구 모자를 고쳐 쓰며 간략히 자신의 감상을 전했다.

"그렇구나! 응! 조금 불편해 보이기는 하지만, 정말 예쁘다!"

홍랑이는 자기 일처럼 기뻐하며 도랑이의 어깨를 툭툭 두드렸고 말이야.

"헤헤헷, 고맙느니라."

도랑이는 다른 랑이들의 칭찬에 수줍게 얼굴을 붉히며 감사의 말을 전했다.

보는 사람이 다 훈훈해지는군.

그런데 지나가듯 말했듯이.

"파랑이는 먼저 갈아입었네?"

파랑이는 이미 다른 옷으로 갈아입은 후였다.

"……이쪽이 더 효율적이니까."

"그래?"

파랑이의 옷을 골라 주지 못한 게 살짝 아쉽기는 하지만, 잘 어울리니까 된 거 아닐까.

편한 옷에 야구 모자를 쓰고 있어서 그런지 살짝 보이시한 느낌도 들고 말이야.

그렇게 색다른 매력을 뽐내고 있는 모습을 흐뭇하게 바라보고 있자니, 파랑이가 모자를 눌러쓰며 말했다.

"네가 골라 주는 게 싫었던 건 아니니라."

응?

아, 그렇게 생각할 수도 있구나.

나는 당연히 내가 조금이라도 번거롭지 않았으면 하는 마음에 혼자 옷을 골랐다고 생각했는데.

나는 피식 웃고 파랑이의 볼을 쭈욱 잡아당기며 말했다.

"으냐아아아아?"

당황한 파랑이한테 말이지.

"내가 그런 생각을 하겠냐."

파랑이의 볼이 어디까지 늘어나는지 확인해 보고 싶다는 생각이라면 모를까.

안타깝게도 그 시도는 입에 숨을 불어넣어 볼을 탱탱하게 만든 파랑이로 인해 무산되었지만.

자, 그러면.

이제 금랑이와 흑랑이의 옷을 골라 주면 되겠구나.

그렇게 생각하며 먼저 금랑이에게 어디로 갈지 물어보려고 할 때.

"주인님."

"어?"

어느새 내 옆에 나타난 세희가 말을 걸어왔다.

요괴넷 관리가 벌써 끝났나?

"아닙니다."

"그래?"

나는 속으로 안도의 한숨을 내쉬면서 세희에게 말했다.

"그러면?"

"안주인님들과 즐거운 한때를 계속 보낼 수 있을 거라 생각하고 안도의 한숨을 내쉰 주인님께는 안타까운 일입니다만,

나래 님께 전화가 왔습니다."

일부러 말 안 했는데 콕 집어 줘서 고맙다, 야.

나래의 전화라고 하니까 넘어가겠지만.

"나래한테?"

"그렇습니다."

그런데 이상하네.

"여기 전화 안 되는 거 아니었어?"

아까 확인했을 때는 인터넷이 안 됐으니까 말이지.

내 당연한 의문에 세희는 한쪽 입꼬리를 슬쩍 올리며 말했다.

"그러면 제가 이곳에서 요괴넷을 어떻게 관리하겠습니까?"

……그래.

내 휴대폰이 안 된다고 네 것까지 그러라는 법은 없지.

나는 세희에게 손을 내밀었다.

휴대폰을 달라는 뜻이었지만, 세희는 두 손을 공손히 모은 채 움직이지 않고.

"얍!"

어째서인지 홍랑이가 내 손 위에 턱을 올렸다.

……그런 의도는 아니었지만, 어쨌든 귀여우니까 된 거겠지.

나는 홍랑이의 턱을 긁어 주며 세희에게 말했다.

"전화 왔다며?"

"그렇습니다."

"휴대폰 안 줘?"

세희가 고개를 갸웃거리며 말했다.

"상식적으로 생각해 봤을 때, 이런 곳에서 전파가 터질 리 없지 않습니까?"

전파는 몰라도 내 울화통은 터질 것 같구나.

나는 화를 가라앉히기 위해, 홍랑이에게 질 수 없다는 듯이 옆에서 나를 끌어안고 내 배를 만지작거리기 시작한 금랑이의 못된 손을 밖으로 빼며 말했다.

"……그러면 나보고 어쩌라고?"

세희가 몸을 틀어 내 맞은편에 있는 네놈과 호랑이님이라는 카페를 가리키며 말했다.

"바깥과 유선으로 연결되어 있는 전화기가 있습니다."

아, 그렇구나.

이곳에서 무선으로 전화나 인터넷이 안 되는 건 당연한 거지만, 유선은 괜찮다는 거구나.

하하하.

공유기나 중계기 같은 걸 두면 이 안에서도 무선으로 전화나 인터넷을 할 수 있지 않느냐는 소리가 목구멍까지 올라왔지만, 나는 그 말을 되삼켰다.

"알았어."

더 이상 나래를 기다리게 만들기 싫으니까.

"그러면……."

랑이들에게 같이 카페에 가자고 말하려고 할 때.

"안주인님 분들은 제가 시중을 들 터이니, 주인님께서는 나래 님의 인내심이 한계에 다다르기 전화를 받으러 가시지요."

세희가 먼저 선수를 쳤다.

흠?

이거 혼자 가라는 거지?

평소의 세희답지 않은 일에 살짝 의문이 들었지만…….

다르게 말하면 그럴 만한 이유가 있다는 뜻이겠지.

"그래."

그렇다고 바로 갈 수는 없는 법.

나는 내 손에 턱을 올리고서 고개를 돌려 나를 올려다보고 있는 홍랑이와 이제는 내 손바닥을 손톱으로 긁기 시작한 금랑이. 모자를 고쳐 쓰며 딴청을 부리고 있는 파랑이와 어디서 나왔는지 모를 가죽 의자에 몸을 묻은 채 선글라스를 빛내는 흑랑이. 그리고 잘 갔다 오라는 듯 손을 흔들어 주는 도랑이에게 말했다.

"그럼 잠깐 갔다 올게."

"너무 늦어지면 내 쪽에서 찾아가겠느니라!"

"나래에게 잘 놀고 있다 전해 주어라."

"……신경 쓰지 않아도 되느니라."

"이별이 있기에 만남이 아름다운 법이라 하였느니라."

"기다리고 있겠느니라, 성훈아."

나는 아이들의 배웅 아닌 배웅을 받으며 카페로 향했다.

세희가 가리킨 카페는 당연하다면 당연하겠지만, 아이들이 놀 수 있는 공간이 있는…….

세희 인형이 점장이라고 적힌 이름표를 달고 카운터 위에 앉아 있는 키즈 카페였다.

옷을 다 고른 다음에 여기서 잠깐 노는 것도 괜찮겠다고 생각하며, 나는 전화기가 어디 있는지 물어보기 위해 카운터로 걸어갔다.

카운터 옆에 공중전화 박스가 있는 걸 보고 바로 방향을 바꿨지만.

공중전화의 수화기는 옆으로 내려져 있었고, 나는 아무 의심 없이 수화기를 들어 귀에 댔다.

그러자 귀에 익숙한 소리가 들려왔다.

─뚜.─

통화 단절음 말이죠.

나는 어이가 없어서 고개를 돌려 카운터 쪽을 보았고, 세희 인형은 작은 손가락으로 용케 돈을 뜻하는 제스처를 보였다.

……돈 받는 거냐.

돈 안 가지고 다닌 지 오래됐는데.

그래도 혹시 몰라 주머니 속을 뒤져 보고 있자니, 이쪽을 빤히 바라보고 있던 세희 인형이 말했다.

"카드도 받습니다."

…………카드도 없다.

나는 일부러 보란 듯이 주머니를 뒤집어 깠고, 세희 인형은 자기를 만든 녀석의 트레이드마크나 다름없는 표정을 지으며 나를 향해 동전 하나를 던졌다.

십 원짜리 하나 말이야.

"단돈 십 원도 없으신 분이 제 본체가 섬기는 큰 주인님이 시라니……."

어, 없을 수도 있지!

오랜만에 가난의 쓴 맛을 느끼며 전화기에 돈을 넣자, 그제 야 통화 연결음이 들려왔다.

그렇게 신호가 두 번 정도 갔을 때.

[늦어.]

살짝 날카로운 나래의 목소리가 들려왔다.

"아, 미안."

구차하게 이유를 말하자니 불쌍하게 여겨질 것 같아서 나 는 바로 사과했다.

다행이도 그게 틀린 선택은 아니었는지, 수화기 건너편의 나래가 낮은 한숨을 쉬고서는 살짝 짓궂은 목소리로 내게 말 했다.

[랑이들하고는 잘 놀고 있어?]

나래도 랑이가 다섯 명으로 나눠진 걸 알고 있나 보네.

"정신없긴 하지만."

[그렇지?]

나는 쿡쿡 웃은 나래에게 말했다.

"그런데 괜찮아?"

[응? 뭐가?]

"세희한테 대충 들었거든."

페이한테야 거부할 수 없는 제안을 했다는 느낌이지만…….

세희 성격에 나래에게까지 그렇게 달콤한 미끼를 걸었을 것 같진 않거든.

하지만 내 걱정을 모두 들은 나래는 피식 웃고는 말했다.

[괜찮아. 내 입장에서도 별로 나쁜 이야기는 아니었으니까.]

"응?"

설마 '우리 관계에 대해서 조금 생각해 볼 시간이 필요했다.' Part.2는 아니겠죠?

살짝 불안에 떨며 나래의 대답을 기다리고 있자니.

[아니거든?]

불만 섞인 목소리가 들려왔다.

"……전 아무 말도 안 했는데요?"

[우리 관계에 대해서 조금 생각해 볼 시간이 필요했는데 잘 됐다~ 하고 받아들인 거 아니라고.]

"……전 아무 말도 안 했는데요."

같은 말이지만 담긴 뜻이 다릅니다.

[성훈아, 우리가 알고 지낸 지 꽤 오래됐지?]

"그렇죠."

[내가 너보다 머리 좋고.]

"그렇습죠."

[이 정도면 설명 됐지?]

"된 것 같습니다."

쳇, 이래서 머리 좋은 녀석들은.

하지만 잊지 말라고!

내가 비록 머리는 나쁘지만 야성의 감은 누구보다도 뛰어나니까!

즉, 이 화제에서 도망치지 않으면 위험하다고 외치는 육감을 믿어야 한다는 거다.

[정말, 너 자꾸 그러면 다시는 그런 생각 못하도록 잘 때 덮쳐서 임…….]

조금 늦었지만!

"아, 그런데 나래야."

[응?]

"왜 괜찮았는데?"

어색하지 않은 선에서 화제를 돌리며 호기심도 충족하고픈 내 질문에 나래가 대답했다.

[빤히 보여, 성훈아.]

"묵비권을 행사하겠습니다."

[그래, 그래.]

내 대답이 마음에 들었는지 나래는 낮게 웃고는 말을 이었다.

[신내림 때 받은 선물 중에 아직 내 거로 못 만든 게 있어서 그래.]

……인간에서 얼마나 벗어나려고 하시는 겁니까.

나는 아직도 반인반선에서 벗어나지 못했고, 밤하늘과의 약속도 못 지켰는데 말이야.

살짝 자괴감이 들려고 할 때.

[그보다 넌 괜찮아?]

항상 내 속을 꿰뚫어 보고 있는 나래가 말했다.

"으, 응?"

[랑이가 다섯 명으로 늘었잖아.]

그쪽 이야기였구나.

아니, 일부러 그쪽 이야기를 한 거겠지.

하지만 그것만으로도 마음속을 가리려던 안개가 걷히는 느낌이 들었다.

"괜찮아. 수가 늘어나도 랑이는 랑이니까."

[흐응~ 그렇구나~ 성훈이는 사랑하는 랑이가 많아져서 좋다는 거구나~ 그런 거구나~]

······제가 이상한 생각 안 하도록 화제 돌리신 거 맞죠, 나래 님?

[뭐, 쉬는 시간도 별로 안 남았으니까 농담은 여기까지 할게.]

어떻게 대답해야 할지 몰라 고심하고 있던 제게는 좋은 소식이네요.

그렇다고 긴장을 풀 때는 아니지만.

내 예상대로라면, 나래가 전화를 한 이유를 지금부터 말할 테니까.

[생각해 보니까 조금 걱정되는 게 있어서 전화해 봤어.]

거봐.

나는 나래의 불안을 덜어 주기 위해 목에 힘을 주며 나름 의젓한 목소리로 말했다.

"괜찮아. 좀 정신없긴 하지만, 별일은 없으니까."

[……하아.]

수화기 너머에서 낮은 한숨 소리가 들린 뒤.

철부지 아이가 사고치기 전에 막을 수 있어 다행이라는 듯한 느낌의 목소리로 나래가 말했다.

[그렇게 말하는 걸 보니까 역시 전화 걸기를 잘했네.]

"아니, 왜요?!"

제가 그렇게 믿음이 안 가십니까?!

살짝 불만 섞인 대답에도 나래는 차분한 목소리로 말했다.

[랑이 말이야, 혹시 다섯 명 중에서 네가 가장 마음에 든 아이를 정해 달라고 하지 않았어?]

"맞습니다."

[그거 듣고 떠오른 생각은?]

"아, 랑이는 랑이구나."

[그게 끝?]

"그렇습니다."

[그러면 지금은?]

"나래가 언급한 걸 보니까 뭔가 문제가 있을지도 모르겠네."

[그 문제가 뭔지 알 것 같아?]

"한 시간 정도 혼자서 가만히 생각해 보면."

나는 문제를 듣는 순간에 답을 낼 정도로 머리 회전이 빠른 녀석은 아니니까.

[랑이들하고 놀아 주다 보면 그럴 상황이 없을 것 같으니까 정답을 알려 줄게.]

침묵으로 답한 내게 나래가 말했다.

[정답은 랑이가 너를 좋아하는 만큼, 네가 선택한 아이의 성격이 다시 한 명으로 돌아갔을 때 특출 나게 강해질 수도 있다는 거야.]

"……."

생각하지 못한 가능성에 나는 할 말을 잃고 말았다.

그 침묵이 조금 전과는 의미가 다르다는 것을 깨달은 나래가 상냥한 목소리로 말했다.

[아, 그렇다고 너무 심각하게 받아들이지는 마. 애초에 내 가정일 뿐이고, 만약 그렇게 된다 하더라도 랑이의 성격이 크게 변할 것 같지는 않으니까. 애초에 그런 문제가 생길 것 같으면 세희하고 냥이가 이런 일을 벌였을 리도 없고. 그냥 한동안 조금 더 개성 넘치는 성격이 되는 것 정도 아닐까?]

……그건 좀 싫은데.

아, 랑이의 성격이 변하는 게 싫다는 것도 아니다.

그저, 나는 **내 선택으로** 인해 랑이의 성격이 변하는 게 싫다는 거다.

성격이라는 건 살아가면서 여러 가지 일을 겪으며 자신도 모르는 사이에 자연스럽게 변하는 게 좋다고 생각하거든.

그렇기에 나래의 충고는 내게 너무나 소중한 것이었고, 나는 진심을 담아 나래에게 말했다.

"말해 줘서 고마워, 나래야."

[아니야. 잘 놀고 있는데 괜한 걱정거리 하나 던져 준 것 같

아서 오히려 미안한걸.]

"제가 워낙 생각 없이 살아서 오히려 그 편이 더 낫습니다."

[그건 그렇긴 해.]

"......"

어딜 봐도 진심으로 들리는 대답에 또 다른 의미의 침묵을 지키고 있자니, 당황한 목소리가 수화기를 통해 들려왔다.

[노, 농담이야, 성훈아.]

"아닌 것 같은데요."

[얘는? 농담 맞다니까? 혹시 삐친 건 아니지?]

"안 삐쳤는데요."

몇 번이나 말했지만, 나래는 목소리만으로 내가 거짓말을 하고 있는지 아닌지 알 수 있죠.

덕분에 나래는 조금 전보다 허둥대며 내게 말했다.

[아! 쉬, 쉬는 시간 다 됐네! 오랜만에 랑이와 둘뿐이니까, 아, 둘은 아닌가? 어쨌든 우리 생각은 하지 말고 신나게 놀아. 알겠지?]

나래를 놀리는 건 여기까지 하자.

"그래, 너도 열심히 하고."

허둥대는 나래의 목소리를 듣는 것만으로 속이 다 풀려 버렸으니까.

[응.]

그제야 나래도 평소의 차분한 목소리로 돌아왔다.

그러면 슬슬 통화는 여기까지 해야겠다.

더 이상 아이들을 기다리게 해서는 안 될 것 같으니까 말이야.

[그럼 이만 끊을게.]

"그래."

나래도 나와 같은 생각인 것 같고.

"그럼……."

수고하라는 말과 함께 전화를 끊으려고 할 때.

[아, 맞다. 성훈아.]

나래가 급한 목소리로 말했다.

"응?"

[요즘 역바니걸이라는 게 유행한다고 해.]

"……예?"

[다음은 내 차례니까, 기대하고 있어.]

"…………저기요?"

나누고 싶은 대화가 많았지만 나래는 무정하게도 전화를 끊어 버렸다.

……세희 녀석, 이런 식으로 나래를 설득한 거군.

갑자기 몸이 으슬으슬해졌지만, 나는 고개를 가로저으며 걱정을 떨쳐 냈다.

지금 생각해야 할 일이 아니니까요!

내일의 일은 내일의 내가 어떻게든 하겠지!

나는 그렇게 걱정거리를 한 곳에 묻어 놓고, 수화기를 내려 놓고 뒤를 돌아보았다.

"드디어 끝났구나!"

우왓!

예상 못한 손님에 살짝 놀라고 말았다.

평소 세희에게 시달리지 않았다면 뒤로 물러나면서 가슴을 부여잡을 정도로 말이야.

"기다리고 있었어?"

"응! 그러하느니라! 말을 걸고 싶은 걸 꾸욱 참고서 기다리고 있었느니라!"

이왕이면 조금 뒤에서 기다려 줬으면 좋았을 텐데 말이다.

나는 '그러니 나를 빨리 칭찬해 주어라! 어서!'라고 온 몸으로 말하고 있는…….

"그러니 나를 빨리 칭찬해 주어라! 어서!"

직접 말한 홍랑이의 머리를 쓰다듬으며 말했다.

"다른 아이들은?"

홍랑이가 손을 들어 한 곳을 가리켰다.

그곳에는 파랑이와 도랑이, 그리고…….

어라?

여성용 정장 차림에 알 없는 안경을 쓰고 머리를 틀어 올린 흑랑이와 피부를 갈색으로 태우고서 상당히 가벼운 옷차림을 하고 있는 금랑이가 있었다.

……도대체 제가 전화를 걸고 있는 사이에 무슨 일이 있었던 걸까요.

그건 랑이들의 뒤에 있는 탁자에서 노트북을 만지고 있는 세희에게 물어보면 확실하겠지만!

"피부 태운 거야?"

그럴 필요가 없기에 나는 먼저 금랑이에게 다가가 말을 걸었다.

미리 말해 두지만, 건강한 갈색 피부로 변한 금랑이가 마음에 안 든다는 건 아니다. 지금 입고 있는 가벼운 옷차림하고도 잘 어울리고 말이야.

나는 정말, 순전히 궁금했을 뿐이다.

한 여름의 땡볕에서 뛰어놀아도 새하얀 피부를 유지하는 랑이의 피부가 탈 수 있었던 건가.

그리고 그렇다면 어떻게 선탠? 태닝?

어쨌든 무슨 방법을 쓴 것일까.

단지 그걸 알고 싶어서 물어봤던 거다.

"⋯⋯응."

그러니까 금랑아.

"혹시 마음에 안 드느냐?"

그러니까 시선을 아래로 내리고 발끝으로 바닥을 비빌 필요는 없다.

"왜? 잘 어울리는데."

고개를 든 금랑이의 얼굴에는 환한 꽃이 피어 있었다.

"역시 세희 말대로였구나!"

기분이 좋아졌는지, 금랑이가 그냥 듣고 넘어갈 수 없는 말을 하며 제자리에서 빙글 돌았다.

그 모습이 꽃단장을 한 여자아이가 부모 앞에서 애교를 부리는 것 같아서 흐뭇한 미소가 지어진다고 말하고 싶지만…….

갈색 피부의 충격에서 벗어났기 때문일까.

조금 전보다 확연하게 다른 느낌으로 다가오는 금랑이의 옷차림 때문에 그럴 수가 없었다.

일단, 아래부터 보자.

평소에 신고 다니는 운동화와 달리 지금은 가위표처럼 교차된 끈으로 고정된 샌들을 신고 있다.

랑이라면 뛰어놀기 힘들다고 바로 갈아 신을 만한 굽 있는 샌들을 말이야!

덕분에 금랑이의 머리의 위치가 다른 랑이들보다 조금 높아진 것 같습니다.

다시 돌아와서.

샌들에서 시선을 올리면 매끄러운 종아리와 통통한 허벅지가 보인다.

그렇다.

갈색으로 건강하게 탄 금랑이의 허벅지를 가리지 못할 정도로 치마가 짧다는 이야기다.

얼마나 짧은지, 아까 한 바퀴 빙글 몸을 돌렸을 때 입고 있던 속옷이 그대로 보일 정도라고.

그대로.

화려한 무늬의 검은색 속옷이 그대로.

……뭐, 그래요.

팬티가 보이는 건 그렇다고 칩시다.

그렇게 넘어가면 안 되는 것 같지만, 넘어가죠.

목구멍까지 올라오는 딴죽의 파도를 억지로 가라앉히고 다시 시선을 옮기면.

금랑이의 귀여운 배꼽이 보인다.

평소에도 한복이라고 생각해야 할지 말지 고민하게 되는 옷을 입고 다니는 게 랑이니까, 이상할 건 없지.

다만 입고 있는 게 와이셔츠라면 조금 상황이 다르다. 와이셔츠의 밑 부분을 위로 올려 묶어서 배를 드러내고 있다는 이야기니까.

그뿐일까.

단추란 단추는 모두 풀어서 가슴팍이 그대로 드러나는데…….

그 사이로 화려한 디자인의 검은색 브래지어가 훤히 보이고 있어!

음!

역시 이건 좀 아니야!

아, 물론 금랑이가 브래지어를 하고 있다는 거에 딴죽을 거는 건 아니다.

사실인지 아닌지 모르지만…….

중요하니까 두 번 말한다.

사실인지 아닌지 모르지만! 가슴이 예쁘게 자라기 위해서는 어렸을 때부터 브래지어를 하는 게 좋다는 소리를 인터넷으로 본 적 있거든.

하지만 말이죠!

금랑이는 아직 어리다고!

살짝 화장까지 해서 평소보다는 조금 어른스러워 보이지만, 그렇다고 어린아이로 보이지 않는 수준도 아니고!

만약 금랑이가 중학생, 아니, 고등학생 정도만 됐어도 이런 이야기는 안 했을 거야!

그냥 흐뭇하게 바라보며, '귀엽기만 하던 우리 금랑이가 이젠 다 컸구나~' 같은 감상이나 말했을 거라고!

그렇기에.

"……금랑아."

"왜 그러느냐, 성훈아?"

나는 최대한 감정을 드러내지 않도록 노력하며 금랑이에게 말했다.

"그 옷, 네가 고른 거야?"

지금까지의 수련에 성과가 없진 않았던 걸까.

아니면, 내 시선을 한 몸에 받아 한껏 들떠 있기 때문일까.

금랑이가 밝은 미소를 보이며 말했다.

"응! 기다리고 있을 성훈이에게 깜짝 선물이니라! 어떠하느냐? 네 마음에 들었느냐?"

말을 하진 않았지만, 너는 늘 기적처럼 아름다웠다.

나는 인터넷에서 본 말이 하고 싶었지만, 참았다.

"응, 정말 예뻐."

"헤헤헷."

그래야 금랑이의 마음이 상하지 않는 선에서 권유할 수 있을 테니까.

"그런데 금랑아. 단추는 좀 잠그는 게 좋지 않을까?"

끝까지 올리라는 건 아니다.

위에서 세 개까지는 봐줄 테니까 그 아래는 좀 잠가 줬으면 하는 내 바람이 가득 담긴 내 말에.

"히히힛."

금랑이는 소악마 같은 미소를 지었다.

"왜 그러느냐, 성훈아? 내게 세삼 반할 것 같느냐?"

말로만 끝나지 않고 슬쩍 몸을 숙여 두 팔을 안쪽으로 모아서, 있으나 있지 않고 없으나 없지 않은 가슴골을 최대한 강조하며 말하는 걸 보니 오해도 다시없을 오해를 하고 있는 것 같다.

나는 너를 보는 순간마다 반하고 마니까.

……내가 말하고도 닭살이 돋네.

그건 넘어가고.

나는 오해를 하고 있는 금랑이의 머리카락을 부드럽게 쓸어 넘기며 말했다.

"그런 당연한 이야기는 하지 말고."

넘어가자고 했습니다.

"와이셔츠를 입을 땐 단추를 두 개 정도만 푸는 게 보통이 거든."

가끔 세 개까지 푸는 사람도 있고, 넥타이를 할 때는 끝까지 잠그지만 틀린 말은 아니지.

"으냐아?"

그런데 왜 금냥이는 금색 머리카락으로 물음표를 만들어 내 손바닥을 살짝 밀어내는 걸까.

"내가 본 책에서는 그러지 않았느니라."

"······무슨 책?"

금랑이가 말했다.

"만화책 말이니라."

그 말에.

나는 이 모든 일의 원흉으로 보이는 녀석을 향해 고개를 돌렸다.

내 시선을 느꼈는지, 노트북을 두드리고 있던 세희가 고개를 들고서는 주머니에서 책 한권을 꺼내 들었다.

금랑이와 같은 옷을 입고 있지만, 가슴이 큰 화려한 인상의 여고생이 그려져 있는 만화책을.

15세 미만 관람 불가라는 문구가 적힌 채!

"······그렇구나."

나는 금랑이의 머리를 토닥토닥 두드린 뒤, 세희와 한판 붙으려다가······.

관뒀다.

그건 나중에 해도 되니까.

"흑랑이도 옷 잘 어울려."

지금은 아까부터 아무 말도 하지 않고, 평소대로······.

랑이가 다섯 명으로 나뉜 지 하루도 안 됐으니까 평소대로라는 말은 안 어울릴 수도 있지만.

평소대로 평범한 키즈 카페를 분위기 있는 BAR로 바꾸는 요술을 부린 채 남 모르게 힐끗힐끗 이쪽을 곁눈질하고 있는 흑랑이에게 해야 할 이야기가 있었으니까.

"……네 목소리가 공허한 내 가슴 속에 따스한 바람을 일으키는구나."

말은 그렇게 하지만 내 칭찬이 싫지만은 않은 듯, 흑랑이의 귀가 쫑긋 서고 꼬리가 살랑 흔들렸다.

단 한번뿐이지만.

그보다 더 명확한 증거는 내 귀에 들려오는 노래가 우울한 느낌의 블루스(Blues)에서 빠른 박자의 재즈(Jazz)로 변한 걸까.

실제로 카페에서 틀고 있는 건 호랑연무가라는 노래였습니다만.

"피~"

내 관심이 흑랑이로 옮겨진 게 살짝 서운한지 내 팔에 달라붙어서는 입을 삐쭉 내미는 금랑이의 어깨를 감싸 안은 뒤.

"불편하진 않아?"

흑랑이에게 궁금한 점을 물어보았다.

"의복(衣服)이란 그 무엇보다 자유로워야 할 자신을 가두어 두고 있는 육신(肉身)에게 영혼이 가할 수 있는 유일한 복수. 그것이 편할 수가 있겠느냐."

……불편하다는 건 알겠다.

"그래서 불편하다는 것이느냐, 안 불편하다는 것이느냐?"

고개를 갸웃거리며 물어온 홍랑이에게 흑랑이가 쓸쓸한 미소로 답하며 말했다.

"아직 어린 너는 몰라도 되는 이야기이니라."

"그런 말을 하는 네가 더 어리느니라!"

"……우리들은 모두 같은 나이라는 것을 잊고 있구나."

아.

홍랑이가 머리카락을 세우며 화를 냈지만.

파랑이가 차가운 목소리로 말했지만.

나는 흑랑이가 랑이의 어떤 성격을 대표하는지 깨달은 기쁨에 잠시 할 말을 잃었다.

그래, 그렇게 된 거였구나.

흑랑이는 랑이의 어른스러운 성격을 대표하는 아이였어.

그래서 일부러 분위기를 잡고, 어려운 말을 쓰고, 불편하기 그지없는 정장으로 갈아입은 거였다.

……랑이가 생각하는 어른이 흑랑이의 지금 모습이라는 게 괜찮은지는 둘째 치고.

뭐, 그래도 나처럼 술 마시고, 자기 하고 싶은 것만 하면서 살고, 책임은 나 몰라라 하고, 자기 이득에만 민감한 사람을 어른이라고 여기지 않는 것만 해도 다행이지.

랑이의 가정 환경은 저와는 달리 잘못되지 않았습니다!

가장 다행인 건, 랑이의 가장 대표적인 성격 중에서 어두운 면이 있지 않다는 거지만.

다시 말하면, 랑이가 지금 행복하게 지내고 있다는 뜻이기도 하니까.

덕분에 내 입가에 흐뭇한 미소가 지어졌고, 그 모습을 본 흑랑이는 살짝 얼굴을 붉힌 채 고개를 돌렸다.

그 모습이 또 귀여워서 머리를 쓰다듬어 주려고 했지만, 흑랑이는 거기까지는 허락한 적 없다는 듯 스스슥 몸을 피해 카페의 테이블 앞에 앉았다.

그 순간 주변이 어두워지면서 흑랑이에게만 스포트라이트가 비추는 걸 보자니, 정말 대단하긴 대단하다는 생각이 든다.

요술을 쓰는 것도 아닌데 저렇게 자유자재로 주변 환경을 바꿀 수 있다니 말이야.

뭐, 랑이도 감정이 격해지면 천둥, 번개를 부르기도 하니까 이 정도는 그렇게 대단한 것도 아닌가.

"그런데 성훈아."

이미 먼 옛날과도 같이 느껴지는 일을 떠올리고 있자니, 옆에서 수줍어하는 목소리가 들려왔다.

"응?"

내 눈치를 보며 두 손을 만지작거리면서 도랑이가 말했다.

"이제 옷은 다 갈아입지 않았느냐?"

아, 그랬지.

이 요상하고 이상한 세희의 소매 속에 들어온 건 랑이들의 옷을 골라 주기 위해서였다.

금랑이와 흑랑이는 내게 깜짝 선물 느낌을 준다고 직접 골라서 조금 아쉽긴 하지만 말이지.

이곳에 들어온 목적은 달성했다는 이야기다.

"으음~"

하지만 나는 잘 모르겠다는 듯 일부러 고개를 갸웃거리며 신음성을 냈다.

도랑이가 내 눈치를 보며 말을 건 이유가 분명 있을 테니까.

예를 들면, 이곳에 조금 더 있고 싶다거나.

"왜? 다시 집에 가고 싶어?"

그래서 난 반대로 말했다.

이쪽이 도랑이의 반응을 이끌어 내기 좋아 보였으니까.

"아, 아니니라!"

내 생각대로 도랑이는 고개를 절레절레 흔들어, 카페 안에 복숭아꽃이 핀 것 같은 착각을 불러 일으켰다.

아니, 착각이 아닐지도 모르겠네.

꽃향기까지 불러일으킨 도랑이가 말했다.

"여기 재미있는 것들이 많이 있어서 그렇느니라."

나는 주위를 둘러보았다.

다른 사람들은 모르겠지만, 내게 있어 키즈 카페란 아이들의 넘치는 힘을 감당하기 힘들 때 어른들이 비싼 돈을 주고 찾는 곳이다.

도랑이의 관심을 끌 수 있는 장난감이나 놀이 기구 같은 게 산더미처럼 있을 수밖에 없다는 이야기지.

무엇보다 이곳은 나만큼이나 랑이를 사랑하는 세희가 만든 키즈 카페.

도랑이가 이곳에서 놀고 싶어 하지 않으면, 그게 오히려 이상한 일인 것이다.

그래.

어느새 카페 구석에 자리를 잡은 채 동화책을 읽고 있는 파랑이처럼.

"잘 말하였느니라, 도랑아!"

물론, 다른 랑이들도.

붉은색 눈동자를 활활 불태우는 홍랑이의 기백에 도랑이가 살짝 놀라 샤샤샥, 내 손을 잡고 등 뒤로 피했다.

그 모습을 보고 아직도 내 팔을 차지하고 있는 금랑이가 '역시 너도 나와 같은 랑이구나.'라고 생각하는 시선을 보내며 소악마같은 미소를 지은 건 넘어가자.

"여기에서 놀면 감기 걸릴 일도 없으니, 이 얼마나 좋은 일이느냐?!"

카페 안에 있는 모든 놀이기구를 지칠 때까지 즐길 준비가 되어 있는 홍랑이에게 주의를 주는 게 먼저니까.

"그건 괜찮은데……."

'혹시 모르니까 너무 진심으로 놀지는 마라.'라는 말은 미처 입에서 나오지 못했다.

"으랏차아아앗!!"

괜찮은데, 라고 말하자마자 홍랑이가 동그란 플라스틱 공이 가득 차 있는 풀장, 흔히 말하는 볼 풀장에 뛰어들었으니까.

어찌나 높이 뛰었는지, 볼 풀장에 다이빙하자 안에 있던 색색들이 플라스틱 공들이 유레카라 외치며 바깥으로 튕겨 나왔다.

몇 개는 내 얼굴에 말이죠.

……아프지는 않았습니다.

그저 나를 방패 삼아 공을 피한 금랑이와 도랑이에게 아주 아주 살짝 짓궂은 장난을 치고 싶은 마음이 들었을 뿐.

"아하하핫, 이것 참 재미있구나! 성훈아! 너도 들어오거라!"

그런 생각도 정작 볼 풀장을 가로지르며 헤엄치고 있는 홍랑이를 보고 있자니 여름날의 눈 녹듯 사라졌지만.

"그래."

나는 몸을 돌려 금랑이와 도랑이에게 말했다.

"같이 들어갈래?"

금랑이와 도랑이는 한 마리 상어처럼 볼 풀장을 헤엄치고 있는 홍랑이를 바라본 뒤.

"나, 나는 성훈이와 인형 놀이를 하고 싶느니라."

"으냐아~♡ 나는 성훈이하고 마사지 놀이를 하고 싶은데 말이니라."

각자의 희망을 이야기했다.

으음~

성격이 다르니 하고 싶은 것도 다르구나.

마음 같아서는 홍랑이와 놀면서, 금랑이의 피로를 풀어 주며, 도랑이와 인형 놀이도 하고 싶지만 안타깝게도 내 몸은 하나다.

그런 생각을 한 순간.

나는 한 가지 가능성을 떠올리고 고개를 돌려 세희를 보았다.

내 시선을 느꼈는지 노트북에서 고개를 들어 이쪽을 바라본 세희는 피곤해 죽겠다는 듯한 표정을 일부러 짓고는 고개를 가로저었다.

그래, 냥이가 앓아누울 정도로 대요술을 썼으니 제아무리 잘나고 유능하시며 위대하신 창귀님께서도 그럴 여력은 없으시겠지.

하하하핫!

세희의 눈썹이 살짝 치켜 올라간 것 같지만, 내 착각일 거다.

착각이길 바란다.

"에잇!"

이왕이면 귀여운 기합 소리가 들리는 것과 함께 내 몸이 하늘을 날고 있는 것도 착각이었으면 좋겠고.

"우와앗?!"

하지만 머리부터 떨어지면서 보인, 눈을 동그랗게 뜨고 있는 금랑이와 허둥대며 이쪽으로 손을 뻗고 있는 도랑이, 책에서 눈을 떼고 이쪽을 깊은 한숨을 내쉬며 보고 있는 파랑이, 쓸쓸한 미소를 지으며 머그컵을 들어 올리는 흑랑이.

그리고 내 허리를 잡아 던진 홍랑이의 기세등등한 모습을 보아하니 아무래도 이건 현실인 것 같다.

저 녀석 언제 볼 풀장에서 나온 거야?!

그 답을 찾기도 전에, 나는 볼 풀장으로 추락했다.

그나마 다행인 건 플라스틱 공이 의외로 부드러워서 조금도 아프지 않았다는 거고.

"어떠하느냐, 성훈아! 재미있지 않느냐?!"

"아하하핫! 꼴이 그게 무엇이느냐?"

"서, 성훈아, 괜찮느냐? 어디 다치지 않았느냐?"

"……픕."

"우리들을 위해 희생하는 너의 모습은 정말로 아름답구나."

불행인 건, 내가 거꾸로 박혀 버렸다는 거지.

흉하게 버둥대며 겨우 몸을 바로 한 나는 벌떡 일어…… 나려다가 중심이 흐트러져 주저앉은 채 홍랑이에게 말했다.

"야, 인마! 말도 안 하고 사람을 던지면 안 되잖아!"

"……말하면 되는 것이었느냐."

아니, 그건 또 아니지만.

마음속으로 파랑이의 말에 딴죽을 걸고 있는 사이.

"너희들도 같이 들어가자꾸나!"

나 하나로는 만족 못했는지 홍랑이가 새로운 타깃을 찾았다.

"으냐앗?!"

"꺄앗?!"

방심하고 있던 금랑이와 도랑이를 말이지.

눈 깜짝할 사이에 홍랑이에게 잡힌 금랑이와 도랑이가 머리부터 이쪽으로 해서 날아온다.

바, 받아 쥐야 하나?

아니, 오히려 나하고 부딪치는 게 위험하겠네.

다행이 날아오는 방향을 보니 그럴 일은 없을 것 같다.

그저, 조금 전의 나와 같은 꼴이 되겠지.

그 모습을 보며 신나게 웃어 주자고 생각하는 순간.

"으냐앗!"

"으웃!"

호랑이는 고양잇과라는 것을 잊지 말라는 듯, 금랑이와 도랑이가 공중에서 몸을 돌려 자세를 제대로 잡았다.

팬티 보인다, 이 녀석들아.

"흐냐아앙!"

그 사실을 깨달은 도랑이는 귀여운 비명을 지르며 두 손으로 치마를 아래로 눌렀고.

"에헷~♡"

금랑이는 재주도 좋게 공중에서 몸을 틀어 포즈를 취하고서는…….

그대로 파묻히고 말았다.

온몸이.

그래요.

여기는 제가 거꾸로 박힐 정도로 깊습니다.

"으으읍!"

"흐냐야앙!"

덕분에 나한테는 볼 풀장에 파묻힌 채 위로 올라오려고 바동바동거리고 있는 금랑이와 도랑이의 손끝과 발끝밖에 보이지 않는다.

이걸 그냥 보고 있는 것도 꽤 재미있을 것 같지만, 그래서는 안 되겠지.

"웃챠."

나는 양쪽으로 손을 집어넣어서는 낚시하듯이 금랑이와 도랑이의 허리를 안쪽으로 끌어안고서는 들이 올렸다.

정확히 말하면 얼굴이 새빨개진 금랑이와 도랑이를.

"보, 보았느냐."

팬티 말이지.

언제 갈아입었는지 모를, 귀여운 분홍색 바탕에 꽃무늬 팬티였다.

"응, 꽃무늬 팬티로 갈아입었지?"

그리고 저는 이런 일에 거짓말을 하지 않는 사나이입니다.

"흐냐아아앙!!"

도랑이의 얼굴이 새빨개져서 머리 위로 연기가 뿜어져 나올 거라는 걸 알고 있었지만 말이죠.

홍랑이에게 던져지면서 장난기가 다시 고개를 들이밀었거든요.

랑이의 일은 랑이가 책임져야 하는 거 아니겠습니까?

"으냐아~ 성훈이는 살짝 부끄러워하면서 보여 주는 게 취향인 것이느냐?"

어떻게 보면 랑이와 가장 비슷한 노출광 녀석의 머리를 꾸욱 눌렀다.

"아니야."

가장 누르고 싶은 건, 용케 중심을 잡고 서서 스스로 들친 치마였지만.

"그보다……."

랑이와 지내 온 시간이 길기 때문일까.

슬슬 홍랑이가 어떻게든 움직일 것 같다는 생각이 들어서, 나는 조금 전까지 내가 서 있던 곳을 바라보았다.

"으냐아압!"

홍랑이가 공중에서 만세를 부르며 이쪽으로 날아오고 있었다.

한 1초 정도 느렸네.

하지만 내가 누구냐.

나도 모르는 사이에 인간의 벽을 가볍게 뛰어넘은 반인반선 강성훈이다.

나는 홍랑이를 받아 들기 위해 두 팔을 들었고.

그걸 본 홍랑이가 눈을 번쩍하고 빛내며 외쳤다.

"지지 않느니라!"

누구한테?!

홍랑이는 자신도 호랑이의 일족 중 한 명이라는듯 공중에서 몸을 반 바퀴를 돌리고서는…….

요괴 앞에서 물리 법칙을 논하지 말라는 듯 허공을 발로 차올랐다!

견우성에서 있던 일이 생각나네요!

순식간에 내 인생을 귀여운 아기 호랑이 다섯을 돌보는 육아물에서 무협지로 장르를 바꿔 버린 홍랑이는 그대로 내 어깨를 오른손으로 잡고는.

"합체이니라!"

그대로 내 등에 달라붙었다.

그런데 말이야.

혹시, 아라와 한바탕했을 때를 기억하고 있을까?

랑이의 이빨로 아라의 요술은 막았지만, 돌은 그럴 수 없었던 일 말이다.

그때 요술이나 요력으로 발생한 에너지는 태생이 어쨌든 물리 법칙을 어기지 않는다는 사실을 배웠지.

그런 이유로.

"으냐아?"

나는 등 뒤에서 덮쳐 온 홍랑이를 버티지 못하고 앞으로 넘어지고 말았다.

평지라면 견딜 수 있었겠지만, 여긴 볼 풀장이거든요.

"아하하핫! 이것 참 재미있구나, 성훈아! 한 번 더 하자꾸나!"

풍덩 소리가 날 것 같이 대차게 엎어진 내 등 뒤를 엉덩이로 깔고 앉은 홍랑이의 밝은 목소리가 들려왔다.

……요 녀석 봐라?

나도 봐주지 않으마!

"우랴앗!"

나는 있는 힘껏 그대로 뒤로 엎어졌다.

이것도 여기니까 할 수 있는 장난이지!

"꺄하하핫!"

볼 풀장에 파묻히고 내게 덮인 홍랑이가 즐거운 비명을 지르며 바둥바둥거렸다.

"나, 나는 저렇게는 못하겠느니라."

"성훈이도 아이 같은 면이 있으니까 말이니라."

그런 나와 홍랑이를 도랑이와 금랑이가 내려다보았고.

"그러냐?"

나는 파묻힌 홍랑이에게 자유를 주기 위해 일어나 앉는 척을 하며.

"으냐앗?!"

"흐냐앙?!"

옆에 서 있는 도랑이와 금랑이의 발목을 잡아서 그대로 빠트렸다.

나는 볼 풀장에 빠진 금랑이와 도랑이를 내려다보며 말했다.

"그래도 너희들보다는 어른이다!"

그렇게 어린애 네 명이 볼 풀장을 휘젓기 시작했다.

* * *

아이들의 체력이 끝을 모른다고 하지만, 그 아이가 자라서 된 청소년이다.

그것도 아이들과 같이 노는 데 단련된 청소년.

"으냐아~"

"자, 잠깐 쉬어야 하겠느니라."

"……한계, 난 이제 한계이니라."

나는 신나게 논 덕분에 녹초가 된 랑이들을 근처 소파에 앉혀 준 뒤, 같이 놀자고 한 번 권유해 봤지만 거절했던 파랑이의 옆으로 다가갔다.

……흑랑이요?

"세희야."

"예, 블랙 안주인님."

"너와 나의 인연이 깊고 깊어 네가 자행(恣行)하지 않음을 내 언제나 안타깝게 생각하고 있느니라."

"알고 있습니다."

"연못 속의 이무기처럼 때를 기다리는 것도 좋으나, 그 시기가 길어질 경우 여의주를 잃어버릴 수 있음을 모를 네가 아닐 터."

"……그렇습니다."

"물이 위에서 아래로 흐르듯이, 우리들의 마음 역시 흘러야 하는 법이니라. 그것이 세상의 이치고, 하늘께서 정한 법이니라."

"………알고 있습니다."

"그러하거늘 어찌하여 너는 순리를 어기고 있느냐."

"…………."

뭔가 세희와 어려운 이야기를 하고 있어서 말도 못 걸겠습니다.

왠지 모르게 세희가 나를 보며 도와 달라는 눈빛을 보낸 것 같지만, 내 착각이겠지.

응.

착각이라고 생각하자.

내 감이 경고하는데, 저기에 잘못 끼어들었다가는 한순간에 머릿속이 텅 비어 버릴 법한 일이 벌어질 거래.

그래서 나는 파랑이의 옆에 앉아 말을 걸었다.

"무슨 책을 그렇게 재미있게 읽고 있어?"

파랑이는 책에서 시선을 떼지 않고 내게 말했다.

"······혼자 있는 나를 신경 써 주는 것이라면, 괜찮으니라. 책을 읽는 것도 재미있으니까 말이니라."

그렇게 보인다, 야.

탁자 위에 쌓인 동화책들을 보면 말이야.

그래서 말을 건 거고.

"신경 써 주는 게 아니라, 궁금해서 그런 거다."

랑이도 동화책을 좋아하긴 하지만, 그건 어디까지나 좋아하는 수준이다. 그에 비해 몸을 움직이면서 노는 건 사랑하는 수준이고.

파랑이도 랑이 중 한 명.

당연히 책을 읽는 것보다 몸을 움직이면서 노는 걸 더 좋아할 거란 말이지? 그런데 도대체 얼마나 책이 재미있으면 같이 노는 걸 사양하고 동화 속 세상에 빠져 있는지 궁금해졌거든.

그런 내게 파랑이가 말했다.

"질투하는 것이느냐?"

"······책을?"

비행기도 태워 주고, 미끄럼틀도 같이 타 주고, 빙빙 돌려 주고, 목마도 태워 주는 나보다 파랑이의 관심을 독차지한 책에게 질투 같은 건 조금도 하지 않았습니다!

애초에 놀아 주다가 시선을 느껴 시선을 돌리면 파랑이가 나를 바라보고 있는 경우도 종종 있었고!

"그, 그럴 리가 있냐."

그래서 나는 살짝 힘이 빠진 목소리로 말하며 파랑이의 머리를 쓰다듬었다.

내 손길에 몸을 맡기면서도 시선만은 책에서 벗어나지 않는 파랑이가 말했다.

"걱정하지 말거라. 내 성격이 이렇다 한들, 나도 너를 사랑하는 랑이 중 한 명. 세상에 너보다 소중한 것은 아무것도 없느니라."

새하얗던 볼을 살짝 붉히고서 말이야.

"나도 그래."

"······그러면 된 것 아니느냐."

내가 옆에 있으면 책에 집중할 수 없으니 이만 가 보라는 거지. 파랑이는 내가 옆에 왔을 때부터 종이 한 장 넘기지 못했거든.

그래서 나는 말했다.

"아까 말했잖아."

쌓여 있는 동화책을 손가락으로 툭툭 두드리면서.

"궁금해서 그런 거라고."

그제야 파랑이는 책에서 완전히 눈을 떼고 몸을 돌려 나를 올려다보며 말했다.

"……무엇이 그리 궁금하느냐?"

아, 말은 안 했군.

"책이 얼마나 재미있으면 우리 파랑이가 같이 놀자는 것도 싫다고 하고 독서 삼매경에 빠졌는지 말이야."

파랑이의 입가가 살짝 세희의 그것을 닮아 갔다.

"질투한 것 맞지 않느냐."

그래도 기분이 나쁘지 않은 건, 파랑이이기 때문이겠지.

"네가 그렇다면 그런 거겠지~"

나는 일부러 모자를 쓴 파랑이의 머리를 강하게 쓰다듬었다.

"……하지 말거라."

야구 모자가 삐뚤어져 악동처럼 된 파랑이가 살짝 불만을 토할 때까지.

나는 입술이 툭 튀어나온 파랑이에게 말했다.

"여기서 가장 재밌는 책은 뭐야?"

파랑이는 한 치의 고민도 없이 책 한 권을 가리키며 내게 말했다.

"이것이니라."

"이게 가장 재밌었다고?"

파랑이는 망설임 없이 고개를 끄덕였지만, 나는 쉽사리 현실을 받아들일 수 없었다.

"진짜?"

"그러하니라."

그도 그럴 게, 파랑이가 가리킨 동화책은 '악마의 동전'.

표지도 뭔가, 악마가 금화 하나를 들고 스산하게 웃고 있는 게…….

어딜 봐도 어린아이들이 좋아할 만한 동화 같지가 않습니다.

"……내 말을 믿지 못하겠다는 것이느냐?"

내가 그러겠냐.

"너무 의외여서 그래."

파랑이의 뺨이 부풀어 올랐고 나는 그 모습에 피식 웃음을 흘린 뒤 책을 펼쳤다.

파랑이가 재밌다고 했으니까 한번 읽어 봐야지.

책의 내용은 간단하다면 간단했고, 심오하다면 심오했다.

꿈을 가진 사람을 악마가 계속해서 유혹하는 내용이었으니까.

악마는 힘겨운 상황 속에서도 자신의 꿈, 세상 모든 사람이 인정할 수밖에 없는 작품을 그리려는 화가에게 말한다. 네가 꿈을 포기하고 내가 가진 동전을 받는다면, 세상의 모든 것을 가질 수 있을 것이라고.

하지만 화가는 악마의 유혹을 거절하고 붓을 든다.

꿈을 같이 한 친구가 악마의 유혹에 넘어가 붓을 꺾었을 때도.

그의 가족들이 굶고 병들어 죽어 간다 해도.

그는 자신의 꿈을 포기하지 않았다.

그리고 마침내 악마의 유혹에 굴복하지 않고, 역사에 남을 걸작을 남기고 화가는 절명하고 만다.

그리고 화가의 단 하나뿐인 걸작을 보며 악마가 감탄하며,

자신이 실패했다는 독백을 끝으로 동화는 막을 내린다.

"······."

나는 책을 덮었다.

"어떠하느냐."

그런 내 감상을 듣고 싶다는 듯, 파랑이가 말을 걸었다.

"음······."

잘 모르겠네.

글에 인생을 걸었다가 나와 어머니 때문에 잠깐 진로를 비튼 아버지가 생각나기도 하고.

화가가 멋있다는 생각이 들기도 하고.

뭔가 하고 싶은 말은 있는 것 같지만, 머릿속에서 정리되지 않는다.

그래서 내 입에서 나온 건 내가 할 수 있는 말뿐이었다.

"적어도 나는 이렇게 살 수 없다는 건 알겠어."

나의 꿈을 이루기 위해서는 내 소중한 가족이 필요하니까.

이런 내 감상에 파랑이는 희미한 미소를 지으며 말했다.

"나도 그러하느니라."

문득 궁금해졌다.

"근데도 제일 재밌었어?"

책에서 재미를 느끼는 부분은 사람마다 다르겠지만, 나는 이야기에 공감할 수 있는 부분이 커야 한다고 생각하니까 말이지.

"우리가 선택할 수 없는 삶을 살아가는 이의, 아니, 평범한 사람이라면 바라지 않을 삶을 살아간 기인의 이야기이지 않느냐."

하지만 파랑이는 그렇게 말했다.

"책이란 스스로 경험하지 않더라도 지식을 얻을 수 있는 보물 창고. 그렇기에 가장 재미있게 읽을 수 있었느니라."

……뭔가 파랑이가 흑랑이보다 어른스러운 랑이의 모습을 대표하는 게 아닐까 싶어지는군.

아니, 문학 작품을 냉철하게 분석하며 볼 수 있다는 시점으로 보면 이상하지도 않나?

하지만 확실한 건.

–꼬르르륵.–

"……웃."

배에서 울린 소리에 얼굴을 붉힌 파랑이도 랑이라는 것이다.

"마음의 양식은 충분히 쌓았으니까 이제 몸의 양식도 채우러 가자."

나도 조금 전까지 신나게 논 덕분에 배가 고파졌거든.

* * *

나에게 정말 다행이게도.

식사는 괴상한 풍경이 보이는 세희의 소매 속이 아닌 마음의 안정을 찾을 수 있는 안방에서 할 수 있었다.

애초에 원래 목적이었던 옷도 다 골랐고, 키즈 카페에서는 신나게 놀기도 했으니까.

……세희는 그동안 흑랑이에게 알 수 없는 훈계를 당한 것 같았지만.

"오랜만이로구나, 이건!"

상에 올라온 반찬이 오랜만에 보는 괴식인 건 그런 까닭도 있을 거다.

이야, 도롱뇽구이, 뱀찜, 곱등이튀김은 오랜만에 보네.

예전에는 그 흉흉한 생김새 덕분에 손도 가지 않았던 반찬들을 다시 보니 감회가 새롭다.

지금도 똑같습니다만.

아니, 상황은 더 안 좋아졌군. 내가 먹을 만한 반찬들이 보이지 않으니까.

……치사하게 먹는 것 가지고 장난을 치냐.

"오오옷! 오랜만에 세희가 솜씨를 발휘했구나!"

홍랑이는 그렇게 생각하지 않는 것 같지만.

기억하실지 모르겠지만, 랑이와 바둑이는 이런 반찬을 보고 얼이 빠져 있던 나와는 달리 입맛을 다셨었지.

나는 그때의 추억을 되새기며 세희에게 말했다.

"……내가 먹을 만한 건?"

"안주인님들 앞에서 편식을 하실 생각이십니까?"

이건 편식이 아니다.

인간으로서 마지막 선을 지키려는 노력이지.

하지만 세희는 어서 빨리 내가 인간을 벗어난 무언가가 되기를 바라는 것 같다.

"물론 도련님께서는 이 맛과 영양을 동시에 잡은 음식에 젓가락조차 대지 못하셨지요. 하지만 안주인님과 함께 온갖 고난과 시련을 겪고, 그를 극복하신 주인님이라면 인간 나부랭이였던 때와 다르실 거라 이 강세희, 굳게 믿고 있습니다."

믿지 마.

애초에 지금까지 내가 겪었던 일 중에서 이런 괴식을 먹을 수 있게 될 만한 경험은 없었다고.

단 한번을 제외하면, 무슨 일이 있어도 밥은 잘 먹고 다녔다.

이제 두 번으로 늘어나겠지만.

오늘은 밥에 물 말아서 먹어야겠네.

그렇게 결정했을 때.

"세희야."

나와 세희의 대화를 조용히 듣고 있던 도랑이가 말했다.

"우리야 별식으로 좋아하는 것들이지만, 성훈이는 우리와 다르지 않느냐."

부끄럼이 많아 보이는 도랑이라고 생각되지 않을 정도로 엄한 목소리였다.

그 사실에 살짝 놀라 바라보니, 내 시선에 도랑이가 뺨을 붉히며 고개를 숙였다.

"네, 네가 그걸 모를 리가 없으니 이는 분명 성훈이에게 못된 장난을 치는 것이리라. 지금 당장 우리 낭군님께 사죄드리고 제대로 된 상을 차려 오거라."

그래도 할 말은 다 했지만.

도랑이의 엄한 훈계에 세희가 허리를 숙여 사과하려고 할 때.

"흐냥? 꼭 그렇게 말할 건 없지 않으냐, 도랑아."

금랑이가 밝은 목소리로 대화에 끼어들었다.

"세희가 사아알짝, 아주 사아알짝 짓궂은 장난을 친 건 틀림없지만, 잘 보거라."

이걸 살짝이라고 해도 될지 딴죽을 걸고 싶었지만 도랑이가 먼저 말했다.

"무얼 말이느냐?"

금랑이가 괴식들을 손가락으로 하나하나 가리키며 말했다.

"비록 보기에는 좀 그렇지만 말이니라. 세희가 차려 온 찬은 평범한 음식보다 영양이 풍부한 것들뿐이니라."

"그, 그건 나도 알고 있느니라. 하지만……."

도랑이가 채 말을 잇지 못하고 있을 때, 금랑이가 획! 몸을 돌려 나를 보며 말했다.

"그리고 세희의 요리 솜씨는 최고이지 않으냐? 분명 성훈이도 한 입 앙~ 물면, 맛있다고 할 것이 분명하느니라. 그렇지 않으냐? 응? 그러니까 눈 딱 감고 한 입만 먹어 보거라~♡"

금랑이가 꽃처럼 손바닥 위에 턱을 괴고 눈꺼풀을 깜빡깜빡거리며 애교를 부렸다.

……아, 그렇군.

요 영악한 녀석 봐라? 오랜만의 특식을 눈앞에서 놓치고 싶지 않은 거구만?

하지만 그걸 알면서도 넘어갈 수밖에 없는 게 슬프다.

"……남자에게 좋다, 라는 말이 빠졌느니라."

맞은편에 앉아 있는 파랑이의 말에 바로 생각을 바꿨지만.

안 그래도 힘든 밤을 보내고 있는데 여기서 더 좋아지면 큰일 난다고!

"시간은 유이하지 않으니 준비가 아무리 이르다 해도 그렇지 않을 것이니라."

흑랑이가 무슨 말을 하는지는 모르겠지만, 조금 전부터 괴식에서 시선을 떼지 못하는 걸 보니 아무래도 금랑이와 같은 생각인 것 같다.

"아무래도 좋으니 빨리 먹었으면 좋겠느니라!"

세희의 소매 속에서 가장 열심히 움직인 홍랑이는 양손에 수저를 쥐고 침을 질질 흘리고 있었지만.

음.

나는 세희에게 말했다.

"이건 그대로 놓고 내가 먹을 만한 반찬도 좀 가져와 줘."

"괜찮겠습니까, 주인님?"

"……네가 할 이야기냐.

그렇게 딴죽을 걸고 싶은 마음이 한가득이었지만, 나는 랑이들을 위해 말했다.

"괜찮아."

특이한 생김새 때문에 식욕이 좀 줄어들 것 같긴 하지만, 그렇다고 못 먹을 정도로 비위가 약한 건 아니다.

전 흙바닥에 떨어진 동그랑땡도 먼지만 털어 먹곤 하던 놈이니까요.

"알겠습니다."

세희는 부엌으로 들어가자마자 미리 준비해 놓은 것처럼 여러 반찬들을 가지고 나왔다.

"……확신범이니라."

나도 그렇게 생각한다, 파랑아.

말을 해 봤자 소용없겠지만,

"그럼 먹자."

그리고 전쟁이 벌어졌다.

말한 적 있는지 모르겠지만, 랑이는 우리 집 아이들 중에서 밥을 가장 잘 먹는다. 도대체 저 조그만 몸에 어떻게 들어가나 싶을 정도로 대식가라는 거지.

그런 랑이가 다섯 명이다.

당연히 반찬이 줄어드는 속도가 장난이 아니지.

"냠냠, 역시 세희의, 오물오물, 요리 솜씨는, 꿀꺽, 세계 제일이니라!"

그 중에서 가장 두각을 드러낸 건 홍랑이였다.

자신이 마치 요괴 화력 발전소라는 듯이, 큼지막하게 고기와 고기에 고기를 집어 입안에 넣었다.

밥은 가끔 생각났을 때에나 한 입 먹는 정도?

……제대로 씹기나 하는지 모르겠지만, 랑이의 위장도 튼튼했으니까 홍랑이도 괜찮겠지.

아, 홍랑이가 가장 잘 먹는 것처럼 보인다 해서 다른 랑이들이 적게 먹는 건 아니다.

"······먹을 때는 말하는 게 아니니라."

수줍음이 많은 도랑이도, 자세히 보지 않으면 조신하게 먹는 것처럼 보이지만 실상은 그렇지 않다.

젓가락이 쉬지 않으니까!

단 한번도 먹는 모습을 보여 주지 않으면서도, 입은 계속해서 움직이고 있다.

요괴의 신비인가.

"사랑하는 이와 함께하는 순간만큼이나 감미롭구나."

가장 신비로운 건 흑랑이였지만.

분명 기와집의 안방에서 바닥에 엉덩이를 깔고 앉아 숟가락과 젓가락으로 요상한 반찬과 함께 쌀밥을 먹고 있지만······.

얼핏 보면 고급 레스토랑에서 냅킨을 목에 두른 채 포크와 나이프를 들고 우아하게 칼질을 하는 모습으로 보인단 말이지. 옆에 있는 유리잔에 담긴 것도 붉은 와인으로 변했고.

두 눈에 힘을 줘야만 흑랑이가 먹고 있는 게 나와 같은 쌀밥에 반찬이라는 게 보일 정도다.

그리고 금랑이는.

"아~♡"

아기 새에게 먹이를 내미는 어미 새처럼 굴고 있다.

"몸에 좋다고 하니 한 입, 딱 한 입만 먹으면 안 되느냐?"

아니, 편식하는 아이를 돌보는 어머니 쪽이 맞겠네.

"응? 나를 보고 딱 한 입만이니라."

어느 정도 현실과 타협했는지, 윤기가 자르르 흐르는 흰 쌀밥을 숟가락으로 푸고 그 위에 도롱뇽구이의 꼬리 부분만 떼어 내서 올리고는 내게 들이민다.

이 정도는 나도 먹을 수 있어 보였지만 나는 아무 말 없이 숟가락을 빼앗아 들고는 금랑이의 입에 넣었다.

"흐냐앙~"

그게 그리 맛있는지, 아니면 내가 밥을 먹여 준 게 좋은지 금랑이는 행복한 미소를 지으며 꼬리를 바르르 떨었다.

"……이제 그런 건 그만할 때가 되지 않았느냐."

파랑이는 그게 마음에 안 드는 눈치였고.

냠냠, 하고 입에 들어간 음식을 꿀꺽 삼킨 금랑이가 말했다.

"그게 무슨 말이느냐? 나는 성훈이와 천년만년 이렇게 살 것이니라. 그렇지 않느냐, 성훈아♡"

금랑이는 별 뜻 없이 말한 것 같지만, 그 순간 내 머리는 제멋대로 먼 미래의 일을 떠올렸다.

이제 다 자란, 다르게 말하면 성인이 된 아이들 앞에서 서로 밥을 먹여 주는 다정한 부부를.

으으으음!

부부 간의 금슬이 좋다는 건 정말 좋은 일이지만, 제게는 너무나 힘든 일인 것 같습니다!

내가 대답을 못하고 있자 금랑이의 눈썹이 추욱 내려가서 지금이라도 울 것처럼 변했지만, 파랑이의 입술은 한쪽이 슬쩍 올라갔다.

"성훈이는 부담스러워 하는 것 같지만 말이니라."

금랑이가 울상이 되어서는 내 팔에 바짝 몸을 달라붙으며 말했다.

"그럴 리가 없……."

"성훈아! 이거 맛있느니라! 한번 먹어 보거라!"

식사에 전념하고 있던 홍랑이가 무릎을 세워 앉아서는 내 쪽으로 불쑥 들이민…….

어, 그러니까, 그 모습을 그대로 간직한 채 꼬치에 구워져 입을 벌리고 있는 칠성장어로 인해 말이 끊겼지만.

"그, 그래?"

장어 맛있지. 나도 좋아해. 응.

손질된 장어를.

"그래도 난 괜찮으니까 홍랑이가……."

"냠."

홍랑이가 내민 칠성장어구이는 그 사이에 있던 금랑이의 입안으로 들어갔습니다.

홍랑이는 지금 상황을 이해 못했는지 눈동자가 동그래진 채 두 눈을 깜빡깜빡거렸지만, 그것도 잠시.

"으냐앗?!"

이내 꼬리를 바짝 세우며 외쳤다.

"왜 네가 먹느냐!"

"홍랑이 말대로 맛있어 보여서 먹었느니라~"

홍랑이의 꼬리가 활활 타오르는 불꽃처럼 흔들리는 가운

데, 금랑이는 태연하게 입가를 손으로 가리고 오물오물거린 뒤 말했다.

"응, 정말 맛있느니라. 역시 세희라고 생각하지 않느냐, 홍랑아?"

홍랑이가 귀를 쫑긋 세우고 허리를 쭈욱 피며 기세등등하게 말했다.

"당연하지 않느냐! 그 누구도 아닌 우리 세희이지 않느냐!"

"먹다가 또 맛있는 게 있으면 내게도 말해 주어라."

"알겠느니라!"

금랑이의 말 한마디에 조금 전에 있었던 일을 까맣게 잊은 홍랑이는 지금껏 손대지 않았던 미지의 세계로 모험을 떠났다.

그사이.

"자, 아앙~ 이니라, 성훈아."

금랑이는 다시 한번 내게 숟가락을 들이밀었고.

"나, 나도 할 수 있느니라. 아, 아앙, 이니라."

그 모습을 보고 조용히 식사에 전념하던 도랑이도 이상한 경쟁심에 불이 붙어 버렸다.

오랜만이네.

이렇게 정신없는 식사는.

"……단순 무식 바보들뿐이니라."

몇 번이나 말했지만, 파랑아.

너도 랑이다.

* * *

홍랑이와 금랑이와 도랑이의 애교 가득한 권유에 예전에는 손도 대지 못하던 음식들을 조금이나마 먹게 된 후.

키즈 카페에서 신나게 놀았단 결과가 눈앞에 펼쳐졌다.

"코오~ 코오~"

"으냐암……."

랑이들이 식곤증을 이기지 못하고 잠들었으니까.

어두워진 안방에서 소파에 앉아 다섯 색깔의 랑이가 일렬로 늘어져서 잠들어 있는 모습을 보고 있자니, 천국이 여기인가 싶군.

작은 천사들의 잠든 모습은 성격만큼이나 모두 달랐다.

가장 랑이와 잠버릇이 닮은 건 홍랑이였다.

대자로 뻗어서 손으로 자기 배를 만지작거리며 고른 숨소리를 내고 있으니까 말이지.

가끔 긁적이기도 하고.

그런 의미로 가장 다른 건 파랑이였는데, 이 녀석은 정 자세로 반듯하게 잠들어 있거든.

꼬리 때문에 불편한 건 아닌지 모르겠다.

파랑이보다 더 불편해 보이는 건 흑랑이였지만.

두 팔로 머리를 베고 다리를 꼰 채 자고 있으니까.

……저게 랑이가 생각하는 어른의 잠자는 모습이라는 거겠죠.

놀라운 점은 흑랑이가 불편하기 짝이 없는 자세로도 깊은 잠에 빠진 듯, 편한 숨을 내쉬고 있다는 거다.

"으냐아……."

지금 불편한 소리를 낸 건 도랑이였고.

도랑이는 몸을 옆으로 돌린 채 잠들어 있는데, 문제가 하나 있다.

"음냐, 음냐…… 성훈아……."

등 뒤에서 금랑이가 똑같은 자세로 도랑이의 배를 끌어안고 꿀잠을 자고 있다는 거다.

아니, 정확하게 말해야겠군.

금랑이는 도랑이를 등 뒤에서 꼬옥 끌어안은 것으로 모자라 다리까지 올린 채 단잠을 자고 있다.

보는 입장에서야 정말 흐뭇한 미소가 지어지는 모습이지만, 금랑이의 다리에 눌린 도랑이는 불편할 수밖에 없겠지.

이해한다.

자다가 뭔가 무거워서 졸린 눈을 뜨면 랑이가 가슴 위에 웅크리고 잠들어 있다든가. 대자로 뻗어서 내 몸을 가로지른 채 잠들어 있다든가. 팔과 몸 사이에 자리를 잡고서 나를 끌어안고 다리를 올린 채 잠들어 있다든가.

그런 경우가 상당히 많았으니까.

"그래서 싫다는 겁니까?"

나는 평소보다 작은 목소리로 옆에 앉은 세희를 보며 말했다.

"그런 말은 안 했다."

역시, 작은 목소리로.

그리고 잠시 대화가 단절된 채 랑이들의 숨소리를 들으며 행복한 한때를 보내고 있자니.

"의외로군요."

세희가 말을 걸었다.

"뭐가?"

"제가 지난 세월 동안 지켜본 주인님은 점심시간만 지나면 병든 닭처럼 꾸벅거리곤 하셨으니까 말이죠."

"그거야 5교시니까 그렇지."

천사처럼 잠들어 있는 랑이들을 보고 있는데 졸릴 리가 있냐.

"그렇다면 잘 되었군요."

"……갑자기 졸리기 시작하는데."

다시 말하면 흥미나 관심이 없는 일, 혹은 귀찮거나 어려운 일이 생기면 바로 잠들 수 있는 상황이라는 거다.

"제가 귀찮다는 의미입니까?"

"응."

"……."

"뭐."

거짓된 원망이 가득 담긴 세희의 차가운 눈빛이 파랗게 빛 났다. 나는 조용히 손을 들어 세희의 눈가를 가리며 말했다.

"애들 깬다."

세희가 내 손목을 잡아 아래로 내리며 말했다.

"여인의 얼굴에 함부로 손을 대는 것이 아닙니다."

"안 됐어."

닿을 듯 말 듯한 정도지.

"꽤나 능글맞아지셨습니다, 주인님."

"인간은 성장이라는 걸 하는 법입니다요."

"제 말뜻을 잘못 이해하신 것 같군요."

세희가 진심을 담아 말했다.

"한 번 더 깐죽거려 보시지요."

……장난은 그만합시다.

"그래서 무슨 일인데?"

그렇게 말하면서도 나는 시선을 돌려 랑이들을 바라보았다. 지금 세희가 내게 말을 걸 만한 일이라면 소중히 여기는 안주인님에 대한 것밖에 없을 테니까.

"맞습니다."

"그러냐."

세희가 생각을 멋대로 읽고 대답하는 걸 편하게 느끼는 내가 무섭다.

천천히 끓이는 물 속의 개구리가 되는 것 같아서.

"주인님께서 그런 분이셨다면 저로서는 환영이었겠지요."

"……왜?"

세희가 소매에서 꺼낸 건 실 달린 인형이었다.

또 뭔가 싶어서 가만히 보고 있자니, 세희가 인형을 움직여 거만한 자세를 취하게 만들며 말했다.

"편하지 않습니까."

아, 그래.

나는 마음에도 없는 소리를 한 세희 쪽으로 시선을 돌렸다.

"그래서 할 말은?"

세희가 말했다.

"주인님께서 어느 안주인님을 가장 마음에 두고 계신지 궁금해서 그렇습니다."

세희가 손을 한 번 흔들자, 마술처럼 인형이 다섯 개로 나뉘었다.

랑이를 쏙 빼닮은 빨강, 파랑, 노랑, 분홍, 검은색의 인형들이 드레스를 입고 허공에 뜬 채 내게 무릎 굽혀 인사했다.

"과연 어떤 공주님께서 유리 구두를 신게 되실지 말입니다."

그 모습에 나는 다른 세계에서의 무도회를 떠올리며 말했다.

"나래가 말했는데."

조금 다른 이야기를.

"내가 랑이들 중에 한 명을 고르면 그 아이의 성격이 강해질 수도 있다는데, 너는 어떻게 생각해?"

"조금이라도 더 정인의 마음에 들고 싶어 하는 게 무슨 흉이 되겠습니까."

세희가 다시 한번 손을 흔들자 인형들이 내 앞에서 춤을 뽐내기 시작했다.

힘찬 춤, 화려한 춤, 소극적인 춤, 딱딱한 춤, 그리고 정중한 춤.

그 가운데, 세희는 왕관을 쓴 인형을 내려놓았다.

허리를 굽히고 어깨를 움츠린 채 두 손을 앞으로 모아, 쓰고 있는 왕관에 어울리지 않는 인형을.

"주인님께서도 그리하시지 않습니까?"

세희가 말을 하는 순간.

인형은 몸을 부들부들 떨며 억지로 허리를 세우고 고개를 빳빳이 들었다. 오른쪽 팔을 들어 등 뒤에 두른 망토를 펄럭이며 당당하게 춤추는 인형들 앞에 섰다.

두 다리를 부들부들 떨면서.

다른 인형들은 계속해서 춤을 췄다.

왕관을 쓴 인형의 주변을 빙글빙글 돌며.

가까워지기도 하고 멀어지기도 하며 그저 춤을 추었다.

나는 인상을 썼고.

"시비 거냐?"

첫 번째.

내가 힘들어 하면 랑이는 귀신같이 알아챈다.

두 번째.

나는 무리를 하지 않았다.

세 번째.

이 귀신 녀석은 그 모든 걸 알고 있다.

그런데 이런 촌극을 벌이고 있으니 화가 안 나겠어?

랑이들이 깨지 않도록 목소리를 낮추고 있지만, 그 안에 실린 감정이 가볍게 넘어갈 만한 게 아니라는 걸 세희도 눈치챈 것 같다.

"예."

그래요.

이게 세희죠.

"……이유."

"요괴넷 관리로 받은 스트레스의 해소를 위해서입니다."

세희의 즉답에 나는 눈에 힘을 줬고, 이 망할 녀석은 시선을 피하지 않았다.

그 눈싸움 끝에 나는 진실을 깨달았다.

……진짜네, 이 자식.

나는 안도의 깊은 한숨을 내쉰 뒤, 세희에게 말했다.

"야."

"예."

"스트레스 해소도 좋지만, 앞으로는 절대 아까처럼 분위기 잡고 뭔가 있어 보이는 말투로 장난치지 마라. 네가 그러면 단순한 농담이나 장난으로 받아들일 수 없으니까."

세희는 손목을 한 번 움직이는 것으로 춤추던 인형들을 자신의 소매 속으로 거둬들이며 말했다.

"혹시 토인비의 청어 이야기를 아십니까?"

……청어? 여기서 갑자기 왜 청어 이야기가 나와?

그렇게 말하려고 할 때, 문득 랑이와 같이 읽었던 동화책의 이야기가 생각났다.

"아, 그거."

청어의 신선도를 유지하기 위해 통 안에 메기를 집어넣었다는 이야기지. 그러면 먼 길을 이동하는 중에도 메기에게서 살아남기 위해 청어들이 노력하게 되고, 그 노력으로 청어는 신선한 상태로 요리되어 인간의 뱃속으로 들어간다는 내용이었다.

아마도 아이들에게 인생의 허무함에 대해 알려 주고 싶었던 게 아닐까.

"……아니었던 것 같습니다만."

"넘어가."

네가 무슨 말을 하고 싶은 지 이해했으니까.

결국, 우리 가족들을 위해 자신이 메기…… 그러니까, 내 긴장이 풀어지지 않게 고삐 역할을 하겠다는 거니까.

스트레스도 해소할 겸!

"그렇다면 다시 한번 묻겠습니다."

그게 그렇게 나쁜 의도도 아니라 뭐라 할 말이 없어진 내게 세희가 말했다.

"주인님께서는 어느 안주인님이 가장 마음에 드십니까?"

할 말을 만들어 주니 고맙군.

"그 말은, 내 선택이 랑이의 성격에 영향을 끼칠 수 있다는 거냐?"

"그렇습니다."

역시 그랬나.

그렇다면 나는…….

"제 질문에 대한 대답은 아직입니까?"

생각을 정리할 틈도 없군.

애초에 저녁 시간까지는 멀기 때문에 진지하게 생각해 본 적도 없었고.

그래서 난 간지럽지도 않은 머리를 긁적이며 말했다.

"……여기서 할 이야기는 아닌 것 같은데."

조금이라도 대답을 하기 위한 시간을 벌기 위해.

"안주인님들께서는 주무시고 계십니다."

"그래도 모르잖아."

나는 손으로 바깥을 가리키며 말했다.

"잠깐 나가자."

그리고 난 그 선택을 바로 후회하게 되었다.

아, 진짜, 조…… 아니, 겁나게 춥네!

"주인님의 방에서 이야기를 하는 방법도 있었습니다만."

지금이라도 그러는 게 좋을 것 같다는 생각이 들었지만, 나는 고개를 흔들었다.

"여기가 좋아."

혹시라도 잠에서 깬 랑이들이 내 방에 올 수도 있으니까.

"평소에도 지금처럼 신중하게 행동하고 말씀하셨다면 제가 그리 마음고생을 하지 않았을 텐데 말이죠."

아이고, 죄송합니다.

"그래서, 어떠십니까?"

어느 랑이가 가장 마음에 들었나.

이곳까지 오며 그 질문을 스스로 던져 본 순간 나온 답은 내 자신에게도 의외였다.

스스로도 믿기지 않아 다시 한번 되물어 봤을 때도 그 답은 흔들리지 않았고, 결국 처음의 대답이 내 진심이라는 것을 깨달을 수 있었다.

그렇기에 나는 혹시나 싶어 안방 쪽을 한 번 살펴보았다.

만에 하나라도 랑이들이 들어서는 안 되는 이야기였으니까.

마당에 나와 세희, 단둘뿐이라는 것과 밖으로 나오는 랑이가 없다는 것을 다시 한번 확인한 후.

나는 말했다.

"솔직히 다 마음에 안 들어."

"……"

내 대답이 세희에게도 의외였던 걸까.

세희는 어이없다는 시선으로 나를 바라보며 말했다.

"다른 라이트노벨에 등장하면 메인 히로인 자리 하나씩은 꿰차실 안주인님들 모두가 마음에 안 든다고 말씀하신 겁니까?"

예시가 왜 그런지 모르겠지만, 나는 딴죽을 거는 대신 순순히 고개를 끄덕였다.

"그 이유를 듣고 싶습니다."

"이유 정도야 너도 알고 있잖아?"

세희는 언제나 내 머리 위에서 놀고 있으니까. 내 대답을 들은 순간 그 이유가 떠올랐을 거다.

"어림짐작으로 넘어가기에는 중한 일이니까 말이죠."

대충 99.99999퍼센트의 확률로 맞아떨어지는 어림짐작 말이지.

"100퍼센트는 아니지 않습니까."

그리고 주인님께서는 제 예상 밖의 행동을 즐기는 분 아니십니까?

"힘들여 판을 깔아 놓는 게 바보 같이 느껴질 정도로 말이죠."

세희의 말에 나는 어깨를 으쓱했다.

"그래서 불만 있냐?"

일부러 시비를 걸듯이 말했기 때문일까.

세희는 평소보다 감정이 느껴지지 않는 표정을 드러내며 말했다.

"원숭이가 부싯돌을 써서 모닥불을 피우는 것 같은 재주는 이제 질렸으니, 주인님께서 모든 안주인님들이 마음에 들지 않다고 하신 이유를 말씀하실 차례입니다."

……화제 돌리는 건 실패했군.

"감기에 걸리고 싶지 않으시다면 말이죠."

더 이상 대답을 질질 끌면 자기 손으로 직접 감기에 걸리게 만들겠다는 세희의 경고에 나는 결국 백기를 들 수밖에 없었다.

"뭐, 별거 아니야."

"그렇다면 안주인님들을 깨우겠습니다."

나는 몸을 돌린 세희의 어깨를 급히 잡았다.

"생각해 보니까 중요한 것 같다."

다시 내 앞에 선 세희가 말했다.

"그 중요한 말씀을 한 번 해 보시지요."

"음……."

세희에게 숨길 만한 일은 아니기에 나는 생각 그대로를 입에 담았다.

"아까는 그렇게 말했지만, 아이들이 싫다는 건 아니야."

그도 그럴 게 다들 각자의 개성을 가진 귀여운 아이들이니까.

홍랑이는 자신의 감정을 있는 그대로 드러내며 활발한 모습이 귀엽다.

파랑이는 시니컬한 성격처럼 보이지만 언제나 내 눈치를 살피는 게 귀엽고.

금랑이는 영악한 면을 살짝 보이면서도 결국 한다는 게 애정 행위라는 게 귀엽지.

도랑이는 소심한 성격에 자신의 사랑을 수줍게 표현하는 모습이 귀여워.

흑랑이는 보는 재미가 있고.

……뭔가 흑랑이만 다른 랑이들과 다른 것 같지만, 이해해 줘라. 워낙 특이한 랑이잖아?

어쨌든.

다들 귀엽고 사랑스럽기 그지없는 랑이들이다.

하지만.

나는 **랑이**가 좋다.

세희 말대로, 만약 내가 랑이를 사랑하기 전에 홍랑이, 파랑이, 금랑이, 도랑이, 흑랑이를 만났다면.

나는 분명 다섯 명의 랑이 중에서 내 마음의 갈피를 잡지 못하고 우유부단하게 행동했을 지도 모른다.

……아무리 나라고 해도, '너희 다섯 명 모두 나의 신부다!' 같은 소리를 하진 않겠지.

하지만 사실 그런 가정조차 의미가 없는 일이다.

나는 이미 랑이를 만났다.

세상에 단 하나뿐인 랑이를 사랑한다.

그러니까 어쩔 수 없다.

홍랑이, 파랑이, 금랑이, 도랑이, 흑랑이가 모두 귀엽고 사랑스러움에도 불구하고 내 마음을 가득 채워 주지 못한 건.

랑이를 향한 마음은 랑이만이 채워 줄 수 있으니까.

그런 내 이야기를 잠자코 듣고 있던 세희는.

"이상, 안주인님의 하위 호환에 불과한 분들이 내 눈에 찰리가 있냐고 말씀하신 주인님이셨습니다."

사람을 인간 부스러기 취급했습니다!

"그렇게까지는 말 안 했어!"

"제가 주인님의 발언을 잘못 요약한 부분이 있다면 정정하겠습니다."

있냐? 응? 있냐고. 있으면 말해 봐. 말해 보라고.

그렇게 따지는 세희의 시선에 나는 그저 먼 산을 바라보았다.

"……."

그것으로는 모자라 먼 하늘도 한 번 바라보았고.

"…………."

결국 고개를 숙여 발끝까지 보았다.

하지만 세희는 아무 말도 하지 않았고, 결국 이 어색한 분위기를 떨쳐 내기 위해 다시 입을 열어야 했다.

"……뭐라고 말 좀 해라."

"쓰레기님."

내가 말을 말지.

"그래서 어찌하실 겁니까?"

내 생각을 랑이들에게 말할 거냐.

세희가 묻고 싶은 건 그거겠지.

나는 다시 한번 시선을 돌려 푸른 하늘을 바라보아 마음의 정리를 끝낸 뒤, 세희에게 말했다.

"해야지."

거짓말을 할 수는 없는 노릇이니까.

"대신, 최대한 신경을 써서."

랑이가 처음이자 마지막이 되었으면 하는 가출을 했을 때 네가 했던 말을 기억하니까.

"그렇다고 본질은 변하지 않습니다만."

"……나보고 어쩌라는 거냐."

세희가 피식 웃었다.

"본질은 변하지 않는다는 것입니다."

그 말의 뜻을 이해하지 못하고 안방으로 들어갔을 때.

"흐냐아아아아암~"

지금 막 자다 깬 랑이가 늘어지게 하품을 하고서 쭈욱 기지개를 폈다.

랑이들이 아니다.

홍랑이, 파랑이, 금랑이, 도랑이, 흑랑이도 아니다.

지금 바닥에 깐 요 위에서 고양이처럼 엎드려 꼬리를 바짝 세우고 쭈욱 기지개를 편 건 랑이였다.

"……어?"

분명 세희와 냥이가 건 요술은 저녁 때 쯤에야 풀린다고 하지 않았나?

해가 짧아지긴 했지만 아직 오후 4시.

저녁이라고 하기에는 이른 시간이란 말이지. 그런데 왜 벌써 요술이 풀린 거지?

그 답을 찾지 못해 어리둥절하고 있자니,

"어딜 갔다 왔느냐, 성훈아. 날도 추운데 말이니라."

랑이가 반쯤 잠긴 눈을 비비며 졸린 목소리로 말을 걸어왔다.

지금 막 일어나서 자신에게 무슨 일이 일어났는지도 눈치채지 못한 모습 같다.

"잠깐 세희하고 할 이야기가 있어서."

나는 외투를 벗고 소파에 앉았다.

"그러하느냐."

랑이가 당연하다는 듯이 느린 발걸음으로 내게 다가워서는,

폴짝.

내 다리 위에 앉았다.

겨울바람에 식은 내 몸이 아기 호랑이의 온기에 따듯하게

덮혀지기에, 나는 랑이에게 말했다.

"차갑지 않아? 나, 밖에 나갔다 왔는데."

"오히려 따듯하느니라."

거짓말이 아니라고 말하고 싶은 걸까.

랑이는 품을 파고 들어와서 비비적비비적, 내 가슴에 볼을 비벼 왔다.

평소와 같은 어리광. 아니, 연인의 애교에 나는 흐뭇해졌지만…….

그래도 물어볼 건 물어봐야지.

"그런데 랑이야."

"흐냐암?"

입을 가리고 다시 한번 하품을 하던 랑이가 눈물 맺힌 눈으로 나를 올려다보았다.

"너, 다섯 명으로 나눠졌던 건 기억하고 있어?"

"……?"

물음표로 변했던 랑이의 머리카락은.

"……!"

이내 느낌표로 변했다.

"으냐앗? 어, 어떻게 된 것이느냐? 왜 원래대로 돌아온 것이느냐?"

그걸 나한테 물어보면 어떻게 하니.

하지만 당황해서 몸을 더듬더듬 만지는 것으로 모자라, 내 손까지 잡아서 자신의 몸을 확인하도록 했다.

어이쿠, 은근슬쩍 머리에 손을 올려놓는 거 봐라?

그러면 우리 랑이 님이 바라시는 대로 머리를 쓰다듬어 드려야지.

"에헤헷."

내 손길이 마음에 드는지 랑이가 기쁜 웃음을 흘리며 눈을 가늘게 떴다. 그 모습을 보는 것만으로도 가슴이 충만해지고 세상만사 모든 일이 아무래도 상관없다는 생각이 들었지만.

"그래서 뭔가 알 것 같아?"

제가 나이는 이래도 지금껏 여러 일을 겪으며 살짝 어른이 되었거든요.

"풉."

남의 생각을 멋대로 읽은 세희는 무시하자.

"아!"

랑이가 뭔가 떠올린 것 같으니까.

"그러고 보니까 자고 있는데 가슴이 따듯해지는 느낌이 든 것 같았느니라."

"……그래?"

"응."

뭔가 설명이 필요한데.

그리고 이럴 때 가장 의지할 수 있는 녀석이 바로 옆에 있지.

나는 시선을 돌려 세희를 보았고, 세희는 랑이를 보며 어깨를 으쓱거렸다.

랑이 앞에서는 하고 싶지 않은 이야기라는 걸까.

그렇다면 거기에 맞춰 줘야지.

"랑이야."

"으냐아?"

나는 랑이의 머리를 흐트러트리듯 쓰다듬으며 말했다.

"자고 일어났으면 세수하고 와야지."

"으냐아……."

아, 이 녀석. 귀찮다는 기색이다.

"세수하러 갈 것까지 있느냐."

사실 나도 그렇게 생각해.

자고 일어나면 얼굴에 개기름이 끼는 나와는 달리, 랑이의 피부는 베이비파우더라도 바른 듯 뽀송뽀송 하니까 말이지.

……사실 베이비파우더를 바르면 피부가 어떻게 되는지 모릅니다만, 한번 말해 보고 싶었습니다.

그런데 지금 이런 생각이나 하고 있을 때가 아니었다.

"이렇게 하면……."

"잠깐, 랑이야."

랑이가 입을 벌리고 혀를 내밀면서 손등을 얼굴 가까이 가져가고 있었으니까.

네가 호랑이 요괴라는 걸 이런 식으로 증명할 필요는 없다, 랑이야!

"흐냐앗……."

내게 손목을 잡힌 랑이가 힘 빠진 목소리를 냈다. 해석하자면, '아뿔싸, 늦었느니라!'겠지.

……고양이 세수를 했으면 바로 화장실로 직행이었다, 요 녀석아.

"세수하고 와."

랑이가 두 손을 가슴 앞에 모으고 기대에 가득 찬 눈동자를 초롱초롱 빛내며 나를 올려다보았다.

"성훈이가 씻겨 주면 난 정말 기쁠 것 같은데, 안 되겠느냐?"

그 귀엽고 사랑스러운 모습에 나는 가슴이 두근두근 뛰는 것을 느끼며 말했다.

"응, 안 돼. 혼자 씻고 와."

그건 그거고 이건 이거니까.

"으냐아아아~"

랑이가 떼를 쓰듯이 내 다리 위에 드러누워서 팔다리를 바둥바둥했다.

……허리가 살짝 걱정이 된 나는 랑이의 겨드랑이 사이에 손을 넣어 위로 번쩍 들어 올린 뒤, 내 눈치를 살피는 랑이에게 말했다.

"씻고 와."

"……알겠느니라."

꼬리와 귀가 추욱 쳐진 랑이가 터덜터덜 부엌문을 열고 나가려다가 문득 뒤를 돌아보았다.

나는 미소 지으며 손을 흔들어 주었고, 결국 랑이는 고개까지 푹 떨구고는 부엌으로 들어갔다.

……혹시나 해서 말해 두는 건데, 싱크대에서 세수하려는

건 아닙니다. 우리 집 욕실은 부엌과 연결되어 있거든요.

어쨌든.

랑이가 긴 시간 동안 세수를 할 리가 없기에 나는 재빠르게 세희에게 말했다.

"어떻게 된 거야?"

"이곳은 안주인님의 영토의 핵심 중의 핵심인 곳입니다."

세희도 나와 같은 생각인지 이번에는 말을 돌리거나 농담을 건네거나 신경을 건드리거나 장난을 치지 않고 대답해 줬다.

"……."

"……미안."

나는 두 손 모아 사과했고, 세희는 살짝 인상을 찌푸린 채로 말했다.

"마당에서 이야기를 했다 한들, 주인님의 일언일구에 관심을 귀 기울이고 계시는 안주인님의 눈과 귀를 속일 수 있을 거라 진심으로 생각하신 겁니까?"

"응."

"정답입니다."

하하하.

호호호.

나와 세희는 잠깐 동안 서로를 마주보며 웃었다.

"허나."

세희가 다시 이야기를 시작할 때까지.

"안주인님께서 당신의 눈으로 보고, 귀로 듣지 못하신다 하더라도 이곳은 안주인님의 영토. 이곳에 무의식적으로 퍼져 있는 안주인님의 감각은 속일 수 없는 것입니다."

"그래서?"

나는 다리를 꼬고 턱을 괴며 말했다.

"랑이가 들었다는 거야?"

세희가 고개를 가로저었다.

"느끼신 겁니다."

주인님의 본심을.

"그렇기에 요술의 효력이 끝나지 않았음에도, 주인님의 진심 어린 사랑 고백에 만족하시고 다시 하나가 되신 겁니다."

나는 살짝 머쓱해져서 머리를 긁적이며 말했다.

"······나는 사랑 고백 같은 거 안 했는데."

"주인님께서 독백 처리하신 말씀을 제 입으로 읊어 드려야 현실을 받아들이시겠습니까?"

내가 이 녀석의 말을 모두 이해할 수 있는 날이 오는 건 언제일까.

지금의 나는, 랑이에 대한 내 마음을 이야기했다는 걸 인정하지 않으면 지금보다 더 머쓱해질 거라는 정도밖에 모르겠거든.

"그건 뭐, 됐고."

나는 화제를 돌리기 위해 있는 힘껏 몸을 배배 꼬며 말했다.

"결국 랑이도 어떻게 된 건지 모른다는 거지?"

세희는 그런 나를 한심하게 바라보더니, 손을 한 번 휘젓는 것만으로 안방에 깔려 있던 이불들과 주인 잃은 옷가지들을 소매 속으로 집어넣고는 말했다.

"그뿐이겠습니까. 이젠 오전에 일어났던 일들에 대한 관심도 잃어버리셨을 겁니다."

"……왜?"

"주인님의 사랑이 그리도 극진하다는 것을 다시 한번 확인하셨으니까 말이죠."

내가 뭐라고 한마디 하려고 할 때.

"성훈아아~!"

부엌으로 이어진 문이 벌컥 열리고서는 랑이가 안방으로 들어왔다.

"세수하고 왔느니라!"

제대로 물기를 닦지 않아 앞머리가 살짝 젖고, 동그란 턱에서 물방울을 뚝뚝 떨어뜨리면서.

내가 어디 도망치는 것도 아니고 뭘 그렇게 급하게 오냐.

나는 세희에게 손을 내밀었고, 수건을 받아서 앞에 다가온 랑이의 얼굴을 부드럽게 닦아 주며 말했다.

"물기는 제대로 닦고 나와야지."

랑이는 볼을 닦으면서 말했다.

"조금이라도 빨리 성훈이를 보고 싶어서 어쩔 수 없었느니라!"

그래, 나도 네가 보고 싶었다.

그래도…….

음.

이런 말을 하면 안 되겠지만.

나중에 랑이와 결혼했을 때, 아이들은 다섯 명이 좋을 것 같다.

랑이의 이야기도 들어 봐야겠지만.

"왜 그러느냐, 성훈아?"

"아니, 아무것도 아니야."

그러니 지금은 이 행복을 즐기…….

"동생들아아아아아아아아아!!"

아, 맞다.

깜빡하고 있었네.

문 밖에서 들려오는 냥이의 고함에 가까운 행복에 찬 목소리를 들으며, 나는 지금껏 잊고 있었던 이야기를 떠올렸다.

냥이가 오후에야 대요술을 쓴 여파에서 벗어날 수 있다는 이야기를.

"이 언니가 왔느……."

쾅! 하고 문이 떨어져라 거칠게 열고 들어온 냥이는 흥분과 기대에 가득 차 붉어진 얼굴로 안방을 둘러보고서는.

"응? 검둥아, 왜 그러느냐? 무슨 일 있었느냐?"

자연스럽게 내 무릎 위에 앉아 있는 랑이를 보고, 주위를 둘러본 뒤.

"어, 어째서! 왜 이렇게 된 것이느냐아아아!!"

사태를 파악하고서는 절망에 가득 찬 표정을 짓고는 무릎을 꿇고 절규했다.

어, 응, 그래.

이 작은 소동의 가장 큰 피해를 본 건, 너였구나.

"거, 검둥아? 검둥아! 정신 차리거라, 검둥아!"

나는 절망에 빠져 기절한 냥이와, 그런 언니를 보고 깜짝 놀라 등을 어루만지며 달래 주는 랑이를 보며 그렇게 생각했다.

나와 호랑이님 ~Your Story~

17년 동안 살아오면서 가슴이 두근거리는 일은 몇 번씩이나 있었다. 30점 넘는 과목 하나 없는 성적표를 어머니께 보여 드린다거나. 성인이 되어서 해야 하는 게임을 즐기고 있는데 잠긴 방문의 손잡이가 덜컥거린다거나.

하지만 지금만큼 내 가슴이 두근거리는 경우는 없었다.

그야말로 일생일대의 고백을 앞두고 있으니까.

이 고백이 받아들여지느냐, 그렇지 않느냐에 따라서 내 인생이 달라질 거다.

그도 그럴 게, 내가 10년 동안 짝사랑해 온 여자아이에게 하는 고백이니까.

"도대체 뭐야? 할 말 있으면 빨리 말해!"

그리고 내 짝사랑의 대상이면서 소꿉친구이기도 한 나래는 지금 많이 화가 나있다.

그럴 만도 하지. 방학식이 끝나고 친구들과 함께 놀러 가려던 자신을 다른 사람들 앞에서 붙잡고서, 잠깐 할 말이 있으니까 시간 좀 내 달라고 애원한 뒤, 인적이 드문 체육관 뒤쪽으로 끌고 온 놈이 정작 뜸만 들이고 자기 눈치만 보고 있으니까 말이야.

"미안."

그래서 난 먼저 고개 숙여 사과하며 나래의 눈치를 살폈다.

지피지기면 백전불패라는 말도 있잖아?

그리고 지금의 나래는 남들이 보기에는 언제 터질지 모르는 활화산 같은 모습이었다. 눈은 치켜뜨고 있고 짝다리를 짚고 팔짱을 낀 채 손가락을 가만두지 못하고 있었으니까.

하지만 다른 사람의 눈치를 살피는 것이 인생의 가장 큰 장기가 되어 버린 내가 보기에는 조금 다르다.

눈빛.

나래의 눈빛은 어딘가 불안해 보였고, 그러면서도 기대감에 차 있었으니까.

……설마 눈치챈 건 아니겠지?

아니, 그럴 가능성도 높지. 나래는 나보다 머리가 훨씬 좋고, 장소도 장소인데다가…….

무엇보다 나에 대해서 누구만큼이나 잘 아니까.

……응? 지금 내가 누구를 떠올린 거지?

"애들 기다리거든?"

아, 지금 딴 생각할 때가 아니지.

지금부터 내 마음을 고백하려는데 나래의 기분을 불쾌하게 만들어서 어쩌라는 거냐.

그래! 지금은 먼저 고백부터 하자!

"저기, 나래야."

나는 크게 심호흡을 하고.

기대에 찬, 하지만 그 속내를 드러내지 않으려고 하는, 그러면서도 얼굴이 살짝 붉어진 나래에게 말했다.

[♪ ♩ ♬]

아니, 말하려고 했다.

어째서인지 고백하러 오기 전에 혹시나 모를 방해를 막기 위해 무음으로 설정해 둔 휴대폰이 소리를 내지 않았다면.

뭐야? 오래 썼다고 고장 난 거야? 왜 하필 지금?

"자, 잠깐만."

나는 이 중요한 순간에 전화를 건 사람과 주인의 가장 중요한 순간을 방해한 휴대폰을 저주하면서 주머니에 손을 넣은 뒤.

전원 버튼을 길게 눌러 휴대폰을 껐다.

그런 나를 한심하게 바라보는 나래의 시선에 내 안의 용기가 고개를 숙이려 한다. 하지만 참다못해 열불이 나 버린 내 마음이 그 녀석의 엉덩이를 걷어차 버렸고!

"크흠!"

나는 크게 한 번 헛기침을 한 뒤!

"나래야! 사실, 나……."

이유를 알 순 없지만 내게 응원하는 시선을 보내는 나래에게……!

"사실 난 변태였다!!"

……응?

어째서?

왜 내가 바지를 내려?

그리고 지금 내가 뭐라고 말한 거야?

순간 이해가 안 됐지만, 세상에 드러난 가랑이 사이를 스쳐 지나가는 시원한 바람이 이것이 현실이라는 것을 일깨워 주었다.

"……!"

무엇보다 놀라서 동그랗게 변한 두 눈동자로 내 하반신을 바라보고 있는 나래 때문에 현실 도피조차 못하겠다!

그렇게 짝사랑하는 소꿉친구 앞에서 하반신을 드러내면서 자신을 변태라고 고백한 남고생과 그런 변태의 꼴을 그대로 봐야 하는 17세 여고생의 시선이 마주했다.

그리고.

"꺄아아아악!!"

나래의 멋들어진 킥이 내 중요 부위를 올려 찼고.

"끄어어어억!!"

나는 남자의 중요한 신체기관이 박살나는 고통을 느끼며 정신을 잃고 말았다.

–Bad End 001. One strike Two Ball.–

* * *

"전화 안 받아?"

"으, 응?"

나는 화들짝 놀라 주머니에 손을 집어넣었다. 분위기 파악을 못하고 있는 휴대폰이 손에 잡힌다.

이 자식, 오래된 주인을 배신하다니!

······아니, 뭐가 이런 판죽이나 걸고 있을 때가 아닌 것 같은데.

"성훈아? 뭐 해?"

그러게요! 너한테 고백해야 하는데 내가 지금 뭘 하고 있는 거야?!

나는 휴대폰을 꺼내 '아버지'라고 화면에 뜬 걸 확인한 후, 전원을 꺼 버렸다.

그걸 주의 깊게 본 나래가 걱정스러운 목소리로 내게 말했다.

"아저씨 전화 같은데, 안 받아도 괜찮아?"

"응."

그야말로 즉답이었다.

"보나마나 점심밥은 어디 있냐, 신문은 어디 있냐, 갈아입을 속옷은 어디 있냐, 술이 떨어졌다 같은 걸 테니까."

참고로, 미성년자인 저는 주류를 구입할 수 없습니다. 아버지도 그걸 알면서 꼭 말을 꺼내고 본단 말이지.

"……술 마시는 거 아니지?"

나래는 모르겠지만.

반장이자 모범생으로도 유명한 나래가 눈을 가늘게 뜨고 있는 모습에 나는 있는 그대로의 마음을 담아 말했다.

"난 술 싫어해."

"으, 응."

너무 정색했나?

하지만 어쩔 수 없습니다. 어려서부터 술 마시면 인간이 아닌 무언가가 되어서 자기 자식에게 신세 한탄을 하는 아버지를 뒀는데.

"……."

"……."

그 아버지 덕분에 분위기가 싸늘해졌다.

어디선가 걸걸한 목소리의 아저씨가 '오늘은 글렀구만! 내일 다시 합시다!'이라고 작업을 끝내자고 외치는 소리가 들려오는 것만 같다.

"어, 그, 그런데 나래야."

하지만 오늘의 나는 다르다.

지금 하늘에서 운석이 떨어져도, 지진이 나도, 핵폭탄이 터져도, 어디선가 갑자기 나타난 귀신에게 잡혀 간다 해도 나는 나래에게 고백할 거다.

그렇게 마음을 정했다.

"으, 응?"

내 마음가짐이 달라졌기 때문일까. 아니면 나를 향한 시선을 피하지 않고 당당하게 마주했기 때문일까.

나래는 팔짱을 풀고 왼손으로 오른쪽 팔뚝을 잡으며 고개를 숙여 내 시선을 피했다.

"나 말이야."

그 모습에 내 마음 깊은 곳에서 불꽃이 넘실거리며 타올랐다. 불꽃에서 피어오른 열기가 증류 기관처럼 내 입을 멋대로 움직인다.

"널 좋아해."

아직, 아직 모자라는 듯.

나는 몸을 움찔 떤 나래에게 대답을 할 시간도 주지 않으며 계속해서 말했다.

"사실 어렸을 때부터 계속 좋아해 왔어. 하지만 용기가 나지 않아서 말할 수 없었어. 그게, 너하고 내가 이것저것 수준이 안 맞잖아?"

집안의 차이 같은 게 아니다.

애초에 나래도, 아저씨나 아주머니…… 그러니까 나래의 부모님도 그런 건 신경 쓰지 않는 성격이시니까.

그저 나 스스로가 나래와 비교해 봤을 때 너무나 모자란 사람이라고 생각했을 뿐이다.

"그래서 참으려고 했어. 고백 같은걸 해서 어색해지느니, 친구로 지내는 게 좋을 것 같았으니까."

그래서 이 마음은 그저 나 혼자 간직하려고 했다.

언제까지나. 계속. 끝까지.

나래가 내 손에 닿지 않는 먼 곳에 갈 때까지.

하지만 참을 수 없었다.

먼 뒤에서 나래의 웃는 얼굴을 지켜 볼 때마다.

우리 사이가 조금씩 멀어지는 것 같은 기분이 들 때마다.

고백에 대한 두려움은 점점 아무것도 아니게 되어만 갔다.

"이런 말 해서 미안해, 나래야."

내 목소리는 떨리고 있었다.

제삼자가 보면 정말 꼴불견인 고백일 거라 생각하면서도 나는 말했다.

"나, 너 정말 좋아한다."

고개는 숙이지 않았다.

비록 떨리는 입술과 움켜쥔 주먹은 숨길 수 없었지만, 나는 고개를 들고서 나래를 바라보았다.

"……바보."

그렇기에 볼 수 있었다.

"이 바보야!"

나래의 갈색 눈동자에 투명한 눈물이 차오르는 것을.

그 모습을 본 순간 혹시나 하는 기대감을 가지고 있던 심장이 싸늘하게 식어 버렸다. 기대를 하니까 배신을 당하는 것이라는 유명한 인터넷 잠언이 떠올랐고, 그런 짓은 하지 말았어야 했는데 그 사실을 몰랐다는 노래가 내 달팽이관을 있는 힘껏 때리는 것으로 모자라 누군가 내 오금을 야구 방망이로 있는 힘껏 후려갈기는데, 이대로 서 있는 게 용하다는 생각이 들었다.

잠깐만, 나 지금 서 있는 거 맞아?

"이…… 바보 멍청이."

정확하게 말하면, 아니었다.

자신의 단 두 마디에 단두대 앞에 선 죄인처럼 다리가 휘청거린 나를, 나래가 끌어안았으니까.

"너무 늦었잖아, 정말!"

'누가' 가슴 정말 '누구를 끌어안았' 커'다고?'

브래지어 하고 '나래' 있을 텐데 부드럽네'가 나를'?

"내가 얼마나 기다렸는지 알아?"

귓가에 들려오는 나래의 울먹이는 목소리에 나는 정신을 차릴 수 있었다.

어, 그러니까 지금 나래가 나를 끌어안았다는 거지? 그리고 지금까지 나를 손절할 기회를 노리고 있었는데 적당한 건수가 없어서 고생이었는데 잘 됐다고 말한 거 맞지?

……정신을 차렸다고 말한 거, 다 거짓말이다.

그저, 브래지어를 하고 있음에도 불구하고 온몸으로 느껴지는 나래의 커다랗고 탄력 넘치는 가슴에서 잠시 신경을 돌릴 수 있었다는 이야기지.

하지만 그것만으로도 나에게는 위대한 도약이나 다름없었다.

"어, 그러니까, 나래야. 그 말은……."

나래가 무슨 의미로 말했는지를 물어볼 수 있었으니까.

"정말 몰라서 그래?"

그리고 그건 내 인생 중 가장 잘한 일이었다.

나래의 울먹이는, 하지만 기쁨에 찬 목소리가 내 귓가에 들려왔으니까.

"나도, 너를······."

하지만.

"······."

하지만 거기까지였다.

나래는 가장 중요한 단어를 말하지 않고, 그대로 굳어 버렸다.

말 그대로, 굳어 버렸다.

"······나래야?"

이상했다.

조금 전만 해도 품속에서 느껴지던 마시멜로우 같은 감촉이, 벽난로의 온기처럼 느껴지던 나래의 숨결이 딱딱하고 차갑게 변했으니까.

나는 깜짝 놀라 나래를 떨어뜨려 놓고 상태를 살펴보았다.

초점이 맞지 않는 눈. 아무것도 느껴지지 않는 표정 없는 얼굴. 그저 서 있기만 할 뿐 움직이지 않는 몸.

마치 눈을 뜬 채 정신을 잃은 것처럼 보이는 나래를 본 순간, 내 머릿속에서 떠오른 건 세현이 한 번 읽어 보라고 빌려 줬던 최면을 소재로 삼은 만화책이었다.

흐흐흣, 그렇단 말이지? 이런 천재일우의 기회를 내가 놓칠······.

난 진짜 **별의별 상황에서도** 얼빠진 생각을 할 수 있구나!

"나래야? 나래야, 괜찮아?"

나는 나래의 어깨를 잡고 앞뒤로 흔들어 봤지만, 그저 고개만 앞뒤로 흔들리고 위아래로 가슴이 요동칠 뿐 내가 원하는 반응을 보이지는 않았다.

서, 설마 선 채로 기절한 건가?

그런 얼빠진 생각을 하고 있는 내게.

"……방해하고 싶지는 않았지만 어쩔 수 없었어요."

처음 들어보는 목소리가 들려왔다.

"어, 어?"

평소에도 인적이 드문데다 방학식까지 해서 아무도 오지 않을 거라 생각한 곳에 사람이 왔다는 사실에 깜짝 놀라 고개를 돌린 나는, 다른 의미로 놀라고 말았다.

저, 저게 수박이야 가슴이야?!

여성용 정장을 입어서 그런지 이지적인 분위기가 풍기는 안경을 쓴 20살 정도의 누님은 내가 지금껏 실제로 본 그 누구보다도 가슴이 컸다.

다른 말로 하면 나래보다 크다는 것이다!

그뿐일까! 언제나 단정한 옷차림을 통해 노출을 최소화하는 나래와는 달리 와이셔츠의 단추를 세 개는 풀어서 보라색 속옷까지 보일 정도다!

그 덕분에 보라색 속옷과 함께 사나이라면 코를 묻고 싶은 가슴골을 드러낸 누님이 머리를 뒤로 올려 묶고 있었다거나,

착잡한 표정으로 나를 보고 있다거나, 저 멀리서 헬리콥터 소리가 들려오기 시작한다는 건 조금 시간이 지나서야 눈치챌 수 있었다.

그리고 그 시간 동안 기다려 준 가슴 큰 누님이 내게 말했다.

"이제 조금 진정이 됐나요?"

나는 머리가 좋은 편은 아니지만, 그렇다고 바보는 아니다. 나름 이런저런 고생을 하면서 눈치도 꽤나 빨라졌고 말이야.

나래가 갑자기 이상한 모습이 된 것과 이 인적 드문 곳에 갑자기 나타난 가슴이 정말 큰 여자가 무언가 관계가 있을지도 모른다는 가정. 그리고 여기서 무슨 일이 벌어져도 **당장**은 도와줄 이가 없다는 상황과 지금 나래를 지킬 수 있는 건 나밖에 없다는 사실이 내 몸을 움직였다.

나는 어떻게 저 크기로 저 모양을 유지할 수 있는 지 의심이 드는 가슴을 가진 여자에게서 조금이나마 나래를 지키기 위해 앞으로 나서서 큰 소리로 외쳤다.

"너, 너 누구야?!"

나래의 경호원을 부르기 위해서.

어렸을 때 유괴범에게 납치당할 뻔했던 나래는 그 후로 알게 모르게 경호를 받고 있는 것으로 알고 있다. 지금 이곳에는 없는 것 같지만, 내가 크게 소리를 쳤으니까 금방이라도 올 거야. 나는 그 동안만 나래를 지키면 된다.

"미안하지만, 누군가 오는 일은 없을 거예요."

하지만 **여자는** 내 생각을 부정했다.

"제 동생들이 손을 썼거든요."

……뭔가 만화라면 다음 컷에 풀숲에서 기절한 검은 양복에 선글라스를 낀 아저씨들이 나올 법한 소리를 아무렇지 않게 하고 있네!

"그런다고 내가 믿을 것 같아?!"

다시 한번 크게 소리치지만, 들리는 건 점점 가까워지는 헬리콥터 소리밖에 없다.

뭐, 뭐야? 설마, 진짜야?

고개를 두리번거리며 당황하고 있자니, 여자가 씁쓸한 표정을 지으며 한 발자국 앞으로 걸어왔다.

"가, 가까이 오지 마!"

세상에, 내가 저렇게 커다란 가슴을 위아래로 출렁이며 걸어오는 여자한테 제발 좀 서 달라고 부탁하게 될 줄이야!

하지만 여자는 내 말을 무시하며 점점 내게 걸어오더니 몇 발자국 앞에 서서 알 수 없는 말을 했다.

"곰의 일족의 수장으로서 명한다. 서나래는 내 곁으로 와라."

곰의 일족이 아니라 젖소의 일족이 아니냐는 말로 조금이라도 시간을 끌어 보려고 하는 순간.

등 뒤에서 나래가 몸을 움직이는 소리가 들렸다. 이제라도 정신을 차려서 다행이라는 생각과 지금 당장 사람들이 많은 곳으로 도망치라는 말을 꺼내려고 고개를 돌렸을 때.

내가 본 것은 초점 없는 눈으로 나를 지나쳐 가는 나래였다.

"나, 나래야?"

지금까지 쌓아 올린 상식이 와장창 소리를 내며 무너지는 바람에 나는 잠시 넋이 빠져 버렸고, 그건 실수였다.

　나래를 잡지 못했으니까.

　여자는 자신의 옆에 서서 몸을 돌린 나래의 어깨에 손을 올린 뒤, 나이에 맞지 않는 장난꾸러기 같은 미소를 지으며 말했다.

　"자세한 이야기는 자리를 옮겨서 하고 싶은데, 괜찮겠죠?"

　그리고 어느새 헬리콥터가 흙먼지를 내뿜으며 운동장에 착륙하고 있었다.

*　*　*

　인생은 놀라움의 연속이라고 누가 말했는지 알고 있으면 내가 상식의 부재 강성훈이라 불리는 일도 없었겠지.

　하지만 내가 아무리 일반 상식을 공부했어도 이 나이에 헬리콥터를 타게 될 줄은 몰랐을 거야.

　-투다다다다다다다!-

　헬리콥터 내부가 이렇게 시끄럽다는 것도.

　[미안해요. 대화를 나누기에 좋은 장소는 아니지만, 생각보다 시간이 촉박해서 말이죠.]

　만약 귀에 끼고 있는 헤드셋이 아니었다면 자신을 정미라고 소개한 여자의 목소리도 들리지 않았을 거다.

　[그건 내가 알 바 아니고.]

그리고 나는 연장자에 대한 예의를 때려치우고 정미를 노려보았다.

[나하고 대화를 하고 싶으면 나래부터 원래대로 돌려 놔.]

[그건 그리 힘든 일은 아니에요. 하지만 지금부터 할 이야기는 다른 사람들이 알아서는 안 되는 이야기라서요.]

그 말을 듣는 순간 나는 알 수 있었다.

[그러면 나래를 풀어 줘.]

무슨 이유에서인지 모르겠지만, 정미가 납치하고자 한 사람은 나래가 아닌 나였다는 것을.

……설마, 어머니 때문인가?

도대체 무슨 일에 엮이신 겁니까, 어머니!

그렇게 정작 어머니 앞에서는 기어들어 가는 목소리로 말했을 불평을 있는 힘껏 속으로 외친 내게.

[……여기서요?]

정미는 살짝 당황한 목소리로 대답했다.

나는 창밖으로 시선을 돌렸고, 저어어어어어어기 아래에 이름모를 산의 정상에서 손을 흔드는 등산객들을 볼 수 있었다.

나는 다시 고개를 돌려 정미를 보았고, 그녀의 표정에 장난기가 맴돌고 있다는 사실을 알 수 있었다.

[농담할 기분 아니야.]

[당신이 지금 제게 협상을 시도할 수 있는 입장도 아니죠.]

[그런 건 없어.]

어머니께서 말씀하시길, 어떤 상황과 조건에서도 협상은 시작할 수 있다고 하셨으니까.

[자당께서 그리 말씀하셨나 보네요?]

[······자당?]

[······다른 사람의 어머니를 높여 부르는 말이에요.]

······모를 수도 있지!

아니, 지금 부끄러워할 때가 아니지!

[설마 어머니 때문에 날 납치한 거야?]

[아니요.]

그러면 도대체 왜 날 납치한 건데?! 그것도 헬리콥터까지 써서!

아무리 상식이 부족한 나라고 해도, 서울 항공에 헬리콥터를 띄우는 건 여러 가지로 힘든 일이라는 것 정도는 안다. 그런데 어머니 때문이 아니라면, 나 같은 평범한 소시민을 납치하기 위해 헬리콥터까지 쓴다는 건 이해가 안 된다고!

[조금 전에도 말했지만, 지금부터 그 이야기를 하고 싶어요.]

나는 머릿속에서 계산기를 두드려 봤고, 나래를 제정신으로 돌려 달라거나 풀어 달라고 하는 건 소용없다는 결론을 내렸다.

그렇다면 적어도 무슨 의도로 나를 납치했는지 듣는 게 최선이겠지.

[말해 봐.]

등 뒤에서 식은땀이 흘러내리고 입안의 침이 바짝 마르든, 겉으로는 있는 힘껏 허세를 부리면서.

[후훗.]

정미가 웃는 걸 보니 별 의미가 없어보였지만.

[정식으로 인사드릴게요. 저는 곰의 일족의 수장을 맡고 있는 정미라고 해요.]

그 이유는 다르지만, 나는 조금 전에 못 다한 말을 입에 담았다.

[젖소의 일족이 아니라?]

[…….]

정미의 표정이 보기 좋게 굳었다.

어디론가 납치당하고 있는 상황에서 유괴범의 심기를 거스르는 게 바보 같은 짓이라는 건 나도 알아. 하지만 나는 바보고, 바보가 바보짓을 하는 건 이상하지 않은 일이다.

무엇보다 나래의 주먹으로 인해 많이 교정당했다고 해도 내 안에서는 언제든지 헤비메탈 사운드가 울려 퍼지는 것과 동시에 광기가 온몸을 지배할 준비가 되어 있으니까 말이지.

크크크크크, 크하하하하하!!

[……역시 저희의 눈을 속이고 당신과 접촉했군요.]

……그런데 뭔가 반응이 이상하다?

정미는 내 성희롱에도 화를 내지 않고, 오히려 한 방 먹었다는 표정만 짓고 있을 뿐이었다.

저기요? 누나? 뭔가 저만 인간쓰레기가 된 것 같은데요?

성희롱범이 제발 저려서 법의 심판을 받고 싶다 생각하고 있을 때, 정미는 진지한 눈빛으로 나를 바라보며 말했다.

[당신, 어디까지 알고 있는 건가요?]

아무것도 모릅니다.

나도 모르게 그렇게 말할 뻔했지만, 이건 기회다. 도대체 무슨 오해를 하고 있는지 모르겠지만 여기서 허세를 부리면 조금이나마 상황이 내게 유리해질 거야.

나는 의자에 등을 붙이고 다리를 꼬며…….

[…….]

헬리콥터 안이 좁은 덕분에 정미의 다리에 내 발이 스쳤다. 양복에 묻은 흙 자국을 내려다보는 정미의 눈썹이 살짝 꿈틀거렸지만 나는 모르는 척하며 깍지 낀 손을 무릎 위에 올리며…….

[……………]

실수로 미끄러진 손을 다시 무릎 위에 올리며 말했다.

[글쎄?]

정미가 말했다.

[성훈 군은 거짓말에 소질이 없으니까 남을 속일 생각은 안 하는 게 좋을 거예요.]

바로 들켰습니다!

저쪽도 나처럼 허세를 부리는 거라면 좋겠지만, *지금까지의 고생 덕분에 내 감은 어느새 예언의 경지에 올라서 말이죠. 그런 건 아닌 것 같습니다.*

……아니, 내가 지금까지 무슨 고생을 했다고 그러냐.

고생다운 고생은 지금부터 시작인 것 같은데.

[잡담은 여기까지 하죠. 말했다시피, 그녀의 눈을 속이는 것도 슬슬 한계인 것 같으니까.]

사람을 납치한 사람으로는 볼 수 없는 너무나 당당한, 그리고 사무적인 태도에 속에서 울컥 솟아오른 감정이 입을 열었지만!

[그러니 잠깐만 참아 주세요.]

정미가 손가락을 튕긴 순간 입이 움직이지 않았다.

뭐, 뭐야, 이건?! 최면술이냐! 최면술이야?! 나한테 최면술을 걸어서 도대체 어디다 쓰려는 거야?!

……집으로 돌아가면 빌려 온 책을 원주인에게 돌려주겠다고 결심하며, 나는 그저 내 입을 막아 버린 정미를 노려보았다.

하지만 그것도 잠시.

[믿기 힘들겠지만, 지금부터 이야기하는 것은 한 치의 거짓도 없는 사실이에요.]

나는 정미의 이야기를 듣고 할 말을 잃어버리고 말았다.

[지금으로부터 먼 옛날, 태초의 혼돈에서 요괴가 태어났습니다.]

정말로.

정미는 세상에 요괴가 존재했고, 그들이 세상을 지배했다고 말했다. 홍익인간의 뜻을 품고 환웅이 세상에 내려오기 전까지.

환웅은 자신의 뜻을 이루기 위해 요괴들 중 가장 힘이 강한, 대요괴 중의 대요괴라 불리던 범과 곰. 그 둘 중의 한 명을 자신의 아내로 삼아 요괴들의 세력을 약화시키려 했다.

……왜 그랬지? 세 명이서 결혼하면 되는 걸.

나는 그런 생각을 하면서도 정미의 이야기에 귀를 기울였다.

지금 같은 상황에서 정보는 많으면 많을수록 좋으니까. 그게 비록 미친 여자의 헛소리로 들릴지라도.

[저희가 모시고 있는 분은 환웅 님의 선택을 받으신 웅녀 님이십니다.]

웅녀라는 단어를 입에 담았을 때, 정미의 표정이 상당히 복잡해 보였지만 그것도 잠시였다.

이야기를 계속하는 정미의 표정은 다시 진지해졌으니까.

웅녀의 자손이기도 한 곰의 일족은, 먼 옛날부터 지금까지 요괴들이 함부로 인간들을 해치지 못하도록 관리해 왔다고 했다. 요괴만을 대상으로 한 특수 경찰이라고 이해하면 되겠지?

그리고 그들이 일거수일투족에 신경을 쓰며 특별 관리를 하고 있는 것은 호랑이.

시험을 통과하고도 환웅에게 선택받지 못한 호랑이였다.

[그분은 환웅님께 선택받지 못했다는 이유만으로 온 세상을 찢어발기려고 하셨죠.]

……어, 음, 이럴 때는 민폐덩어리라고 해야겠지만, 왜인지는 모르겠지만 나는 호랑이가 안쓰럽게 여겨졌다.

그래! 실연한 사람 옆에 끈적끈적한 애정 행각을 벌이는 커플이 보이면 난리 좀 치고 싶어질 수 있잖아!

호랑이는 무죄! 호랑이는 무죄다!

나도 나래에게 차였다면 집에 돌아가서 손에 잡히는 데로 던져…… 버리려다가 집에 돈이 없다는 사실을 떠올리고 애꿎은 베개에나 감정을 풀었을 테니까.

마음속으로 이상한 핑계를 대며 호랑이의 편을 들어 주고 있는 내게, 정미가 말을 이었다.

[그렇기에 환웅 님과 웅녀 님은 힘을 모아 호랑이님을 지리산에 봉인하셨습니다.]

홍익인간의 뜻을 품고 세상에 내려온 사람……? 신의 아들? 뭐, 어쨌든 그런 분이시니 만큼 환웅…… 님은 성격이 꽤나 좋았나 보다.

[그리고 예언을 하셨죠.]

먼 훗날, 너에게 단 하나뿐인 인연이 찾아올 것이라고. 네가 그 인연의 실을 붙잡고 진정한 사랑을 깨닫는다면, 너를 억누르고 있는 봉인이 풀릴 거라고.

그 말을 듣는 순간 닭살이 돋은 나는, 지금 내 입이 움직이지 않는다는 사실에 감사했다.

꼬끼오~ 하고 외치고 싶었냐고?

아니, 내가 머리는 나쁘지만 눈치는 빠르거든.

……이성 관계 쪽은 빼고.

[그 인연이 지킴이 일족의 마지막 후예. 강성훈, 바로 당신입니다.]

그 예상이 맞았다고 친절하게 확인을 해 주는 정미의 말에 나는 그대로 굳어 버리기보다는 고개를 갸웃거렸다.

지킴이 일족은 또 뭔데? 곰의 일족이 하청 주는 곳이야?

[……의외로 놀라지 않네요?]

그런 내 반응에 정미가 살짝 놀란 표정을 지었다.

아니, 나도 놀랐거든? 세간에서 폭력적이고 외설적이라며 욕먹고, 같은 작가에게도 '따위'라고 비하당하는 라이트노벨에서도 안 쓸 법한 재미없고 낡은 소재를 진지한 표정으로 말하는 20대의 가슴 큰 누님은 지금까지도 본 적 없고 앞으로도 두 번 다시 보지 못할 것 같았으니까.

하지만 나는 그런 생각을 아주 간단하고 간략하게 표현했다.

[아.]

정미가 손가락을 다시 한번 튕기고서야 나는 목소리를 낼 수 있었다.

[지금 그걸 믿으라는 거야?]

이게 아니지.

지금 내가 할 말은 이게 아니야. 내가 믿고 안 믿고가 중요한 게 아니라, 저 정신머리 없는 소리를 정미가 믿고 있다는 쪽에 초점을 맞춰야 해.

[아니, 죽을 땐 죽더라도 이유라도 알고 죽으라는 거야?]

먼저, 정미가 하는 말이 헛소리라는 가정은 지금 상황에 하등 도움이 안 되니까 머릿속에서 지워 버리고.

정미의 말이 사실이라면, 내가 그 실연의 상처로 인해 아주 아주 작은 사고를 치려 했던 호랑이의 운명의 상대가 된다.

호랑이가 지금처럼 봉인된 상태로 지내려면 진정한…… 진정한 사랑 같은 닭살 돋는 것과는 멀리 지내야 한다는 거고.

그렇다면 나를 죽이는 게 가장 빠르고 쉽고 간단한 일이라는 거지.

 ……나래를 인질로 삼아 헬리콥터에 태운 것도, 인적 드문 곳에 가서 묻어 버리려는 속셈이었나?

 [설마요.]

 하지만 정미는 눈에 띄게 당황해서는 손을 휘저었다. 덕분에 잠시 동안이지만 내 눈도 즐거웠다.

 감사합니다, 감사합니다.

 젖가슴을 흔들어 주셔서 정말 감사합니다.

 출렁출렁 흔들어 주셔서 정말로 감사합니다.

 [환웅 님께서 예언하신 일이에요. 당신은 그 예언의 주인공이나 다름없고요. 그런 당신을 죽이려 드는 건 위험 부담이 너무 큽니다.]

 ……잠시 딴 생각을 하고 있는 동안 정미가 뭔가 상당히 어려운 이야기를 했다. 그래도 어설프게나마 이해할 수 있었던 건, 내가 어렸을 때 그리스 로마 신화를 읽어 본 적이 있기 때문이겠지.

 뭐였더라? 예언은 어떻게든 반드시 이루어진다는 법칙이?

 [그래서 저희는 당신께 협조를 요청하고 싶어 이 자리를 마련한 거예요. 예언에 따라 호랑이님이 당신을 통해 진실한 사랑을 깨닫게 된다면, 그 상대가 성훈 군, 당신이 될 확률이 제일 높으니까요.]

 먹잇감을 잘못 말한 게 아닐까.

 내가 그런 생각을 하고 있다는 걸 모르는 정미는 여전히 진지한 표정으로 말했다.

　[저희가 원하는 건 간단합니다. 당신으로 인해 봉인이 풀렸을 때, 호랑이님께 지금까지처럼 세속…….]

　정미는 정말로 무례한 시선을 보낸 뒤 말을 이었다.

　[세상에 관심을 끊고, 다른 요괴들에 대해 신경 쓰지 말고. 지리산 안에서만 지내 달라고. 그것이 곰의 일족의 수장인 제가 당신에게 부탁드리고 싶은 일입니다.]

　정미는 동물원의 쇠창살을 그다지 신용하고 있지 않은 듯하다. 사람을 헬리콥터로 납치하는 것보단 동물원 보수가 열 배는 쉬울 텐데, 왜 돈과 시간과 정성을 낭비하는 걸까.

　……쓸데없는 농담은 그만하고.

　나는 현실과 정미를 마주했다.

　내 마음의 추는 어느새 정미의 헛소리가 사실일 수 있다는 쪽으로 기울어진 상태였으니까.

　[왜?]

　[호랑이님이 봉인에서 풀려나시는 순간, 지금까지 요괴의 왕이라는 구심점을 잃고 숨어 지냈던 요괴들이 그분의 곁에 모여들 테니까요.]

　곰의 일족의 수장 자리는 아무래도 그냥 얻는 게 아닌가 보다. 내가 무엇을 알고 싶은지 바로 눈치챈 걸 보면.

　[그렇게 된다면 분명, 수많은 피가 흐르게 될 겁니다.]

　제3차 세계 대전은 인간과 요괴가 벌이게 될 거라는 이야기로 받아들이면 되는 걸까?

[대충 무슨 상황인 줄은 알겠어.]

하지만 어려서 분노 조절 장애의 표본, 분쟁 유발자라 불렸던 내 성격은 세계 평화를 지키기 위한 이야기에서 살짝 벗어난 부분을 언급했다.

[그런데 내가 왜 너희들의 부탁을 들어줘야 해?]

정미는 부탁, 협조, 요청이라고 말했지만 내 뇌는 그 모든 것들을 단 한 단어로 정리했다.

협박.

그것이 맞는지 확인하는 질문에 정미는 그리 내키지 않는다는 표정으로, 그저 눈동자만을 움직여 자신의 옆을 힐끗 곁눈질했다.

총기를 잃은 초점 없는 눈으로 무엇을 보고 있는지 모를 나래를.

그 순간.

내 안에서 무언가가 완전히 끊어졌고,

　　　　　　　　나는 안전벨트 때문에 다시 제자리로 돌아가고 말았다.

정미가 뭐라고 말했지만, 나는 흘러내린 헤드셋을 다시 끼고서야 그녀가 무슨 말을 했는지 알 수 있었다.

[진정하세요.]

[너, 나래 몸에 손가락 하나라도 대면 나한테 죽을 줄 알아!]

내 모든 진심을 담아서 한 맹세였지만, 정미는 그저 씁쓸한 미소만을 지었다.

[이래서야 완전히 악역이네요.]

[잘 알고 있는 것 같아서 다행이네.]

그리고 나는 내 상황도 잘 알고 있다.

사람을 헬리콥터로 납치할 수 있고, 이상한 힘을 써서 내 입을 막고 나래를 이상하게 만든 여자.

아니, 조직.

아는 것도 없고 아무 힘도 없는 17살 청소년이 상대하는 건 무리다. 그나마 다행이라는 건 지금 당장 나래와 내 목숨이 안전한 것처럼 보인다는 걸까?

곰의 일족이 눈앞에 쉽고 빠르고 간편한 해결책이 있는데도 먼 길을 돌아가고 있다는 건 사실이니까.

호랑이도 나를 죽이려 들지는 않겠지. 환웅 님의 예언을 믿는다면, 내가, 음, 뭐냐, 그러니까 그런 상대고.

믿지 않는다 해도, 내가 자신의 봉인을 풀 열쇠가 될 가능성이 높다고 생각할 테니까.

다름 아닌 곰의 일족이 직접 나를 자신의 앞으로 끌고 왔다는 사실 때문에.

그렇다고 살짝 안심했냐고?

아니.

나는 여전히 제정신이 아닌 나래를 내 두 눈에 담은 뒤, 특히 평소에는 빤히 볼 수 없었던 가슴을 말이야.

이쪽을 성욕에 미쳐 버린 짐승으로 여겨야 하는지 고민하고 있는 정미에게 말했다.

[좋아.]

지금의 내게는 선택권이 없으니까.

[일단 호랑이는 만나 보겠어.]

그러면 분명, 어머니께 전화할 틈이 생길 거다.

호랑이와 곰의 일족이 사이가 좋지 않을 거라는 건 지금까지 들은 것만으로도 충분히 짐작할 수 있으니까. 어떻게든 틈을 만들어 어머니께 사정을 설명하고 도움을 요청하자. 협상의 달인이신 어머니라면, 어떻게든 해 주실 테니까.

[참고로.]

머릿속에서 계획을 착착 짜고 있던 내게 정미가 말했다.

[혜수 씨에게 연락을 하시면 안 됩니다. 혜수 씨 정도 되면 곰의 일족 입장에서도 무시할 수 없는 변수라서 말이죠.]

……들켰네?

[아니, 자식이 어머니한테 전화도 못하게 하는 게 사람으로서 할 짓이야?]

하지만 나는 떳떳하게 대꾸했고, 정미는 침묵으로 일관했다.

결국 먼저 백기를 든 건 이쪽이었다.

[알았어. 너희들 말대로 할게.]

무조건 항복을 뜻하는 백기를.

애초에 나래가 인질로 잡혀 있는 이상, 내가 할 수 있는 일은 없다. 그저 정미의 협박대로 움직이며 기회를 틈타는 수밖에.

[그 대신이라고 해야 할지 모르겠지만, 당신이 원하는 것이

라면 한 가지 정도는 들어줄 수 있습니다.]

그걸 정미도 알고 있기 때문일까. 채찍 다음에는 당근을 내밀어 왔다. 하지만 나는 뻐딱하게 고개를 젖히며 싸가지 없게 말했다.

[왜, 내가 적극적으로 움직이지 않을까 봐?]

하지만 정미는 그런 내 재수 없는 모습에도 눈살을 찌푸리거나 짜증을 내지 않고, 오히려 서글퍼 보이는 표정을 지으며 말했다.

[……당신에게 미안해서입니다.]

[……뭐?]

하도 어이없는 소리가 나와서 되물어 본 내게 정미가 답했다.

[곰의 일족은 원래 요괴로부터 인간을 지키기 위해 수천 년 동안…….]

별로 알고 싶지 않은, 알 필요도 없는 이야기를 손으로 막은 나는 내가 하고 싶은 말을 했다.

[나와 나래를 풀어 달라고 하는 건…….]

정미가 고개를 흔들었다.

[당연히 안 되겠지.]

그렇다면 내가 할 건 정해져 있다.

· ~~이성적으로 판단한다.~~

· 본능을 따를 뿐!

[그럼 잠깐 실례할게.]

정미가 무슨 소리냐고 묻기 전.

나는 있는 힘껏 몸을 앞으로 숙이고 두 팔을 뻗어 정미의 가슴을 쥐었다.

[?!?!??!!!]

아니, 쥐었다고 하면 안 돼. 정미의 가슴은 ㄱ야말로 농구공만 해서 내가 쥘 수 없었으니까.

손바닥으로 덮으려 노력했을 뿐.

놀라운 건, 도대체 안에 뭐가 들어 있는지 모를 정도로 그 커다란 부피에 비해 질량감이 느껴지지 않았다는 거다. 쉽게 말하면 가벼웠다는 거지. 가슴이 큰 사람은 어깨가 많이 아프다는데, 정미와는 관계가 없어 보일 정도였다.

하지만 그건 내 착각이었다.

정미가 오늘 처음 본 17세 고등학생이 자신의 가슴을 물 풍선을 손에 들고 주무르는 것처럼 말랑말랑한 감촉을 만끽하고 있다는 상황을 이해 못하고 있는 동안, 내가 손을 아래로 내려 인체의 신비를 탐구하기 위해 항우와 천하의 패권을 다투었던 영웅의 이름과 같은 단어로 표현하는 신체 부위를 위로 들어 올렸을 때!

조금 전까지는 존재하지 않았던 묵중한 중량감이 손바닥을 통해 전해졌으니까.

그렇군! 그렇게 된 거였어! 정체를 알 수 없는 힘이 사람의 머리만 한 가슴을 아래에서 위로 들어 올리고 있었던 거야!

아니, 잠깐만.

상식적으로 생각하면 브래지어 때문이라고 생각하는 게 맞지 않을까?

하지만 오늘 몇 번이나 상식이 비상식이 되는 걸 두 눈으로 목격하고 온 몸으로 체험한 나는 좀 더 확실한 증거를 얻기를 바랐다.

그렇다면 나는 무엇을 해야 할까.

일단 영화 속의 해커가 해킹에 들어가기 전에 손가락을 푸는 것처럼 움직이며 조금이라도 더 천상의 감촉을 느끼려고 하는 손을 브래지어 안쪽으로 넣어야 한다. 그 과정에서 살과 살이 맞닿는 건 필연적인 일.

정미 입장에서야 부끄럽겠지. 아니, 불쾌할 거다. 하지만 이는 인류의 발전을 위해 감수해야 하는 일이다. 세계 평화를 위해 나를 이용하려고 한 정미니까, 이해할 거다. 이것 역시 인류를 위한 일이니까!

무엇보다 나한테 약속했잖아!

모든지 내가 원하는 소원을 하나 들어준다고!

오히려 감사해라! 한창때의 청소년이 이 정도로 만족한다는 사실을!

그렇기에 나는 과감히 손을 움직여 손님을 맞이하는 가게의 대문처럼 훤히 열려 있는 와이셔츠의 틈 사이로 찔러 넣은 뒤, 살과 살의 만남을 주선하고서 손바닥에 느껴지는 부드럽지만 단단한…….

"꺄아아아아악!!"

단단한 내 머리통이 마하의 속도로 날아온 정미의 손바닥에 그대로 박살 나 버렸다.

세상에! 내가 이렇게 죽어 버리다니!

이게 말이 돼?!

하지만, 사나이 강성훈!

내 인생에 한 점 후회는 없다!

-Bad End 004. 신이 된 사나이.-

＊　＊　＊

[성훈 군?]

정미의 목소리에 나는 정신을 차렸다.

뭐지? 조금 전까지 내가 극악무도한 변태가 된 기분이었는데.

[무슨 문제라도 있나요?]

변태는 몰라도 얼간이는 된 게 맞구나. 지금 같은 상황에 정신을 팔아 버렸으니.

[아니.]

나는 고개를 젓고서, 정미를 똑바로 바라보며 말했다.

[그러면 나래의 안전을 약속해 줘.]

내 말은 들은 정미는 살짝 놀란 모습이었다.

왜? 내가 뭘 바랄 거라고 생각했는데? 자기 가슴이라도 만지게 해 달라고 할 줄 알았나?

아무리 내가 가슴에 미친 놈이라고 해도 이런 상황에서 그런 부탁은 안 한다고.

……마지막 선택지 중 하나로 두긴 했지만.

성별을 가리지 않고 인간이라면 누구나 한 번쯤은 시선이 갈 수밖에 없는 쾌씸한 가슴을 가지고 있는 정미가 말했다.

[그건 당신이 부탁할 필요도 없는 일이에요.]

[……그럼 됐어.]

정미가 믿을 수 없다는 듯 눈을 가늘게 뜨고 나를 보며 말했다.

[……그게 전부인가요?]

[그래.]

물론 나는 고민도 안 하고 즉답했고.

자신의 입으로 '나래의 안전을 보장한다.'라는 말을 해 달라고 할 수도 있었지만, 나는 그러지 않았다.

정미가 약속 같은 건 우습게 어길 수 있는 악인이라면 애초에 의미 없는 일인데다가…….

신뢰할 수 없고 좋아할 수 없는, 나래를 최면 상태로 만들고 나를 납치한 뒤 협박까지 한 정미지만 나는 어째서인지 그녀를 믿을 수 있었으니까.

그건.

"정미 님이 거유 미인이라서 그런 겁니까, 도련님."

"아, 아니거든?!"

오른쪽에서 들려온 냉기 어린 목소리에 나도 모르게 소리를 쳐 버리는 바람에 정미가 인상을 쓰며 헤드셋을 벗었다.

아니, 그보다.

지금 헤드셋을 통해서가 아니라 직접 목소리를 들은 것 같은데, 도대체 어떻게 된 거야?

나는 거의 반사적으로 소리가 들려온 오른쪽으로 고개를 돌렸고.

"우와아아앗?!"

내 눈을 의심할 수밖에 없는 상황에 비명을 지를 수밖에 없었다.

검은색 한복을 입은 여자가 활짝 열린 헬리콥터 문에 등을 기대고서 이쪽을 보고 있다!

입고 있는 치맛자락이 바람에 펄럭이는데, 머리카락은 한 올도 흔들리지 않는다는 게 이 세상 풍경 같지가 않다.

아니, 그보다!

여기 지상에서 수천 미터는 떨어져 있는 하늘이라고! 안 무섭냐?! 보는 내가 간담이 떨리는데?!

아니, 이것도 아니야!

도대체 어떻게 날고 있는 헬리콥터 문을 열고 들어올 수 있는 건데?! 영화처럼 다리 쪽에 매달려 오기라도 한 거야?!

"요술입니다."

묻지도 않은 질문에 그녀가 대답했다.

야! 그게 말이 돼?

"그렇기에 요술입니다."

두 번이나 대답했다.

요술 대단하네!

그러는 사이, 내 음파 공격에서 정신을 차린 정미가 위험하게도 안전벨트를 풀고서 말했다.

"^&#$^%^*$+*@"

……시끄러워서 잘 안 들린다.

"헬기 안에 젖비린내가 진동을 해서 이야기가 끝나실 때까지 바깥에서 기다리던 중이었습니다."

그와 달리 귀에 쏙쏙 박히는 이상한 여자의 한마디로 세 가지를 알 수 있었다.

이 검은 한복을 입은 여자의 입이 상당히 험하다는 것과 조금 전에 못 들었던 말이 생각보다 빨리 왔다는 이야기라는 것.

그리고 둘이 아는 사이지만 그다지 사이가 안 좋다는 것까지.

나한테는 좋은 일인가? 그건 잘 모르겠다.

내가 할 수 있는 건 지상에서 수천 미터는 떨어진 하늘에서 날고 있는 헬리콥터에 제집처럼 들어온 여자를 자세히 보는 것 뿐.

그녀는 보면 볼수록 살아 있는 인간 같지가 않았다. 마네킹인가 싶을 정도로 얼굴에 핏기가 보이지 않았으니까. 생기가 없다는 느낌?

아니, 그전에…….

여자 맞지?

분명 손거울만 한 얼굴이나 어깨의 폭, 그리고 소매에 드러난 고운 손과 입고 있는 한복은 여자의 그것이 맞는데 말이죠.

가슴 부근에 굴곡이라는 게 없이, 그야말로 절벽이나 다름없어서…….

−까직.−

검은색 한복을 입은 어여쁘신 미인께서 이빨을 가는 소리.

−파직!−

그리고 헬리콥터 문짝에 손자국 나는 소리가 내 심장을 멈출 정도로 살벌하게 들렸다.

"마중 나왔습니다, 도련님."

그녀의 목소리도.

마중 나왔다는 말을 이해 못한 나는, 그나마 조금 대화를 나눴던 정미를 보았다.

내 시선을 받은 정미는 언짢아 보이는 표정으로 헤드셋의 마이크 부분을 입에 대고 붉은 입술을 벌렸다.

[약속은 지킬 거예요, 성훈 군. 당신도 약속을 지키세요.]

아니, 왜 상공 수천 미터인 여기서 지금 당장 헤어질 것 같이 말하냐고 물어보려는 순간.

"그럼 가 보겠습니다, 도련님."

"어?"

내 몸이 붕 떠올랐다.

아니, 정확하게 말하면 내가 앉아 있던 의자가 뽑혔다. 마치 추락하는 전투기에서 비상 탈출하는 파일럿처럼.

다른 게 있다면, 헬리콥터의 의자는 그런 경우를 상정하고 만든 게 아니라 밑이 지저분하다는 걸까.

그리고.

"우, 우와아아아아앗?!"

이 의자에는 낙하산이 없다는 것 정도?

"뭐 하는 짓이야아아아아!!"

나는 나를 의자채로 잡아서 하늘에 던져 버리고서 바캉스를 즐기는 사람처럼 허공에서 다리를 꼬고 자유 낙하를 하고 있는 미친 여자에게 외쳤다.

"돈 주고도 못할 체험을 시켜 드리는 중입니다, 도련님."

그런 건 필요 없다고오오오오!

* * *

오늘 처음 알게 된 사실.

나는 고소 공포증이 없었다.

두 번째.

나는 의외로 겁이 없었다.

세 번째.

나는 목청이 좋았다.

만약 그렇지 않았다면, 나는 맨몸으로 하늘에서 떨어지며 고래고래 소리를 지르다 지쳐 기절해 버렸을 테니까.

"의외로 강단이 있으시군요, 도련님."

끝까지 정신을 잃지 않고 두 눈 똑바로 뜨고서 나 죽는다고 소리를 지른 게 의외로 마음에 들었는지, 정체를 알 수 없는 여자는 옅은 미소를 지었다.

말이 옅은 미소지, 다른 사람이 보면 눈치채지 못할 정도로 입 주위의 근육이 미세하게 움직인 정도지만.

하지만 지금 중요한 건, 내가 죽지 않았다는 거다.

생명의 위기에서 벗어나자 내 머릿속에서 많은 생각이 비 내린 봄날의 죽순처럼 자라나기 시작했다.

나는 그 중에서 가장 크게 자란 생각을 여자에게 말했다.

"조금 전에 저를 마중 나왔다고 했는데, 그건 곰의 일족에게서 저를 구하러 왔다고 받아들이면 되는 겁니까?"

최대한 예의 바른 질문에 여자는 살짝 인상을 찌푸리며 대답했다.

"편하게 말씀 하셔도 괜찮습니다, 도련님."

내가 미쳤어?

수천 미터 상공에서 떨어지던 사람을 깃털처럼 사뿐히 땅에 내려놓을 수 있는 초인에게 말을 놓게?

그리고 내가 왜 도련님인데?

"어, 그래? 그러면 말 놓는다?"

하지만 나는 이상할 정도로 쉽게 고개를 끄덕이고 말았다. 그게 당연하다는 듯이.

내가 말해 놓고서 하늘에서 떨어지다가 정신줄을 놓아 버렸나 의심이 들 정돈데, 여자는 어떻겠어?

"……."

살짝 눈살을 찌푸리고 생각에 잠긴 걸 보니 역시 마음에 안 드는 것 같다.

하지만 그것도 잠시.

"과연…… 그 무거운 몸뚱이를 가진 것들이 저보다 빨리 움직일 수 있던 것이 이상하다 싶더니, 그렇게 된 거였습니까."

여자는 어렸을 때의 내가 떠오르는 미소를 지었다. 다른 아이들을 곤란하게 만들 못된 장난을 떠올렸을 때의 미소 말이야.

갑자기 불길한 기분이 들어서 다시 말을 높여도 되겠냐고 물어보려는 순간.

"도련님과 얼굴을 맞대는 것은 처음이니만큼, 이번만큼은 특별히 대답해 드리겠습니다. 먼저, 도련님의 질문에 대한 답은 NO입니다. 곰의 일족 또한 도련님과 그 가슴만 큰 반푼이에게 해를 끼칠 수는 없으니 구출이라고 말하는 것은 어폐가 있으니까 말이죠. 애초에 말씀드리지 않았습니까? 도련님을 마중 나왔다고 말이죠."

……지금 곰의 일족 또한, 이라고 말했지?

그게 일부러 말한 거든 무의식적으로 말한 거든, 일단 이 여자가 지금은 나를 해칠 생각이 없다고 받아들여도 되겠지.

그렇다면 두 번째 질문을 해도 되겠지.

"……물에 빠진 사람 구해 줬더니 보따리 찾는 꼴인 것 같아서 부끄럽긴 한데, 나래도 같이 마중 나와 줄 수는 없었어?"

　내 말을 들은 여자의 한쪽 입꼬리가 살짝 올라갔는데, 한눈에 봐도 사람을 비웃는 표정이었다. 내심 찔리는 곳이 있는 제 입장에서는 할 말이 없지만요!

　"알고서도 행하지 않은 지식은 죽은 지식이라 합니다, 도련님."

　할 말을 만들어 주시네요!

　"아니, 그래도 물어볼 수는 있는 거잖아?!"

　"시작은 질문이었지만 그 끝은 추궁인 경우가 한두 번이어야지 말이죠. 그럼에도 불구하고 아직 세상이 어찌 돌아가는지 모르는 순수한 도련님이라는 것을 감안하여 대답해 드리자면, 저는 도련님께서 원하시는 답을 알려 드린 지 오래입니다."

　여자의 빈정거리는 말에 '네가 언제!'라고 외치고 싶었지만, 냉정하게 그녀가 지금까지 한 말을 곱씹어 보니 그럴 수 있다는 생각이 들었다.

　조금 전. 여자가 가슴만 큰 반푼이라고 언급한 사람이 나래라는 것은 누가 봐도 뻔했고, 곰의 일족이 나래에게 해를 끼칠 생각이 없다고 이미 말했으니까.

　여자의 말이 거짓일 수도 있지만, 의심만 하고 있으면 아무것도 할 수 없다.

　지금은 내 잘못을 인정하고 순순히 사과하자.

　"미……."

　"그건 그렇고."

　하지만 여자는 내 사과를 받을 생각이 없다는 듯이 말을 자르고 화제를 돌렸다.

"도련님께 계속해서 여자라고 불리는 것은 그리 기분이 좋지 않으니, 간단하게 자기소개를 하겠습니다."

그녀가 말했다.

"저는 지난 오천 년 동안 도련님을 기다리고 계신 호랑이님의 충실한 종, 강세희라고 합니다."

내가 떨어진 이곳이 호랑이굴이라고.

그렇다고 여기가 동굴은 아니지만. 지금껏 경황이 없어서 말은 못했지만, 내가 하늘에서 떨어진 곳은 사극에서나 나올 법한 대궐 같은 기와집의 대문 앞이니까 말이야.

과장을 곁들어 한 말이 아니다. 커다란 대문의 양옆으로 이어진 담벼락이 그 끝이 안 보일 정도로 길게 이어져 있었으니까.

이건 과장 맞고.

어쨌든 이 커다란 대문을 보고 있자니, 이리 오너라! 라고 외쳐야 할 것 같다는 바보 같은 생각이 들었다.

"이리 오너라!"

세희는 진짜로 외쳤고.

이리 오너라~ 오너라~ 너라~ 라~

세희의 목소리가 메아리로 울려 퍼질 때.

"어서 오세요!!"

대문이 벌컥 열리며 커다란 개 한 마리가 마중을 나왔다.

이야, 집이 크다 보니까 기르는 개도 크네! 무슨 개가 버스만 하냐?

……나래에게 고백하고, 헬리콥터로 납치를 당한 뒤, 하늘에서 맨몸으로 떨어졌다 보니 간이 배 밖으로 나온 것 같다. 아니면 정신적으로 너무 지쳐서 모든 걸 놓아 버렸다고 해야 할까.

"다녀왔습니다."

집에 있는 소파에 앉으면 지금 당장 정신을 놓아 버릴 정도로 지친 나를 놔두고, 세희는 마중 나온 거대 개…….

아니, 상황으로 봐서는 개 요괴겠지.

세희는 개 요괴에게 가볍게 인사를 한 뒤 집 안으로 들어갔다.

어떻게 해야 할지 고민하고 있는 나를 놔두고.

"으음……."

나는 커다란 눈동자를 반짝이고 있는 개의 요괴를 물끄러미 바라보다, 마음의 각오를 하고 입을 열었다.

"너, 이름이 뭐니?"

"바둑이예요, 도련님!"

"그래?"

……바둑이는 보통 점박이 강아지에게 붙이는 이름 아니었나. 하지만 세상엔 강 씨인 사람에게 아지라는 이름을 지어 주는 사람도 있다는 사실을 아는 나는 가볍게 넘기기로 했다.

"만나서 반가워, 바둑아."

내가 자신에게 관심을 가지는 게 기쁜 건지, 아니면 세상 모든 것이 기쁜 건지, 바둑이는 커다란 꼬리를 붕붕 소리가 날 정도로 힘차게 흔들며 말했다.

"저도요!"

바둑이가 네 발로 땅에 납작 엎드려서 고개를 숙였다. 평범한 강아지가 그런 모습을 보였다면 쓰다듬어 달라는 뜻으로 받아들이겠지만, 바둑이는…….

"그러면 도련님! 저, 머리 쓰다듬어 주세요~!"

평범한 강아지와 다를 게 없었습니다.

"그래."

나는 피식 웃고, 손을 들어 커다랗고 커다란 바둑이의 머리를 쓰다듬었다.

음.

보통 보답받지 못하는 노력을 했을 때, 혹은 열심히 했지만 의미가 없어졌을 경우를 '개털 됐다.'라고 말하곤 하잖아?

하지만 바둑이의 털은 그 비유가 잘못된 게 아닐까 생각할 정도로 부드러웠다. 그뿐일까. 털의 안쪽에서 전해져 오는 따듯한 체온 또한 털의 감촉과 막강한 상승효과를 내고 있다! 그저 바둑이를 쓰다듬는 것만으로 오늘 하루 쌓인 피로가 말끔히 씻겨 나가는 것으로 모자라, 내 몸이 한 여름의 얼음처럼 사르르 녹아내릴 것만 같을 정도야.

"헤헤헤헷."

거기다 바둑이의 행복에 가득 찬 웃음소리까지.

지상 낙원이 있다면 여기가 바로 그곳이로구나.

하지만 바둑이는 이 정도로 만족하지 않은 것 같다. 커다란, 하지만 너무나 포근해 보이는 두 팔을 뻗어 나를 끌어안으려 한다.

나를 자신의 품으로 끌어안으려 한다.

분명, 기분 좋겠지.

바둑이에게 안겨 따듯한 체온과 부드러운 촉감을 온몸으로 느낀다면, 지금보다 몇 배는 행복한 기분이 들 거다.

평생 벗어나지 못할 정도로.

그렇기에 나는······.

- ~~몸을 피했다.~~
- 온전히 내 몸을 바둑이에게 맡겼다.

그건 어리석은 판단이었다.

그래. 나는 어리석었다.

순간의 달콤함에 취해 되돌릴 수 없는 선택을 해 버린 나는 너무나 어리석은 인간이다.

이것은 사람을 망가뜨린다. 제대로 된 사고를 방해하고 그저 현재의 안락함만을 추구하게 만든다.

그럼에도 이 포근함과 따스함을 거부할 수 없는 난, 너무나 어리석은 인간이다.

그러나 무슨 상관인가.

이렇게 세상은 아름답고, 행복한 것을.

비록 다른 이의 호의 속에서만 존재할 수 있는 행복이라 할지라도, 나는 생각했다.

이것으로 충분하다고.

그것이 내가 할 수 있는 마지막 사고(思考)였다.

-Bad End 010. 실낙원(失樂園)-

＊　＊　＊

나는 덮쳐 오는 앞발을 피하고 뒤로 물러나 고개를 갸웃거리는 바둑이에게 말했다.

"미안. 지금은 할 일이 있는 것 같아서."

바둑이에게 안기면 정말 기분 좋을 것 같지만, 지금은 그러면 안 될 것 같아서 말이야.

그런 나를 바둑이가 안타까운 눈망울로 바라보았다.

"우웅~"

"노는 건 다음에 하자. 응? 지금은 중요한 일이 있는 것 같으니까."

"정말요?"

……조금 전까지 시무룩해져 있던 게 거짓말처럼 느껴지는군. 상당히 기분 전환이 빠른 녀석이네.

"그래."

나는 바둑이와 약속을 한 뒤, 고개만 뒤로 돌려서 세희를 보며 말했다.

"들어가자."

"알겠습니다, 도련님."

나는 바둑이의 따듯한 시선을 등 뒤에서 느끼며 마당으로 들어갔다.

뭐랄까, 처음 와 보는 집이지만 마치 몇 년은 넘게 살았던 곳처럼 익숙한 곳이네. 어느 정도냐 하면, 마당 한구석에 슬쩍 보이는 바깥에서 씻을 수 있는 장소…….

도대체 저걸 뭐라고 말해야 해?

작은 지붕 아래에 배수로와 수도꼭지가 있다. 옆에는 커다란 대야가 놓여 있고, 옆에는 깨끗한 수건이 걸려 있다.

바깥에서 간단히 씻거나 물을 쓸 수 있는 장소를 한 단어로 표현할 수 있을 정도로 내 머릿속 단어 사전은 두껍지 않아서 말이야.

어쨌든, 내가 하고 싶은 말은 저기서 등목이라도 하고 싶다는 생각이 들 정도로 이 집의 구조가 익숙하게 느껴졌다는 거다.

"씻으시겠습니까?"

그렇다고 진짜로 할 생각은 없지만.

"아니."

내 말에 세희가 살짝 인상을 찌푸리고 한 손으로는 코를 집은 채 다른 한 손을 휘저으며 말했다.

"씻으시겠습니까?"

야! 내가 지금 냄새가 나면 그건 네 책임도 있다고! 안전장치 하나 없이 하늘에서 떨어지는데 땀 정도는 날 수 있잖아! 오히려 다른 걸 흘리지 않았다는 걸 칭찬하라고!

하지만 초면인, 아니, 성격이 나빠 보이며 요술이라는 이상한 힘을 쓰는 여자에게 그런 말을 대놓고 할 정도로 내가 막 나가는 성격은 아니다.

"씻고 싶긴 한데, 여기는 좀 아닌 것 같아서."

납치당해서 처음 오게 된 남의 집에서 씻는 건 심적으로 힘들다는 말을 최대한 돌려서 한 내게.

"그렇다면 욕실로 안내해 드리겠습니다."

세희는 아무렇지 않게 카운터를 날렸다.

여러분, 아셨죠? 사람이 사람을 배려해 봤자 손해만 본다는 사실을요.

하지만 땀을 있는 대로 흘려 온몸이 찝찝한 것도 사실이기에 나는 호의 아닌 호의를 받아들이기로 했다.

⋯⋯자포자기 했구나, 나.

"고맙다, 야."

그것도 아니라면, 세희 같은 미인에게⋯⋯.

입이 험하고 정체를 알 수 없다 해도 미인은 미인이다.

세희 같은 미인에게 냄새 난다는 소리를 듣는 건 섬세한 청소년기를 보내고 있는 남자아이에게 너무 가혹한 일이기 때문일지도 모르고.

"제 코가 썩어, 실례, 석자였기 때문에 고맙다는 말씀을 하실 필요는 없습니다."

거참 죄송하네요!

＊　＊　＊

　세희가 안내해 준 욕실은, 기와집에서 볼 거라고는 생각도
못한 구조였다.
　아니, 무슨 기와집에 대중목욕탕에나 있을 법한 대형 욕탕하
고 앉아서 쓰는 세면대와 목욕탕 의자가 있어? 그런 주제에 왜
샴푸니 바디 워시, 거기다 샤워 볼 같은 건 자리마다 있는데?
　"……뭐, 상관없겠지."
　나는 스스로를 안심시키기 위해 혼잣말을 내뱉고서 터덜터
덜 세면대 앞에 앉았다.
　탕에 들어가기 전에는 온몸을 깨끗하게 씻어야 하니까요.
　그렇게 나는 간단하게 비누칠을 하고 몸을 씻은 뒤, 뜨
거…… 아니, 따듯한 탕 안에 들어갔다. 냉탕에 들어가고 싶
은 마음도 없지 않아 있었지만, 그 안에서는 느긋하게 있을
수 없을 것 같아서 말이야.
　그럼 잠깐이나마 느긋이 있을 수 있는 시간이 생겼으니 생
각을 정리해 보자.
　상황을 보아서, 지금 나를 둘러싼 세력은 두 곳.
　정미를 위시한 곰의 일족과 세희를 위시한 호랑이파다.
　곰의 일족이 바라는 것은, 내가 호랑이를 잘 달래서 현상
유지.
　그렇다면 상식적으로 생각해서 호랑이파가 원하는 건 그 반

대겠지. 호랑이의 봉인이 풀린 뒤 요괴가 다시 세상에 모습을 드러내는 것 말이다.

그 핵심이 되는 중요 인물이 어째서인지 나인 것 같고.

아니, 정말 어째서인데?

내가 무슨 바위에 박힌 전설의 검을 뽑은 것도 아니고.

……잠깐만.

분명 정미가 말했지.

지킴이 일족의 마지막 후예라고.

그렇다는 건, 아버지나 어머니는 무언가 알고 계신다는 이야기가 된다.

생각해 보니까 이상하네. 곰의 일족에게 납치를 당하기 전에 아버지한테 갑자기 전화가 온 게 말이야. 혹시 내게 위험을 경고해 주기 위해서……

그럴 리가 없습니다.

어머니라면 모를까, 아버지는 그럴 리 없어요.

하지만 한국 가계도의 특성상, 아버지는 확실히 뭔가를 알고 계실 거다.

그래.

지금 태연하게 목욕이나 할 때가 아니었다. 어떻게든 아버지한테 전화를 걸어야 해.

아버지한테 전화해선 안 된다는 말은 없었잖아?

결심을 한 나는 욕탕에서 일어났고.

-드르륵.-

자욱한 수증기 너머로 문이 열리는 소리에 바로 다시 앉았다.

"누, 누구야?"

내가 이 집에서 본 건 목욕탕에 들어오기에는 너무나 커다란 바둑이와 요술을 쓰지만 체형만은 평범한 여성과 다름없는 세희밖에 없다.

그렇다는 건!

지금 들어온 건!

"여기 있다고 들었느니라."

누구야, 넌?!

수증기를 가르고 목욕탕에 들어온 건 여자아이였다.

대충 초등학교 4학년? 5학년 정도 될 것 같은데, 중요한 건 나이가 아니지.

이 여자애, 홀딱 벗고 있다.

그래, 목욕탕에서는 알몸이 기본이지. 누가 목욕하러 들어올 때 수건을 두르겠어?!

적어도 나는 아니다!

여탕은 모르겠지만 남탕에서는 그런 아저씨를 본 적도 없고!

문제가 있다면 이곳에는 선객이 있다는 거고, 그 놈이 남자라는 거지.

아직 어린아이라고 하지만 이건 좀 문제가 되는 거 아닐까?

……소녀의 머리에 흰색 털이 난 동물 귀가 쫑긋 서 있는 거

나, 등 뒤로 파도처럼 흔들리는 꼬리는 문제없냐고?

예!

아무 문제없습니다!

오늘 하루 사이에 일반 상식을 부정당하는 일이 너무 많아서 그런가?

그래, 사람 몸에 동물 귀나 꼬리가 달려 있는 게 무슨 대수겠냐. 수천 미터 상공에서 맨몸으로 떨어졌는데 멀쩡하고, 버스만 한 개가 마중을 나오는 세상에서.

……그렇게 생각하니 여자애가 알몸으로 들어오는 게 뭐가 문제인가 싶군.

"응!"

그렇게 한창 가치관이 뒤흔들리고 있는 내게, 동물 귀 소녀가 당당하게 발을 무릎 넓이만큼 벌리고 허리에 손을 올리더니 고개를 빳빳이 세우며 말했다.

"역시 내 지아비 되실 분이로구나!"

……지금 내가 잘못들은 게 아니라면, 동물 귀 소녀는 나를 지아비 되실 분이라고 불렀다.

내 두뇌가 성능이 좋지 않다고 생각하지만, 그래도 한 시간 내에 일어났던 중요한 일들을 잊어버릴 정도로 저사양은 아니다.

정미에게 들었던 환웅 님의 예언과 나를 강탈하듯 곰의 일족에게서 납치한 세희, 그리고 나를 지아비가 될 사람이라고 말하는 소녀.

그 모든 것을 조합해서 상황을 유추해 봤을 때 나올 만한 답은 하나다.

"네가 호랑이냐?"

눈앞의 이 소녀가 나를 두 번째로 납치한 호랑이파의 두목이라는 것.

호랑이는 목욕탕에 해바라기가 피었다는 착각이 들 정도로 환한 웃음을 지으며 내게 말했다.

"그렇느니라!"

뭐랄까.

귀엽네.

은발에 가까운 흰색 머리카락 사이사이로 검게 물든 머리카락이 호랑이 줄무늬처럼 보이는 소녀는 상당히 귀여웠다.

나를 바라보는 초롱초롱한 호박색 눈동자 덕분인지, 욕탕의 온기에 상기된 건지, 살짝 붉게 물든 양 볼 덕분인지. 그것도 아니라면 쫑긋하고 선 호랑이 귀와 쉴 새 없이 흔들리는 꼬리 탓인지 잘 모르겠지만 말이야.

물론, 정답은 '호랑이가 귀엽게 생겼기에 귀엽다.'입니다.

……젠장.

따뜻한 물에 몸을 담그고 있어서인지, 호랑이가 너무 귀엽게 생겨서 그런지, 그것도 아니면 나도 모르는 이유가 있는지, 게임으로 치면 첫 마을에서 최종 보스와 단독으로 마주한 지금 같은 상황에서도 위기의식 같은 건 티끌만큼도 생겨날 생각을 안 한다.

그나마 다행인 건 내가 지금이 보통 상황이 아니라는 자각

만은 하고 있다는 거지.

"후우……."

나는 깊은 한숨을 내쉬고서 지금도 곰의 일족 손에 잡혀 있을 나래를 떠올리며, 비록 안전하다고 하지만, 마음을 다잡고 냉정을 되찾았다.

"일단 들어와라."

……냉정을 되찾은 것 맞습니다.

말했듯이, 호랑이는 지금 알몸으로 당당하게 서 있다. 그리고 난 욕탕에 앉아 있는 상태고.

그나마 다행이도 호랑이가 욕탕에 들어오자마자 어디선가 정체불명의 수증기가 욕탕 안에 자욱해져서 여러모로 민망한 상황은 일어나지 않고 있다는 거지만!

이 행운이 언제까지나 계속될 거라는 보장이 없는 이상, 서로를 마주보며 뭐라도 이야기를 하려면 호랑이가 욕탕에 들어와 몸을 담그는 게 최선이다.

제가 나가는 거요?

말했듯이, 저는 '목욕탕에서는 알몸이지!'라는 가치관을 가지고 있어서 수건 같은 건 없습니다.

조금 전에 여자애가 알몸으로 들어오는 것도 별 문제 없다고 말하지 않았냐고요?

본능에 이끌려 눈동자에 힘을 주게 되는 건 다른 이야기입니다.

"……으냐아."

그렇게 기나긴 자기변명을 마음속으로 하고 있는 동안에도 호랑이는 제자리에서 꼼짝도 하지 않았다. 그저 등 뒤로 보이는 꼬리가 힘을 잃고 추욱 늘어지고, 조금 전의 당당한 모습은 어디 갔는지 내 시선을 피하며 눈치를 살필 뿐.

설마 같은 탕을 쓰는 건 부끄럽다는 거야?

모르는 사람이 있는 욕실에 알몸으로 쳐들어온 녀석이?

마음속에서 피어오른 호기심이 호랑이에 대한 경계심을 이기는 것은 순식간이었다.

"왜 그래? 나하고 할 이야기가 있어서 들어온 거 아니야?"

알몸으로.

그렇게 말하지 않은 건 제 마지막 양심이었습니다.

그러거나 말거나 호랑이는 그다지 탐탁지 않은 눈치로 나를…… 아니, 내가 들어가 있는 욕탕을 물끄러미 바라보며 조심스럽게 입을 열었지만.

"……굳이 그럴 필요가 있겠느냐. 여기서 이야기해도 잘 들리는데 말이니라. 아니, 그럴 것이 아니라 너도 그만 씻고 밖으로 나오는 게 좋을 것 같으니라."

그 순간, 깨달았다.

아, 이 녀석. 여기 들어오는 게 싫은 거구나.

그건 나와 같이 몸을 담그는 게 싫다는 게 아니라, 단순히 물에 들어가기 싫다는 느낌이다.

이상하네.

물을 좋아하는 얼마 없는 고양잇과에 호랑이가 들어가 있던 거로 기억하는데.

"왜?"

다시 호기심을 참지 못하고 질문한 내게 호랑이가 말했다.

"물에 들어가면 냄새가 옅어지지 않느냐? 나는 그런 것이 싫으니라."

왜 그런 당연한 걸 물어보냐는 듯이.

나는 살짝 지끈거리는 머리를 한 손으로 짚으며 말했다.

"진짜?"

어이가 없어서 내뱉듯이 한 질문에 호랑이는 해맑은 미소를 지으며 말했다.

"응!"

굳어 버린 내 얼굴과 반대로.

"너, 목욕…… 아니, 가장 최근에 씻은 게 언제야?"

호랑이가 조금 전 같은 당당한 자세로 떳떳하게 서서 스스로를 자랑스러워하는 목소리로 말했다.

"백 년은 넘었느니라!"

"거짓말하지 말고!"

그 말을 내보고 믿으라고?!

"거, 거짓말 같은 건 안 했느니라!"

하지만 호랑이는 내가 자신의 말을 믿어 주지 않아서 너무나 억울하다는 듯이 울상을 지으며 말했다.

"내가 어찌 내 지아비 되실 분에게 거짓을 고하겠느냐?! 진짜이니라! 이는 하늘이 점지어 준 내 이름을 걸고 맹세할 수 있느니라!"

그래도 믿을 수 없다!

왜냐고?

"백 년 동안 몸에 물 한 번 안 묻힌 녀석의 피부가 그렇게 깨끗한데다가 머리카락에 윤기까지 흐를 리가 없잖아!"

상식적으로 생각하면 얼굴에는 땟물이 줄줄 흐르고 머리는 떡이 졌겠지!

"······응?"

하지만 호랑이는 내가 무슨 말을 하는 건지 잘 모르는 것 같다.

너무 돌려서 말했군! 그렇다면 알기 쉽게 직설적으로 말해 줘야겠네.

"너 귀엽다고!"

······뭔가 내 의도와는 다른 말이 입에서 튀어나왔다.

이상하다. 어디서부터 잘못된 걸까.

스스로를 되돌아보며 답을 찾아볼 시간을 가지고 싶었지만.

"내가 귀엽다니! 그런 말은 처음 듣는구나!"

호랑이가 제자리에서 깡충깡충 뛰면서 기뻐하는 바람에 아무래도 상관없게 되어 버렸다.

"그런데 말이니라."

그런 생각은 호랑이의 기대감 어린 목소리에 바로 머릿속의 구석으로 치워졌지만.

"다시 한번 말해 줄 수 있겠느냐?"

……온탕이 아니라 냉탕으로 들어갈 걸 그랬다.

 "응?"

 나는 이젠 두 손을 앞에 모으고 살짝 몸을 꼬며 칭찬을 바라는 은근한 시선을 보내는 호랑이에게 말했다.

 "됐고."

 순식간에 풀이 죽은 호랑이가 조금 불쌍하면서도 귀엽게 느껴졌지만, 나는 내 감정을 살짝 옆으로 치워 놓고 일부러 목소리에 힘을 주며 말했다.

 "일단 씻자."

 상식적으로 생각해서, 백 년 동안 씻지 않았는데 지금의 모습으로 있을 수 있다는 건 말이 안 된다.

 뭐, 일반 상식과는 담을 쌓고 사는 것 같은 세희가 호랑이 모르는 사이에 요술로 씻겨 줬을 지도 모르지.

 하지만 내 안의 인간으로서의 무언가가 호랑이를 이대로 두면 안 된다고 외치고 있다! 아무리 남이 씻겨 준다고 해도 그건 아니지! 태어나길 호랑이로 태어났어도 인간의 모습을 하고 있으면 사람처럼 살아야 하는 거 아니겠어?!

 "괘, 괜찮으니라!"

 아무리 호랑이가 두 손을 휘저으며 당황한다 해도!

 "이렇게, 이렇게 씻으면 되니까 나는 괜찮으니라!"

 호랑이가 혀를 에~ 내밀고 손등에 침을 발라 볼에 가져다 대려고 해도…… 가 아니라!

 "야!"

"히끅?!"

나는 탕에서 벌떡 일어나 호랑이에게 성큼성큼 걸어가, 볼에 닿기 바로 직전에 그대로 굳어 버린 손을 잡아 세면대 앞으로 끌고 가서 의자 위에 앉혔다.

"으, 으냐앗?"

지금 상황을 이해하지 못한 호랑이가 당황해서 나와 거울만 번갈아 바라보았지만, 그러거나 말거나.

"네가 평범한 인간이 아니라는 건 알겠고."

옆에서 의자를 가져와 그 위에 앉고.

"이, 인간이 아니라 호랑이 요괴이니라. 그것도 요괴 중의 요괴……."

"그래, 네가 요괴 중에서 요괴인 호랑이라는 건 알겠고, 나한테 하고 싶은 말이 있다는 것도 알겠는데."

수도꼭지를 돌려서 샤워기에서 나오는 물의 적정 온도를 맞춘 뒤.

"자, 잠깐. 잠깐이니라. 물은 왜 트는 것이느냐? 도, 도대체 나한테 무슨 일을 하려는 것이느냐?"

떨리는 호박색 두 눈동자를 물이 콸콸 쏟아지는 샤워기에서 떼지 못하는 호랑이에게 말했다.

"일단 씻고 나서 이야기하자."

"으냐아아아앗-!"

앉아서 당할 수는 없다는 듯이 호랑이가 제자리에서 펄쩍 뛰어올랐지만, 어딜!

나는 인간이라고는 여길 수 없는 순발력을 발휘해서 호랑이의 허리를 한 손으로 끌어안고!

"어?!"

당황한 나머지 단발마의 의문어만 외친 호랑이를 다시 자리에 앉힌 다음에.

"눈 감아라."

머리 위에 샤워기를 가져다 댔다.

……호랑이 귀에 물이 들어가지 않도록 뒤통수 쪽에 먼저 말이지.

"흐냐아아아아앙!!"

호랑이는 남들이 들으면 오해할 만한 소리를 내며 탈출을 시도했지만, 내가 허리를 끌어안아 몸에서 떨어지지 않아서 그런지, 아니면 이미 머리에 물을 뒤집어써서 그런지 이내 포기하고 말았다.

"내 냄새가…… 내 냄새가 옅어지느니라……."

대신 고개를 푹 숙이고 나로서는 도저히 공감할 수 없는 소리를 한탄처럼 토해 냈지만.

"성훈이의 좋은 냄새도 옅어지지 않았느냐…… 인간은 도대체 왜 이런 어리석은 짓을 하는 것이느냐……."

호랑이는 이미 내 이름을 알고 있었구나. 당연하다면 당연하겠지. 겉모습은 어린 아이라 해도, 이 녀석이 바로 호랑이파의 두목일 테니까.

나는 그런 생각을 하며 아무렇지 않게 샴푸를 손에 짜내면서 호랑이에게 말했다.

"사람은 잘 씻어야지 병에 걸리지 않고 건강하게 살 수 있는 거야."

"나는 인간이 아니니라."

"아, 그래."

머리에 난 동물 귀와 내 배를 간질이고 있는 꼬리. 그리고 은발에 가까운 흰색 머리카락만 제외하면 어딜 봐도 귀여운 여자아이입니다만.

……경찰 아저씨가 이놈~ 하고 잡아갈 근거를 마련해 주는 생각을 한 나는 도망칠 의지를 모두 잃어버린 호랑이에게서 살짝 거리를 두고 앉은 뒤 말했다.

"눈 감아. 눈에 거품 들어가면 따가우니까."

"응."

혹시나 몰라 거울로 확인해 보니, 호랑이는 어깨에 힘을 주고 두 주먹을 질끈 쥔 채 두 눈을 질끈 감고 있었다.

그 모습에 나는 피식 웃고는 호랑이의 머리를 감겨 주었다.

……역시 호랑이는 자기도 모르는 사이에 씻은 게 틀림없다. 그렇지 않으면 이렇게 깨끗한 거품이 날 리가 없어.

"흐냐아~"

정작 그 호랑이 님께서는, 아니, 호랑이님인가?

어쨌든 그렇게 씻기 싫어했던 녀석은, 자기도 물을 좋아하는 호랑이라는 것을 증명하듯이 어깨에 힘을 쭈욱 빼고서는 겨울철 전기난로 위의 고양이처럼 늘어져 버렸다.

"의외로 꽤나 기분이 좋구나아~"

확인까지 시켜 줄 필요는 없는데 말이야.

"그러냐."

"냄새가 옅어지는 건 싫지만, 지금처럼 네가 씻겨 준다면 이것도 괜찮을 것 같으니라."

아니, 이번이 마지막이다.

지금의 경우가 상당히 특이한 거니까. 만약 네가 침으로 얼굴을 문지르려고만 하지 않았어도 이렇게까지는 안 했어.

"그래."

하지만 난 그런 생각을 입 밖으로 낼 정도로 바보가 아니다.

지금 내가 어떤 상황에 처해 있는지 잊을 정도로 바보는 아니니까.

"……머리카락이 꽤 기네."

그래도 이 정도의 불만 정도는 말해도 되겠지.

하지만 호랑이는 내 말뜻을 다르게 받아들였는지 머리를 감기기 불편하게 고개를 뒤로 젖히며 말했다.

"에헤헷, 내 자랑이니라."

몇 번이나 다시 샴푸를 쥐어짜서 거품을 내고 있는 내 입장에서 말하자면!

"그럴 만해."

자랑할 만하다고 생각한다.

내가 지금 괜한 짓을 하고 있는 게 아닐까 싶을 정도로.

……이거, 나처럼 아무것도 모르는 녀석이 감겨 줘도 되는

건가? 오히려 머릿결 상하는 거 아니야? 그, 뭐라고 하더라?

트, 트리, 트리트마스는 아니고.

어쨌든, 아무리 머리카락이 길고 감겨 주는 데 힘이 든다 해도 그것도 해 줘야 하는 게 아닐까 싶을 정돈데.

"……."

그런 생각을 하자마자 분명 조금 전에는 샴푸와 바디 워시와 샤워 볼밖에 없던 세면대에 **트리트먼트**라고 크게 적힌 통이 하나 생겨난 것 같지만, 못 본 거로 하겠습니다.

힘들다고! 머리 감겨 주는 거!

"물 틀 테니까 눈 감고."

"응!"

그렇게 생각하면서도 나는 너무나 익숙하게 호랑이의 머리를 헹궈 주었다. 그 어디에도 샴푸의 잔류물이 남지 않도록 세세하게 말이야.

지금까진 몰랐는데, 내가 의외로 남을 씻겨 주는 데 재능이 있는 놈이었구나.

나중에 나래와 결혼하게 되면, 이 재능을 힘껏 살려 으흐흐흐흐~

음.

나는 지금 내가 알몸이라는 것과, 혼자 있지 않다는 점. 그리고 그런 먼 미래의 일을 계획할 때가 아니라는 것을 깨닫고 기계적으로 호랑이의 머리를 헹궈 주었다.

"이제 눈 떠도 되느냐, 성훈아?"

나는 고통을 호소하는 근육을 달래며 샤워기를 세면대에 걸고 호랑이에게 말했다.

"그래."

긴 머리를 감겨 주는 건 의외로 중노동이었구나. 나래는 단발이라서 정말 다행이다. 응.

"이제 다 끝난 것이느냐?"

나는 가볍게 고개를 끄덕일 뻔했지만, 마음에 걸리는 것이 있어 있는 힘껏 목에 힘을 줬다. 덕분에 꼴이 조금 이상하게 됐지만, 한 입으로 두말할 일은 막을 수 있었다.

"몸도 씻어야지."

그래.

평소 머리를 감으면서 나온 거품으로 몸까지 씻는 경우가 종종 있는 나로서는 간과하고 넘어갈 뻔했지만!

호랑이는 제대로 몸을 씻지 않은 거다.

지난 백 년 동안!

아무리 생각해 봐도 그건 아니죠! 길거리를 돌아다니기만 해도 아역 배우나 광고 한 번 찍자고 스카우트 제의가 들어올 만큼 귀여운 여자아이가 백 년 동안 한 번도 씻은 적이 없다는 건 진짜 아니다!

"모, 몸도 말이느냐?"

정작 당사자는 내 말에 몸을 움츠리고 물에 젖은 꼬리털을 어떻게든 부풀리며 미지에 대한 공포에 덜덜 떨었지만.

하지만 그것도 잠시.

"아!"

뭔가 좋은 생각이 났는지 귀를 쫑긋 세우고 꼬리를 살랑거리며 고개를 돌려 밝은 표정을 내게 보여 주며 말했다.

"무슨 말을 하느냐, 성훈아! 머리를 감으면서 몸도 같이 씻지 않았느냐?!"

"……."

씻는 걸 무지막지하게 싫어하는 호랑이와 동급으로 묶여 버렸다는 사실에, 나는 지금부터는 제대로 된 몸을 씻는 습관을 가지자고 결심했다.

"그러니 씻는 건 이만하고, 그만 나가서 이야기를……."

"……."

"……안 되는 것이느냐?"

"되겠냐."

나는 호랑이의 한쪽 볼을 꾹꾹 누르며 말했다.

"그럴 거면 왜 들어왔는데?"

내 질문에 호랑이는 다시 고개를 앞으로 돌렸다. 그래 봤자 세면대에 붙어 있는 거울 때문에 무슨 표정을 짓고 있는지 훤히 보이지만.

"대답."

살짝 목소리에 힘을 주어 다시 물어보자, 호랑이는 부모님 몰래 숨겨 둔 성적표를 들킨 것 같은 아이처럼 말했다.

"세, 세희가 지금 들어가서 이야기를 하는 게 조, 좋을 것이라 하였느니라."

'혹시나'가 '역시나'로 변했군.

"내가 씻고 있는 건 알고 있었고?"

호랑이가 고개를 끄덕였다.

"그러면 내가 씻는 동안 넌 뭘 하면서 기다릴 셈이었는데?"

호랑이가 바라본 것은 거울에 비친 욕탕이었다.

"들어가는 거, 싫다며?"

"……발만 담그고 있을 생각이었느니라."

이 녀석을 씻기기로 결정해서 정말 다행이었군.

나는 탕 안에 들어가 있고, 호랑이는 턱에 앉아서 족욕을 즐겼다면 정말 큰일 날 뻔했으니까.

왜 그러냐고는 묻지 마. 그런 게 있으니까.

나는 머릿속에서 멍청한 생각을 지워 버리고 엉덩이를 옴짝 달싹하며 도망칠 틈만 노리는 호랑이에게 말했다.

"이왕 몸에 물 묻혔으니까 제대로 씻고 가."

"그치만……."

"대답 안 하냐?"

"아, 알겠느니라."

"그래."

나는 잘 생각했다는 뜻으로 호랑이의 머리를 쓰다듬었다. 거울에 비친 호랑이의 두 눈이 달처럼 휘는 걸 보니, 기분 나쁜 눈치는 아닌 것 같다.

자, 그러면.

호랑이가 기분 좋은 틈을 타서 재빠르게 씻겨 볼까?

나는 세면대에 걸려 있는 샤워 볼과 내 손을 번갈아 본 뒤.

~~Error 54225 : 개발자의 무의식적인 거부로 인해 준비된~~
~~선택지를 불러올 수 없습니다.~~
· 손으로 닦아 준다.

샤워 볼에 바디 워시로 거품을 내고서, 그 거품을 손에 묻혀 호랑이의 몸을 구석구석 닦았다.

아까 머리를 감겨 주면서 알게 된 건데, 이 녀석 피부가 너무 부드러워서 샤워 볼도 따갑게 느낄 것 같았거든. 그러면 별수 있나. 손으로 씻겨 줄 수밖에.

아, 미리 말해 두는데 아무 거리낌 없이 호랑이의 피부에 손을 대고 있다 해서 내 성 윤리관과 성 가치관에 문제가 있는 건 아니다.

내 눈에 이 녀석은 호랑이가 둔갑한 인간.

그것도 백 년 가까이 제 손으로 씻은 적 없는 호랑이일 뿐이니까. 만약 이 녀석이 성인 여성으로 둔갑했다면 이야기는 달랐겠지만.

만약 그랬다면 호랑이가 목욕탕에 들어오는 순간 눈에 있는 힘껏 힘을 준 다음에, 이성을 되찾고 밖으로 도망치지 않았을까.

"이히히힛, 간지럽느니라!"

그러니 호랑이가 다리를 바동바동 한다 해도.

"참아, 이 녀석아."

온몸을 비틀며 내 손길을 피하려 한다 해도.

"꺄하하핫!! 이, 이걸 어떻게 참, 으냐하핫!"

배를 붙잡고 웃음을 터트린다 해도 묵묵히 호랑이를 씻길 뿐이다.

그 결과.

"이제야 좀 살 것 같구나."

호랑이는 너무나 빠르게 내 손길에 적응해서, 이제는 겨드랑이나 옆구리를 만져도 별다른 반응을 보이지 않을 정도가 되었다.

……뭔가 자존심에 상처가 되는데? 이제야 좀 조용해진 호랑이를 자극할 이유는 없으니까 참을 수밖에 없지만.

"그러고 보니 말이니라."

뭔가 말을 꺼내기 시작했고 말이지.

"응?"

"너는 내게 아무것도 묻지 않는구나."

호랑이의 가슴을 거품으로 닦고 있던 손을 그대로 멈추고서, 나는 호랑이를 바라보았다.

거울 속의 호랑이는 조금 전까지 간지럼을 참지 못해서 발버둥 치던 어린아이 같은 모습은 보이지…….

보인다.

솔직히 보여.

하지만 나를 올려다보고 있는 호박색 눈동자에는 외견과

어울리지 않는 현기가 가득 차 있었다.

그렇기에 나는 손을 아래로 내리고서 거울 속의 호랑이를 마주보며 말했다.

"뭐부터 물어봐야 할지 모르겠거든."

물론 두서없이 하고 싶은 질문은 한가득 있다.

내가 정말 네 인연이라 생각해? 나를 통해 봉인을 풀 수 있다고 생각하냐? 만약 너는 봉인이 풀리면 뭘 할 거야? 너희들은 곰의 일족하고는 무슨 관계냐? 네가 정말 단군 신화에 나오는 호랑이냐? 그렇다면 도대체 몇 살이야? 그런데 왜 어린아이의 모습이냐?

하고 싶은 말은 너무나 많았고, 그렇기에 나는 그 무엇도 선택할 수 없었다.

"그러면……."

그런 나를 대신해서 호랑이가 말했다.

"내가 너를 이곳에 데려온 이유를 알고 있느냐?"

"내가 네 봉인을 풀어 줄 수 있는 사람이라며?"

"……정확히는 내 운명의 상대라고 해야 하느니라."

내 대답이 그리 마음에 들지 않았는지 호랑이의 볼이 살짝 통통해졌다.

그래도, 야. 이건 네가 이해해 줘야지. 17살 청소년이 운명의 상대! 운명적인 만남! 영원한 사랑! 이런 말을 하는 건 상당히 힘든 일이라고.

"그러면 나에 대해서는 궁금하지 않은 것이느냐?"

"너, 호랑이잖아. 단군 신화에서도 나오는 우리나라에서 가장 유명한 호랑이."

"……그것도 맞느니라."

볼이 조금 더 통통해졌다.

어디까지 뽈록 튀어나올 수 있을지 궁금해지는군.

"그, 그러면 너에 대한 거 궁금하지 않느냐? 왜 네가 내 운명의……."

"그것도 알아."

호랑이의 꼬리가 추욱 내려가고 입술이 삐쭉 튀어나오고 시선이 오갈 곳이 없어졌다 해도 나는 할 말을 해야겠다.

"내가 지킴이 일족의 마지막 후예라서 그런 거 아니었어?"

"틀렸느니라!"

호랑이는 뭐가 그리 기쁜지 헤벌쭉 웃더니 꼬리를 살랑거리면서 몸을 돌려 나를 올려다보며 말했다.

"그건 네가 운명의 상대이기 때문이니라!"

……너 혹시, 동어 반복의 오류라고 알고 있냐?

나는 잘 모르지만, 아마도 이럴 때 쓰는 게 아닐까 싶은데.

나는 제대로 된 설명을 바란다는 시선으로 호랑이를 내려다보았고, 이 녀석은 용케도 눈빛에 담긴 뜻을 알아채고서 내게 말했다.

"너는 기억하지 못하겠지만, 네가 아직 갓난아기였을 때 우리는 만난 적이 있었느니라."

호랑이는 현재의 나를 통해 과거의 나를 떠올리며 말을 이었다.

"지금까지 나를 본 아이들은 누구나 다 본능적인 공포에 울음을 터트렸느니라. 하지만 너는 달랐다. 나를 보고도 방긋 웃으며 내게 손을 벌리고 나를 껴안았다. 내 젖을 빨며, 내 품에서 잠들었……."

"잠깐만."

나는 뭔가 모성애까지 느껴지는 목소리로 말하고 있는 호랑이에게 딴죽을 걸 수밖에 없었다.

"네 어딜 보고 무서워해야 하는 건데?"

어디선가 '젖을 빨며 품에 안겨서 잠들었다는 부분에는 딴죽을 걸지 않으시는 겁니까.'라고 물어보는 소리가 들렸습니다만.

갓난아기였다며.

그때는 입에 물 수 있는 거라면 뭐든 간에 가리지 않는 시기다.

……이상, 빈 소주병을 입에 물고 있는 아기 때의 사진이 있는 사람의 경험담입니다.

"지금의 나를 보면 그리 생각할 수도 있을 것이니라."

호랑이가 다시 이야기를 시작했으니까 잡생각은 여기까지 하자.

"하지만 그때의 나는 인간으로 변하는 요술을 쓰지 않았고, 너의 영안을 틔우기 위해 요력도 감추지 않았었느니라."

뭔가 제 유일한 친구 녀석이 좋아할 만한 전문 용어가 나왔습니다.

"그런 나를 보고서도 두려워하지 않는 이는 없느니라."

호랑이가 목소리에 힘을 주며 말했다.

"그 누구도!"

나도 말했다.

"너, 환웅 님하고 웅녀한테 져서 봉인당했었지?"

"으, 으냐앗?"

이 몸의 위대함에 대해 이야기하고 있는데 왜 그런 뼈아픈 과거를 언급하냐는 듯, 호랑이가 귀를 쫑긋 세우며 외쳤다.

"그, 그건 어쩔 수 없었던 일이니라! 나 혼자서 어찌 하늘의 도움을 받은 둘을 이길 수 있었겠느냐?!"

"어쨌든 진 건 진 거잖아."

"……."

등 뒤에서도 볼 수 있을 정도로 호랑이의 볼은 크게 부풀어 올랐다. 살짝 삐친 것 같지만, 칼을 뽑았으면 무라도 베어야 하는 거 아니겠어?

"그러면 최소한 그 둘은 네가 있는 힘을 써도 무서워하지 않을 것 같은데?"

"…………."

그래도 불끈 쥔 두 주먹을 무릎 위에 올리고 고개를 푹 숙이고 있는 호랑이를 보고 있자니 괜히 말했나 싶은 기분도 든다.

마음에 걸리면 일단 딴죽부터 걸고 넘어가는 이 버릇, 어떻게든 해야 할 것 같은데 말이야.

"으냐아아앗!"

안 그러면 이런 일을 겪으니까.

제자리에 벌떡 서서 이쪽으로 몸을 돌린, 다행이 몸을 덮은 거품 덕분에 민망한 일은 일어나지 않았다, 일어나서 이쪽으로 몸을 돌린 호랑이가 나를 내려다보며 말했다.

"내 진정한 힘을 보고도 그리 말할 수 있는지 보겠느니라!"

나이가 들어서 후회하게 되는 일 중 10위권에 들어갈 만한 말을 한 호랑이의 두 눈이 황금빛으로 빛났다.

흔히 쓰는 형용사? 부사? 관용구? 어쨌든 그런 게 아니라, 진짜로.

동시에 알 수 없는 기운이 휘몰아쳐 호랑이의 은발에 가까운 흰색 머리카락을 허공에 붕 떠올렸다. 발밑이 흔들리는 것이 갑자기 지진이라도 난 것 같았고, 목욕탕 안을 밝게 비추고 있던 형광등이 깜빡거린다.

이 모든 일의 중심에 호랑이가 있었다.

"어떠하느냐! 이래도 내가 약해 보이느냐?!"

나도 함께.

"와아~ 정말 강해 보인다~"

……이런 상황에서도 장난칠 수 있다는 게 스스로도 놀랍지만, 그런 사소한 의문보다는 지금 이 현상을 진정시킬 필요가 있기에 나는 손을 들어 아래로 흔들며 호랑이에게 말했다.

"알겠으니까 그만 앉아. 이러다가 집 무너지겠다."

내 집은 아니지만, 죽거나 다치는 건 나겠지. 요괴인 호랑이가 집에 깔린다고 해도 본모습으로 돌아가면 털끝 하나 상할 리가 없잖아? 그에 반해 나는 연약한 인간일 뿐이다.

한옥을 기반으로 리모델링한 집인 것 같아서 내진 설계도 잘 안 되어 있을 텐데, 오늘 살아 돌아갈 수 있으려나~.

그런 의미에서 나름대로 위기의식을 담고 한 말인데, 호랑이의 반응이 조금 이상하다.

조금 전까지만 해도 빔이 나와도 이상하지 않을 것처럼 눈을 빛내던 호랑이가, 이번에는 정말로 관용구로 쓰일 듯이 눈을 초롱초롱 빛내고 있었으니까.

야, 부담된다. 주인하고 반 년 만에 재회한 골든레트리버도 그런 눈은 하지 않을 거라고. 하지만 호랑이는 그것만으로도 모자랐나 보다.

"……역시!"

"역시?"

등 뒤로 바짝 세운 꼬리와 달리 허리를 앞으로 숙여 덥석 내 손을 잡고서는 목욕탕이 울릴 정도로 크게 외쳤으니까.

"역시 너는 내 낭군님이시니라!"

'지아비가 될 사람'에서 한 단계 등급이 올라갔군.

좋은 거겠죠? 좋은 거라 생각합시다.

아무리 내가 이 호랑이를 여자로서 바…….

어쨌든, 이런 귀여운 여자아이가 꿀이 뚝뚝 흘러내릴 듯이 애정 가득한 눈빛으로 바라봐 주는데 싫어할 남자가 어디 있겠어?

"그, 그래?"

하지만 호랑이의 사람을 압도시킬 정도로 순수하고 진심 어린 감정에 내 입술이 살짝 떨리고 말았다.

"그렇느니라!"

확신에 찬 목소리로 호랑이가 말했다.

"이런 나를 보고도 두려워하지 않으니, 이 어찌 천생연분이 아니라 할 수 있겠느냐?"

어, 그래.

그보다 너, 그런 걸 노리고 힘 쓴 거 아니잖아? 내가 깜짝 놀라서 '미천한 인간이 위대하신 호랑이님을 몰라 뵈었습니다.' 같은 말을 하기를 바랐던 거 아니야? 그건 괜찮냐?

"아! 지금 이러고 있을 때가 아니니라! 세희에게 시켜, 당장 혼례를 올릴 준비를……."

나는 그런 건 아무래도 상관없어 보이는 호랑이의 말을 잘 랐다.

"너무 나갔다, 이 녀석아."

그래, 다른 건 아무래도 상관없어 보이는 호랑이의 말을.

"응?"

내가 무슨 말을 하는지 이해 못하고 있는 호랑이를 올려다보는 것도 목이 슬슬 아파서, 나는 다시금 흥분한 어린애를 의자에 앉히고 수도꼭지를 돌리며 말했다.

"물은 따뜻한 게 좋지?"

"아무래도 그렇느니라……가 아니니라!"

"그럼 찬물이 좋아?"

"찬물, 더운물 가릴 때가 아니란 뜻이니라!"

"아무리 날이 더워도 의자에 앉아서 찬물로 씻는 건 좀 힘들 텐데. 그냥 따뜻한 물로 씻자, 야."

"으냐아아앗!!"

말이 안 통해서 답답했는지 호랑이가 의자 위에 앉은 채 두 눈을 질끈 감고 팔다리를 바동거렸다.

"그런 뜻이 아니니라! 지금 찬물 더운물은 아무래도 좋다는…… 흐냐아앗!!"

이상, 찬물을 등에 뿌렸을 때 실제로 천장까지 붕 뛰어올랐다가 떨어진 호랑이가 입에서 낸 소리였습니다.

"가, 갑자기 무슨 짓을 하는 것이느냐!"

호랑이는 조금 전과 같은 불시의 기습을 막기 위해 다시금 나를 바라보며 섰다.

나는 호랑이의 등에다 물을 뿌려서 다행이라는 생각을 속으로 삼키며 말했다.

"아무래도 좋다며…… 가 아니라. 농담은 그만하고."

이 이상 장난을 치면 아무래도 호랑이가 진심으로 삐칠 것 같아서 나는 고개를 저었다. 그 이유야 여러 가지가 있겠지만, 솔직히 말하면 이 귀여운 녀석이 진짜로 마음 아파하는 모습은 보고 싶지 않으니까.

아무래도, 나는 호랑이가 꽤나 마음에 든 것 같다.

그래서 지금만은 이해타산 없이 호랑이를 마주 보고, 내 진심을 말하기로 했다.

"먼 옛날에 나와 너를 대상으로 한 예언도 있고, 내가 어렸을 때부터 너를 무서워하지 않아서 나를 꽤 마음에 들어 한다는 것도 알겠어. 그런데 말이다."

아니, 의자에서 일어나다 보니까 내려다보게 됐네.

"너는 내게 아무것도 묻지 않는구나."

"……아."

호랑이는 꽤 똑똑한 것 같다. 아니면 눈치가 좋거나. 적어도 내가 말 그대로의 의미로 자신이 한 말을 인용하지 않았다는 걸 깨달은 것 같으니까.

자신의 실수를 깨달은 호랑이가 머리카락에서 떨어진 것으로 보이지 않는 물방울을 볼에 흘리면서 내게 말했다.

"그, 그게 말이니라."

가랑이 사이로 들어와 배에 착 달라붙은 꼬리, 어디다 둬야 할지 몰라 흔들리는 시선, 주먹을 쥐었다 폈다 하는 작은 손, 바들바들 떨리는 앵두빛 작은 입술. 이런 것들을 보고도 호랑이가 크게 당황하고 있다는 걸 모를 사람은 세상에 없겠지.

"괜찮아."

그래서 나는 먼저 자리에 앉은 뒤, 호랑이의 팔을 잡아 아래로 끌었다. 조금 전만 해도 요술? 아니면 요력? 이상한 힘을 발휘하는 것만으로 지진까지 일으킨 호랑이는 저항 한번 하지 않고 다시 의자에 앉았다.

고개를 푸욱 숙이고 있어서 여전히 나와 눈을 마주치지는 못했지만, 그 모습을 계속 보는 건 내게도 정신적으로 좋지 않기에 나는 입을 열었다.

"네가 너무 흥분해서 이것저것 신경 쓸 상황이 아니었다는 것 정도는 나도 알 수 있으니까."

"그, 그러하느니라! 변명이 아니라 정말 그런 이유였느니라! 절대 너에 대해서 아무것도 궁금하지 않은 것도 아니고, 물어보고 싶은 게 없는 것도 아니니라! 정말이니라!"

급히 고개를 들며 변명 아닌 진실을 호소하는 호랑이의 눈가에는 살짝 눈물까지 맺혀 있었는데…….

왠지 모르게 지금 제가 악역이 된 기분입니다? 잘못한 거라고는 하나도 없는데 말이죠.

없는 거 맞지?

"알아. 그러니까 울지 말고."

그래도 마음에서 느껴지는 알 수 없는 죄책감과 따뜻한 수증기로 가득 찬 목욕탕 안에서 느낄 거라고는 생각하지 못한 섬뜩한 한기에 나는…….

~~*Error 54226* : 개발자의 무의식적인 거부로 인해 시나리오를 진행할 수 없습니다.~~

System massage : 시나리오 진행을 위한 필수 이벤트임

나는 뭔가에 이끌리듯 호랑이의 눈가에 맺힌 눈물을 손끝으로 닦아 주었다.

"으냐아아아앗!! 따가워!! 따가워어어어어!!"

……닦아 주다가 깨달았습니다.

제 손에 아직 거품이 묻어 있다는 걸요.

* * *

"미안하다."

"……성훈이가 사과할 일이 아니었느니라."

눈에 거품이 들어가서 있는 힘껏 날뛰는 호랑이를 어떻게든 진정시키고서 마저 씻은 뒤. 목욕탕에서 나온 저는 보시다시피 호랑이의 눈치를 열심히 살피게 되었습니다.

호랑이가 뭐라 말하든, 거품이 묻은 손으로 눈을 닦은 건 내가 잘못한 게 맞으니까. 이번 일로 호랑이가 씻는 걸 싫어하지 않았으면 좋겠다.

"……."

흰색 저고리를 멋대로 개조한 상의에 반바지를 입은 호랑이의 뒤에 앉아 있는 세희가, 나를 죽일 듯이 노려보고 있거든. 목욕탕에서 느낀 한기는 세희의 살기가 아니었을까.

이야, 분명 오늘 날씨가 작년보다 5도는 높다고 했던 것 같은데 말이야. 거짓말처럼 느껴진다니까?

"정말 미안해."

그렇다 한들 현실이 달라지는 것은 없기에 나는 다시 한번 진심으로 호랑이에게 사과를 했다.

"……"

그런 내 모습이 안쓰럽게 느껴졌기 때문일까, 아니면 불쌍하게 느껴졌기 때문일까. 둘 다 같은 뜻인 것 같지만 넘어가고.

"성훈이가 사과할 일이 아니라고 하지 않았느냐? 애초에 그건 사소한 실수였고, 그런 걸로 화를 낼 정도로 나는 속이 좁지 않으니라."

누가 여기 거울 좀 가져다주세요.

고개를 왼쪽으로 돌려서 한 자는 튀어나온 입이 눈에 띄게 잘 보이는 이 호랑이 녀석이 자기가 지금 무슨 꼴인지 볼 수 있도록.

그런데 어째서인지 세희는 호랑이의 머리 뒤에 손거울을 꺼내……

윽! 내 눈! 호랑이 같은 귀여운 애를 보다가 입가에 미소를 띠고 있는 시커먼 남자 놈을 보니까 내 눈이 타오를 것 같다!

그런 고통 속에서도 한 가지 건진 게 있다면, 나도 모르게 호랑이를 보며 웃고 있었다는 사실 정도?

……사과하고 있는 녀석이 말이죠.

"그래?"

그러면 사과는 여기까지 할 수밖에. 호랑이도 괜찮다고 했으니까!

"으, 응?"

내가 이런 반응을 보일지 예상하지 못했는지 호랑이가 두 눈을 동그랗게 떴다. 그 모습을 보고 있자니 살짝 마음속에서 장난기라고 해야 할지, 호랑이에 대해 확인하고 싶은 마음이 들었다.

그러면 해야지.

"다행이네. 이번에 내가 잘못한 일로 네가 나한테 이런 저런 일을 부탁해 왔다면, 나도 꼼짝없이 들어줄 뻔했는데."

자, 눈앞에서 흔드는 미끼에 호랑이는 어떤 반응을 보일까?

아쉬워할까? 아니면 말을 물리려고 할까. 그것도 아니라면 현실을 받아들이고 담담하게 대답할까.

호기심에 가득 찬 눈으로 바라보고 있자니, 호랑이가 머리카락으로 물음표를 만들며 말했다.

"으냐앗? 그건 좀 아니지 않느냐?"

……나한테 되물어 올 줄은 몰랐는데.

"뭐가?"

호랑이가 고개를 갸웃거리며 말했다.

"그래서야 내가 너의 약점을 잡고 이것저것 멋대로 굴려는 것 같지 않느냐? 내가 왜 그러느냐? 나는 그런 건 싫으니라."

두 팔로 가위표를 만들고 고개를 절레절레 흔드는 호랑이는 아무래도 거짓말을 하는 것 같지 않았다.

"애초에 말이니라."

아, 나를 똑바로 올려다보는 저 진지한 두 눈동자도 그렇게 생각한 이유 중 하나다.

"부부는 서로를 믿고 의지하는 사이라 배웠느니라. 그런데 내 어찌 낭군님의 작은 실수를 가지고 이 한 몸의 행복을 원하겠느냐? 나는 그럴 수 없느니라."

……눈부셔.

너무 눈부셔, 이 녀석. 나 같이 닳고 닳아 버린 놈에게는 너무나 눈부시다.

"도련님."

그에 비해 호랑이의 뒤에 앉아 있던 세희를 보자니 눈의 피로**만은** 확 풀리는 기분이 들었다.

"모르는 것은 죄가 아니기에 이번만은 넘어가 드리겠습니다. 하지만 두 번 다시 도련님의 하찮고 유치한 잣대로 주인님의 그릇을 재려고 하신다면, 그것이 얼마나 어리석은 행동인지 이 강세희, 몸과 마음을 바쳐 증명하도록 하겠습니다."

눈만, 말이지.

"아, 그러냐?"

하지만 나는 흉흉한 기운을 풀풀 풍기며 경고하는 세희의 말을 한 귀로 듣고 한 귀로 흘리며 말했다.

"그래도 처음 만난 사이인데, 서로 어느 정도는 알아야 하잖아?"

호랑이에게.

"아."

내 말에 뭔가를 깨달은 호랑이는 눈을 크게 뜨고서는 이 세상의 온갖 험한 말을 꺼낼 준비를 마친 세희에게 손을 들어 잠시 아무 말도 하지 말라고 부탁한 뒤.

"성훈아."

진지한 표정으로 입을 열었다.

"네 말대로 나 역시 너에 대해 알고 싶으니라. 네가 어떻게 살아왔고, 무엇을 좋아하는지. 그리고……."

호랑이는 하고 싶은 말은 있지만 입술이 잘 떨어지지 않는지 몇 번이나 심호흡을 했다. 하지만 그것도 잠시. 이내 용기를 되찾은 호랑이가 고개를 들어 나를 올곧은 눈으로 바라보며 말했다.

"네가 나와의 혼례를 어떻게 생각하고 있는지 말이니라. 부디, 부디 알려줄 수 있겠느냐?"

호랑이는 내가 무슨 헛소리를 하든 진지하게 귀를 기울여 들을 것 같은 모습이었다. 덕분에 농담을 하고 싶었지만, 지금은 그럴 때가 아니겠지.

"그래."

그렇게 나는 **차분히** 나에 대한 이야기를…….

> *Error 54225* : 개발자의 무의식적인 거부로 인해 준비된 선택지를 불러올 수 없습니다.

"먼저, 너한테는 미안하지만 난 이미 사랑하는 사람이 있어."

안 했다.

호랑이의 표정이 속을 알 수 없게 변하더라도, 세희의 눈썹이 날카롭게 올라가더라도. 내 이야기를 듣고 랑이가 조금 불편해한다 해도 나는 내가 할 말을 계속해야 한다.

"그 애의 이름은 서나래. 곰의 일족에게 납치당한 내 소꿉친구다."

나래를 위해서.

지금까지 호랑이에게 이 문제에 대해 언급할 기회는 몇 번 있었다. 아니, 기회가 없었어도 억지로 대화의 흐름을 끊어서라도 말할 수 있었고, 그래야만 했다. 그만큼 중요한 일이니까.

그러면 왜 안 했냐고?

……제가 그렇게 수완이 좋은 사람은 아니라서 말이죠.

애초에 호랑이를 처음 만난 건 목욕탕이었고, 그 안에서 무슨 일이 일었는지는 다들 알고 있을 거다.

그 상황에서 어떻게 말을 꺼내! 일단 사람 하나 만들고 봐야지!

그래서 늦게나마 겨우 꺼낼 수 있었던 나래에 대한 이야기에.

"저, 정말이느냐, 세희야?"

호랑이는 고개를 돌려 세희에게 물어보았다. 세희는 고개를 끄덕이는 것으로 가볍게 대답해 줬고.

"미, 미안하느니라!"

그와 달리 자리에서 벌떡 일어나 허리를 숙인 호랑이의 반응은 무겁기 그지없었다.

……어, 이건 좀 예상 외였는데 말이죠. 호랑이가 이렇게까지 심각하게 반응할 줄 알았으면 조금 돌려서 말할 걸 그랬어!

조금 전에 말했듯이, 난 호랑이가 조금 불편해하는 정도의 반응을 보일 줄 알고 강하게 말한 건데.

나는 당황해서 급히 손을 휘저으며 호랑이에게 말했다.

"아니, 네 잘못도 아니고……."

"아니니라! 이는 내 잘못이니라!"

허리를 피지 못한 채 꼬리를 바들바들 떨고 있는 호랑이가 말했다.

"그 아이들이 움직인 것은 분명 내가 몰래 지리산에서 벗어난 걸 눈치챘기 때문일 것이니라!"

……응? 뭔가 이상한데?

"너, 여기에 봉인되어 있던 거 아니었어?"

정미가 말하길, 호랑이는 환웅 님과 웅녀에게 봉인당했다고 했다. 그렇기에 나는 당연히 이 대궐 같은 집이 호랑이가 사는 곳인 줄 알았는데, 마치 저 멀리 남쪽에 있는 지리산에 봉인되어 있는 것처럼 말했단 말이야?

"아닙니다."

그런 내 의문에 대답해 준 것은 모시고 있는 주인님을 따라 일어난 세희였다. 세희는 90도로 허리를 숙인 호랑이가 조금이라도 편해지기를 바라는 마음으로 옆에서 살짝 부축해 줬다가, 호랑이가 몸을 털어 내는 것으로 한 걸음 뒤로 물러나서는 나를 죽일 듯이 노려보며 말을 이었다.

"이곳은 제가 가진 별장 중 한 곳일 뿐이며, 주인님의 본신이 계신 곳은 지리산입니다."

내 안의 프롤레타리안의 피여, 깨어나라!

······같은 멍청한 농담을 할 때가 아닌 것 같다. 세희의 눈빛이 지금 당장 호랑이가 허리를 펴도록 만들지 않으면, 네 허리는 그 반대로 꺾일 거라고 말하고 있거든.

"뭐, 그러면 그건 됐고."

나는 한 번도 써 보지 못한 허리의 안전을 위해 자리에서 일어나, 호랑이의 어깨에 두 손을 올린 뒤 힘을 줘서······.

힘을 줘서어어어!!

"이이이익!"

꼼짝도 하지 않는다!

이 녀석, 힘이 장사네! 장사! 세희는 눈빛만으로 사람을 죽일 수 있을 것 같고!

결국, 난 계획을 바꾸기로 했다.

"알았어, 호랑아. 용서해 줄게. 그러니까 그만 고개 들고 다시 앉아. 지금 상태로는 아무 이야기도 할 수 없으니까."

북풍의 거센 바람은 나그네의 상의를 여미게 하고 말았지만, 태양의 뜨거운 햇빛은 나그네가 스스로 상의를 벗게 만들었답니다.

그렇지만 다시 자리에 앉은 호랑이의 표정은 침울함 그 자체였다. 나와 나래가 납치당한 일에 대한 죄책감 때문인지,

아니면 내게 미움받을지도 모른다는 걱정 때문인지, 그것도 아니라면 이 상황을 어떻게 해야 할지 모르는 것에 대한 복잡한 심정 때문인지.

그 이유는 알 수 없다.

"표정 좀 펴라. 누가 보면 큰일이라도 난 줄 알겠다. 나래하고 내가 납치당하기 했지만, 지금은 별일 없으니까."

객관적으로 생각해도 큰일이 난 건 맞지만, 그래도 난 호랑이의 풀 죽은 모습이 보기 싫었다.

"그, 그러하느냐?"

그런 내 마음이 전해졌는지, 랑이는 어색하지만 그래도 입가에 미소를 지을 수 있게 되었다.

비록 그 끝이 바들바들 떨리기는 했지만.

호랑이도 그 사실을 알고 있는지 짝 소리 나게 박수를 치고서는 말했다.

"아! 그, 그런데 말이니라!"

"응?"

한 눈에 봐도 억지로 밝은 척을 하는 모습이었지만 이럴 때는 넘어가 주자.

"한 가지 궁금한 게 있느니라!"

내 반응에 호랑이가 진심으로 기운을 되찾았으니까.

"뭔데?"

호랑이가 호기심으로 두 눈동자를 반짝반짝 빛내며 내게 물었다.

"네가 정을 주었다는 나래라는 아이는 어디 있느냐? 이 집에는 성훈이 말고 다른 인간은 없는 것 같은데 말이니라."

나는 대답했다.

"그야 그렇겠지. 아직 곰의 일족한테 잡혀 있으니까."

호랑이의 눈이 동그래지고서 3초 후.

"으냐아아아아아아앗?!"

호랑이가 나를 덮쳤다.

"누가 봐도 큰일이 난 상황 아니느냐! 무엇이 지금 별일 없다는 것이느냐!"

그래 봤자 귀여운 아기 호랑이라, 어디 다치거나 물리거나 잡아 뜯기지는 않았지만 어깨를 잡혀서 앞뒤로 흔들리고 있자니 정신이 하나도 없네!

"으아아아아아아———"

제대로 된 설명을 하기 위해 입을 벌렸을 때 나오는 소리도 저 따위고.

"당장! 지금 당장 나래를 구하러 가야겠느니라! 너는 어찌 그렇게 중요한 일을 지금까지 이야기하지 않은 것이느냐?!"

첫 번째로, 날 구출했던 세희가 괜찮을 거라 말했고.

두 번째로, 곰의 일족이 지금 당장 나래에게 위해를 끼칠 이유와 근거가 없고.

세 번째로, 이상하게 믿음이 가는 정미가 나와 약속을 했고.

네 번째로, 이야기할 틈이 없었다.

"으어어어어어——"

지금도 할 수 없지만.

"그렇지 않아도 나래 님의 구출에 대한 이야기를 드릴 생각이었습니다. 주인님."

그렇게 말하며 세희가 호랑이의 허리춤을 살며시 끌어안아 부드럽게 떨어뜨렸을 때야 나는 겨우 사람다운 말이 나올 수 있었다.

"너, 아까만 해도…… 읍?!"

갑자기 날아온 가위표 모양 검은색 연기에 입이 틀어막혀 버렸지만.

야! 언론의 자유를 보장해라! 너, 나한테는 나래는 안전하니까 구출이라고 말하는 건 어폐가 있다고 했잖아!

아! 너 지금 내가 그 말 하면 호랑이한테 한 소리 들을 것 같아서 이러는 거지?! 이 자식이 치사하게! 죽을 때는 같이 죽어야 하는 법이다!!

그렇게 내가 입에 붙은 연기를 떼어 내려 용을 쓰며 세희를 노려보고 있자니, 호랑이가 머리카락으로 물음표를 만들며 말했다.

"으냐아? 세희야, 왜 성훈이의 입을 막은 것이느냐? 성훈이가 너한테 뭔가 하고 싶은 말이 있는 것 같은데 말이니라."

말 잘했다, 호랑아!

"저 또한 나래 님의 구출과 관련하여 도련님과 단둘이서만 나누고 싶은 이야기가 있었는데 정말 다행이군요."

호랑이가 고개를 갸웃거리며 말했다.

"단둘이서 말이느냐?"

"단둘이서 말입니다."

"그럴 필요가 있느냐? 한시가 바쁜데 그냥 여기서 하는 게 좋을 것 같은데."

호랑이의 타당한 제안에 세희는 얼굴색 하나 바꾸지 않고 대답했다.

"안타깝게도 그럴 수 없는 일입니다. 도련님과 독대하고자 하는 건, 주인님 몰래 일을 꾸미고 싶기 때문이니까요."

우와…….

나는 하도 어이가 없어서 입에 붙은 연기를 떼는 것도 잊고 세희를 멍하니 쳐다보았다.

정황상 세희가 호랑이파의 2인자, 바둑이는 아닐 테니까. 호랑이파의 오른팔일 테고, 호랑이는 호랑이니만큼 호랑이파 의 두목일 거다. 그런데 두목한테 저런 말을 해도 되는 거야? 이런 말도 안 되는 일을 승낙할 두목이 세상에 어디 있어? 다 른 꿍꿍이가 있는 거 아니냐고 추궁이라도 듣지 않으면 다행 이지.

"그러하느냐? 그러면 나는 여기서 기다리고 있을 테니 성훈 이하고 이야기가 끝나면 불러 주어라."

하지만 있었습니다!

요괴지만!

이 어이없는 상황을 눈만 깜빡이며 바라보고 있자니 세희가 자리에서 일어나 복도의 건너편을 가리키며 말했다.

"그러면 건넛방으로 모시겠습니다, 도련님."

나는 정말 가도 되냐고 눈빛으로라도 묻기 위해 호랑이를 바라보았다.

"너무 기다리게 하면 안 되느니라?"

뭔가 내가 생각하는 것과는 다른 이유로 나와 떨어지는 걸 안타까워하는 시선을 돌려받았다.

저기요. 정말 이래도 되는 겁니까?

* * *

"아무 문제없습니다."

가구 하나 없이 휑한 건넛방에서 마주 앉은 세희는 그렇게 말했다.

"주인님과 제 사이에 그 정도 신뢰 관계는 먼 옛날에 쌓았으니까 말이죠."

"그러냐."

나와 나래만큼이나 사이가 좋구만, 이 녀석들.

……나래가 이런 말을 들으면 내 옆구리를 짧게 끊어 치겠지만.

"그보다."

추억을 떠올릴 시간도 주지 않고 세희가 말했다.

"밖에서 목이 빠져라 기다리고 계시는 주인님을 위해 지금 부터는 단도직입적으로 말씀드리려 합니다. 그래도 괜찮겠습 니까, 도련님?"

"그래."

나는 순순히 고개를 끄덕였다. 나한테도 나쁜 일은 아니니까.

그게 실수 아닌 실수였다는 걸 깨달은 건 그 직후였지만.

"제가 나래 님을 구출해 드리면 도련님은 저에게 무엇을 해 주실 수 있으십니까."

설마 바로 이런 말을 해 올 줄은 몰랐거든.

나는 살짝 인상을 찌푸리며 말했다.

"……거래냐?"

"세상의 모든 일은 Give&Take인 법입니다."

그것 참 우리 집 아버지가 자주 하시는 말씀이로군.

하지만 개똥도 약에 쓸 데가 있다고 해야 할까. 평소에 똑 같은 말을 귀에 못이 박히도록 들은 나는, 이 거래에 이상한 점이 하나 있다는 것을 눈치채고 운을 띄었다.

"호랑이는 아닌 것 같던데."

"보시다시피 주인님께서는 저와 달리 세속의 때가 묻지 않 으신, 착하고 순수하며 순진하신 분이시라 그렇습니다."

"그래서 호랑이가 아닌 네가 대가를 받아 내겠다는 거냐?"

세희는 호랑이나 호랑이파…….

계속 호랑이파라고 하면 조금 기분이 그러니까 다시 말하겠다.

세희가 호랑이나 호랑이 일파가 아닌 자신으로 대상을 한정 지었다는 점. 그 부분을 언급한 내게, 세희가 표정 하나 바꾸지 않고 답했다.

"그 누구에게나 그림자는 필요한 법이니까 말이죠."

다시 말하면, 착하고 순수하며 순진한데다가 귀여운 호랑이 대신 성격 나쁘고 계산 잘하는 세희가 호랑이 일파를 관리하고 있다는 말이군.

그렇다면…….

"한 가지 경고하겠습니다, 도련님."

머릿속에서 떠오르려는 생각이 세희의 차가운 목소리에 집어삼켜졌다.

"지금까지 주인님의 순수함을 이용하기 위해 움직인 자는, 단 한 놈도 남김없이 제 손으로 그 명줄을 끊어 왔습니다. 부디, 어리석은 선택을 하지 않으시기를 바랍니다."

아, 이런 게 소설 속에서 나오는 살기라는 거구나. 사람 하나를 분쇄기에 갈아 넣어도 이상하지 않을 것 같은 눈빛을 한 세희를 보니까 알 것 같다.

하지만.

"어, 그래?"

하늘에서 떨어지면서 간도 같이 떨어진 걸까. 나는 세희의 시선을 가볍게 받아넘길 수 있었다.

그럴 수 있었던 가장 큰 이유는, 내가 호랑이를 이용해 먹을 생각이 조금도 없기 때문이겠지.

그런 건…… 정말 최후의 순간에 고민하고 또 고민한 다음에, 고르지 않을 선택지니까.

단순히 호랑이의 실제 나이는 어떻든 간에 내가 보기에는 순수하고 순진하고 귀엽고 사랑스러운 여자아이여서 그런 게 아니다.

그런 짓을 하면 말이죠.

나래가 나한테 실망할 테니까요.

그렇기에 나는 의미 없는 눈싸움을 계속하고 있는 세희에게 손을 휘저으며 말할 수 있었다.

"그럴 일은 절대 없을 테니까, 그런 것보다는 네가 나한테 바라는 거나 말해 봐. 뭔가 있으니까 말을 꺼낸 거잖아."

나름, 세희가 바라는 대답을 했다고 생각했는데.

"……칫."

이 녀석은 뭐가 마음에 안 드는지 혀를 찼다.

"아무래도 기억은 봉인된 것 같습니다만, 그 영……."

뭐라는 거야?

뒤로 갈수록 목소리가 작아져서 무슨 말을 하는지 모르겠다. 조금이라도 정보를 얻기 위해 조심스레 허리를 앞으로 숙이고 온 신경을 귀에 집중한 덕분에.

"혼잣말은 모르는 척하는 것이 예의라고 배우지 못하신 겁니까?"

평소보다 냉기가 철철 넘치는 세희의 목소리를 생동감 있게 들을 수 있었다.

"……미안."

"진심으로 자신의 예의 없는 행동을 반성하셨다면, 제 혼잣말을 듣기 위해 쏟은 정성의 반이라도 지금부터 도련님께 드리는 제안을 듣는 데 쏟아 주시기 바랍니다."

아무래도 세희는 험한 말이나 거친 말을 쓰지 않고도 사람을 엿 먹이는 법을 잘 아는 것 같다.

하지만 지금은 내가 잘못한 상황이기에 나는 고개를 끄덕이며 대답했다.

"그래."

내 대답에 안 그래도 반듯한 자세였던 세희가 몸을 바르게 펴서, 그래 봤자 조금 전과 다를 게 없었지만, 내게 마음의 준비를 할 시간을 준 뒤 말했다.

"제가 도련님께 바라는 것은 하나입니다."

꿀꺽.

알 수 없는 긴장감에 침을 삼킨 내게, 세희가 말했다.

"주인님과 오늘, 지금, 당장, 이곳에서, 바로, 무조건, 무슨 일이 있더라도 혼례를 치르시지요."

……나는 세희가 한 황당한 조건보다 다른 것에 신경이 쓰였다.

"……너, 무슨 결혼하고 원수라도 졌냐?"

드물게도 시선을 피한 세희가 말했다.

"……그런 건 아닙니다만, 왠지 모르게 지금의 기회를 놓치면 십 년 내내 주인님께서 독수공방 아닌 독수공방을 하실 것 같은 예감이 들어서 말이죠."

헛소리를.

그러면 헛소리는 일단 제쳐 두고 황당한 조건에 대해서 말해 보자.

"그건 그렇고. 내가 잘못들은 게 아니라면, 나래를 구해 주는 대신 호랑이하고 오늘 여기서 결혼하라고 한 것 같은데, 맞냐?"

"그렇습니다."

나는 딱 잘라 말하는 세희를, 술에 진탕 취해서 이름값 하는 아버지에게 향했던 시선으로 바라보았다.

"뭡니까, 그 술 마시고 개가 된 사람을 보는 듯한 시선은."

"정답이다, 이 자식아."

나는 언짢은 기분을 숨기지 않고 드러내며 세희에게 말했다.

"솔직히 봉인이고 뭐고 그런 건 상관없이 말이야. 호랑이는 아직 어린애야. 그런 애를 예언 같은 거 하나 믿고 시집보내려는 게 말이 되냐? 지금이 무슨 조선 시대야? 아니, 그때도 이런 식으로 딸을 시집보내지는 않았다고."

세희가 말했다.

"국사 점수 몇 점이십니까?"

"그, 그런 건 아무 상관없잖아!"

"직접 조선 시대를 살아가면서 온갖 더러운 꼴을 봐 온 제게 너무나 당당하게 말씀하셔서 그랬습니다."

"그게 지금 중요하냐?!"

호랑이가 나를 지아비 될 사람이니, 낭군님이라고 부르는 건 그럴 수 있는 일이다. 아직 어려서 결혼이 뭔지, 사랑이 뭔지 잘 모르고 하는 말이라는 게 딱 봐도 알 수 있으니까.

하지만 세희는 다르다. 이 녀석은 어른이다. 그것도 호랑이가 신뢰하고 있는 어른.

그렇다면 그 신뢰에 답해 주는 게 어른으로서, 아니, 인간…… 인격체로서의 최소한의 의무라고 생각한다. 그런데 그런 녀석이 말리기는커녕 오히려 나래를 구해 주는 대가로 호랑이와 결혼을 하라고 조건을 거니, 내가 지금 화가 안 나고 배기겠어?

이건 한 명의 인간으로서! 도저히 간과하고 넘어갈 수 없는 일이다!

"됐고."

하지만 세희는 그렇게 열변을 토한 내 말을 딱 잘라 버리며 말했다.

"받아들이실 겁니까, 거절하실 겁니까."

나는.

· 제안을 받아들인다

· 제안을 받아들인다.

"……좋아."

그럼에도 세희의 제안을 받아들이기로 했다.

……이 선택이 마음에 드는 건 아니다.

내가 생각하는 결혼이란, 서로 사랑하는 사람들끼리 서로의 마음을 확인하고 약속하는 방식 중 하나다. 그리고 나는 나래를 사…… 좋아한다.

서로가 서로에게 향하는 마음이 같다는 걸 확인한 게 불과 몇 시간 전이다.

그런데 만난 지 하루도 안 된, 서로 사랑하지도 않는 여자아이와 결혼이라니. 솔직히 누가 하고 싶겠습니까?

……의외로 많이 있을 것 같기도 하지만, 나는 아니다! 나는 아니라고! 나는 로리콘이 아니야!

하지만 상황이 상황이다.

지금까지 계속 나래는 안전하다고 자기 최면을 걸 듯 말했지만, 불안한 마음이 없다고 한다면 그건 거짓말이겠지. 지금 당장은 안전하다고 하지만, 훗날 일이 어떻게 흘러갈지는 모르는 일이고.

정미가 약속을 어길 사람 같지는 않지만, 조직이라는 건 개인이 아닌 집단으로 움직이는 법.

내게 압박을 주기 위해서, 혹은 나를 자신들의 뜻대로 움직이기 위해서 입장을 바꿀 수도 있는 일이다.

그렇기에 나는 세희의 제안을 감내하고 받아들일 수밖에 없다.

나 때문에 휘말린 나래를 위해서.

그렇게 마음을 정한 내게 세희가 한쪽 입꼬리를 살짝 올리며 말했다.

"단어 선택이 마음에 들지 않습니다만, 저 역시 도련님께서 주인님께 한눈에 반하는 일은 바라지도 않았습니다. 오늘 만난 사람에게 한눈에 반하는 건 성욕에 이성이 지배당한 짐승들이나 가능한 거라 생각하니까 말이죠."

이는 어디까지나 세희의 개인적인 의견입니다.

내가 누군지 모를 이에게 변명하고 있는 동안, 세희가 먼저 자리에서 일어나며 말했다.

"약속은 지키실 거라 믿습니다, 도련님."

"……약속은 지킬 거다. **약속은.**"

왜, 신혼여행에서 문제가 일어나는 부부도 많다고 하잖아?

그렇게 살짝 이를 드러낸 내 대답에 오히려 세희는 만족한 듯한 미소를 지으며 말했다.

"어떤 상황에서도 발버둥 치는 성격, 저는 싫어하지 않습니다."

마치, 이미 내 꿍꿍이를 모두 알고 있다는 듯.

하지만 세희는 더 이상 아무 말도 하지 않고 방을 나섰고, 나도 그 뒤를 따랐다.

* * *

혼자서 나래를 구해 오겠다는 세희의 말에 호랑이는 꼬리를 추욱 늘어뜨리고 불안감이 살짝 담긴 목소리로 말했다.

"같이 안 가도 되겠느냐?"

그에 비해 세희는 출근할 때 배웅하러 나온 딸아이를 바라보는 어머니의 시선으로 호랑이를 바라보며 말했다.

"괜찮습니다, 주인님. 나래 님을 구하는 것은 손바닥 뒤집는 것보다 쉬운 일이니, 걱정하지 마시고 도련님과 환담을 나누시며 기다려 주셨으면 합니다."

하지만 호랑이는 세희의 말에 더욱 더 불안감을 내비치며 말했다.

"……그게 아니니라, 세희야. 내 어찌 너를 믿지 못하겠느냐? 나는 그저 너를 상대해야 할 불쌍한 아해들이 걱정이 되는 것이니라."

호랑이가 말한 불쌍한 아해, 아니, 불쌍한 아이들이 곰의 일족을 뜻한다는 것을 깨닫는 데 시간이 조금 걸렸다.

세희는 곰의 일족과 뭔가 한바탕 할 생각이었는지, 인상을 찌푸렸다가 순식간에 평소의 모습으로 돌아와서는 호랑이에게 말했다.

"……주인님께서 그리 말씀하셨으니 최대한 손속에 온정을 남기도록 하겠습니다."

그제야 호랑이가 안도의 한숨을 내쉬고 해맑은 미소를 지었다.

"웅! 그러면 됐느니라!"

뭐랄까. 괜한 오지랖이거나 참견일 수도 있겠지만, 그래도 한 가지는 말해야겠다.

"둘이 이야기하는데 갑자기 끼어들어서 미안한데, 한 가지만 물어봐도 될까?"

호랑이와 세희가 가만히 앉아 있던 내게 고개를 돌렸다. 나는 둘의 긍정 어린 시선에 고개를 살짝 숙여 감사를 표하고 궁금한 점을 물어보았다.

"이럴 때는 세희의 안전을 걱정해야 하는 거 아니야?"

호랑이는 머리카락으로 물음표를 만들었고, 세희는 기가 막힌다는 표정을 지었다.

"응? 세희를 말이느냐? 왜 그래야 하느냐?"

사자와 새끼 양이 한 우리 속에 있을 때 왜 사자를 걱정하냐고 묻는 것 같은 태도다.

"도련님께서 생각하시기에는 제가 못 미더운 것 같습니다, 주인님."

세희는 살아오면서 들어 본 적 없는 최악의 모욕을 받은 것 같은 표정으로 나를 노려보았고, 그와 달리 호랑이는 밝은 미소를 지으며 입을 열었다는 거다.

"아! 성훈이는 그럴 수 있겠구나! 세희가 너무너무 예쁘니까 말이니라!"

놀랍게도, 호랑이의 칭찬 한마디에 지금까지 사람의 온기라곤 느껴지지 않던 세희의 흰색 피부가 붉게 달아올랐다.

"농이 심하십니다, 주인님."

순식간에 사라졌지만.

"그러면 저는 이만 가 보겠습니다. 쇠뿔도 단숨에 빼라는 말도 있으니 말이죠."

정말로 순식간에 사라졌지만.

나는 한 여름날의 체육 시간 이후, 친구들에게 둘러싸인 채 매점에서 산 음료수처럼 순식간에 사라진 세희의 빈자리를 멍하니 바라보았다.

알고는 있지만, 정말 상식적으로 이해가 안 되는 걸 보면 실감이 난다. 이 녀석들이 인간이 아닌 요괴라는 사실을.

"헤헤헤헷."

담 너머를 향해 손을 흔들던 호랑이가 고개를 돌려 내 얼굴을 보자마자 갑자기 두 볼을 붉히고서는 귀를 매만지고 있는 이 호랑이 녀석도 말이다.

"왜 그래?"

"너와 단둘이 된 건 처음이지 않느냐? 그렇게 생각하니 기뻐서 말이니라."

네 눈에는 지금 마당의 그늘 아래에 머리만 들여놓고 대(大) 자로 드러누워 낮잠을 자고 있는 바둑이는 보이지 않는 거냐.

아까 목욕탕에서도 단 둘이었고.

아, 그건 그렇고 목소리로 들어서 대충 그럴 거라고 생각했지만 바둑이는 여자애였구나.

······아무래도 상관없는 이야기는 그만하고.

바둑이를 빼면 단둘이 남은 것에 기뻐하면서도 살짝 쑥스러워하던 모습은 어디 갔는지, 호랑이는 제자리에 방방 뛸 것 같은 기세로 말했다.

"그러니까 같이 놀자꾸나, 성훈아!"

아이라서 그런가. 기분 전환이 빠르네. 그리고 그건 내게도 나쁜 일이 아니다. 어렸을 때 사촌 동생들과 함께 놀아 주었던 경험이 있는 내게, 호랑이와 함께 시간을 보내는 건 일도 아니니까.

하지만.

지금은 그럴 때가 아니겠지.

"노는 건 조금 있다가 하고."

"으냐아~? 왜 그러느냐?"

왜냐면, 너는 모르겠지만 세희가 나래를 구해 주는 대가로 오늘 결혼을 해야 한다는 조건을 걸었거든.

그렇게 어른들의 더러운 뒷거래에 대해 말하기에는 호랑이가 말 그대로 어린아이 같았기에, 나는 그 일을 숨기기로 결심하며 말했다.

"혼례, 그러니까 결혼 말이다."

"으, 으냐앗?"

내가 그 이야기를 꺼낼 줄 몰랐는지 호랑이가 귀를 쫑긋, 꼬리를 바짝 세울 정도로 놀라며 말했다.

"으, 응!"

그것도 상당히 기대하는 눈치로.

당황하는 것도 잠시였고 바로 두 눈을 반짝반짝 빛내는 걸 보면 누구라도 알 수 있겠지.

나는 그 빛나는 호박색 눈동자를 바라보며 말했다.

> · 너, 결혼이 어떤 건지 알고 있어?
> · 너, 왜 결혼을 하고 싶은 거냐?

아니, 말하려고 했다.

"윽!"

말하려고 했는데, 지끈거리는 머리 덕분에 열린 입에서는 짧은 신음 소리만 나왔다.

뭐랄까, 마음 깊숙한 곳에서 지금 잊고 있는 게 있지 않냐고 경고하는 것처럼.

……그래, 나는 지금 중요한 걸 잊고 있다.

사람과 사람 간의 관계에서 가장 중요한 걸.

"왜 그러느냐, 성훈아? 어디 아프느냐?"

그게 무엇인지 깨닫는 순간, 조금 전까지 느꼈던 두통이 거짓말같이 사라지고 나를 걱정스러운 눈망울로 올려다보는 호랑이 녀석이 시야를 가득 채웠다.

가, 가깝잖아, 이 녀석아!

"괜찮아."

나는 미소를 짓는 한편 허리를 뒤로 젖혀서 호랑이와 거리를 벌렸다. 내 얼굴을 이리저리 고개를 갸웃거리며 유심히 살펴보던 호랑이가 작은 가슴에 손을 올리고 안도의 한숨을 내

쉬었다.

"휴우…… 난 또 성훈이가 어디 아픈 줄 알았느니라. 아! 오늘 하루 동안 이런저런 일이 많이 일어나서 지친 것일 수도 있겠구나! 응! 노는 건 나중으로 미루고, 지금은 낮잠을 자는 것이 좋겠느니라! 나도 아직 낮잠을 안 자서 조금 졸리니까 말이니라!"

내가 걱정돼서 그런지 대답할 틈을 주지 않고 자리에서 일어나 내 손을 잡고 일으켜 세우려는 호랑이의 머릿속에서는 이미 나와 함께 낮잠을 자는 게 확정된 것 같다.

잘 자는 아이들이 잘 큰다고 생각하는 나도 호랑이가 낮잠을 자는 건 말리고 싶지 않지만.

백 보 양보해서 이 더위 속에서 오늘 처음 만난 호랑이와 같이 낮잠을 자는 것도 받아들일 수 있지만.

"그 전에."

나는 호랑이에게 묻고 싶은 것이 있었다.

"으냐아?"

무시무시한 요력은 어디 갔는지 내 손을 잡고 낑낑 대던 그대로 멈춘 호랑이에게.

"지금까지 못 들었는데 말이다."

나는 말했다.

"너, 이름이 뭐야?"

웃기게도 나는 지금까지 호랑이의 이름을 듣지 못했다.

아니, 이름을 물어볼 틈이 없었다고 해야 하나?

어느 쪽이든 내가 아직 호랑이의 이름을 모른다는 것은 사실이고, 이 녀석도 나와 같은 생각을 했는지 눈을 동그랗게 뜨며 말했다.

"응? 나는 호랑이이니라."

"그건 나도 알아."

머리 위에 나 있는 귀가 네가 고양이가 아닌 호랑이라는 걸 증명하고 있으니까.

그 호랑이 귀가 쫑긋 서고 호랑이 꼬리가 하늘 높이 뻗은 채 호랑이가 말했다.

"그게 아니라 내 이름이 호랑이라는 말이니라!"

오늘 여러 가지 상식이 파괴되며 새로운 세상에 눈을 뜬 나라고 해도, 되묻는 데는 시간이 좀 걸리고 말았다.

"……이름이 호랑이라고?"

"그렇느니라!"

나는 잠깐 두 눈을 감았다 뜨고, 뛰어들면 정말 폭신하고 부드러울 것 같은 뽈록 튀어나온 배를 자랑하며 쿨쿨 낮잠을 즐기고 있는 바둑이를 보았다.

저 녀석은 바둑이, 너는 호랑이로구나.

……그래, 그럴 수도 있지. 애초에 우리 아버지의 성함도 강 씨 성에 아 자, 지 자를 쓰시는데 말이야. 그래서 내가 욕실에서 네가 호랑이냐고 물었을 때 시원하게 대답한 거였구나. 응,

알겠어.

내가 세상 모든 것을 받아들일 수 있을 법한 관대한 마음을 가지고 측은한 눈초리로 보고 있자니, 호랑이가 살짝 발끈해서는 꼬리털을 부풀리며 외치듯 말했다.

"나, 나도 하늘이 점지어 준 이름은 따로 있느니라! 하지만 그건 아무리 성훈이 너라 해도 스스로 각오를 하여야만 내가 알려 줄 수 있는 것이니라! 아니면, 내 이름을 들을 각오가 되어 있느냐? 그러면 내 말해 주겠느니라!"

아, 그런 거였어?

세현이 빌려준 만화책에서 비슷한 걸 읽은 기억이 있다. 태어나면서 받은 진짜 이름에는 신기한 힘이 있어서 함부로 남에게 알려주면 큰일이 난다는 설정이었지.

노예가 된다거나, 세뇌당한다거나, 뭐, 그런 거.

……어쨌든!

"응."

나는 호랑이에게 말했다.

"괜찮으니까 알려 줘."

그런 만화적인 이유를 제외하고도 나는 호랑이의 진짜 이름을 알고 싶어졌다.

왠지 모르게 **이 녀석의 이름은 내가 알고 있어야 할 것 같은 느낌이 들었거든.**

아니, 이건 느낌과는 다르다.

이 감정을 나도 잘 모르겠는데, 얼추 비슷한 단어가 있다면 아마도 책임과 의무와 권리이지 않을까? 이유는 모르겠지만, 그것들이 뒤섞인 알 수 없는 감정이 멋대로 내 입을 움직이고 있다.

"말해 줘, 네 진짜 이름을."

"어, 어어?"

내 대답이 예상 외였는지 호랑이가 얼굴을 새빨갛게 물들이며 말했다.

"하, 하지만…… 성훈아. 너는 아직 모르고 있지 않느냐. 하늘에 점지어 받은 이름을 알게 된다는 게 어떤 것인지 말이니라."

"그러면 그것도 알려 주면 되겠네. 먼저 이름부터 가르쳐준 다음에."

"서, 성훈이는 상남자로구나!"

그렇게 불려 본 적은 처음인데. 내가 그런 성격은 아니거든.

나도 지금의 내가 뭔가 조금 이상하다는 생각이 들고 있다. 평소의 나라면 이 정도에서 슬쩍 발을 뺐을 것 같으니까.

하지만 나는 물러나지 않고 호랑이와 두 눈을 마주쳤다.

호랑이는 고개를 돌려 내 시선을 피하려고 했지만, 마치 무언가에 이끌리듯 다시 나와 눈을 마주쳤다.

순간, 하지만 영원 같은 시간이 흐른 뒤.

"나는……."

자신의 볼만큼 붉은 호랑이의 입술이 움직였다.

"하늘이 점지어 준 내 이름은 **랑이**이니라."

그 순간.
"아니."
콰지지지지직!!
"아니야."
말을 하는 내 머릿속에서 강렬한 전기가 흘렀다.

error.error.error.error.error.error.error.error.error.
error.error.error.error.error.error.error.error.error.
error.error.error.error.error.error.error.error.error.
error.error.error.error.error.error.error.error.error.
error.error.error.error.

동시에 알 수 없는 기계음이 머리를 후려치듯 들려왔다.

비명을 참을 수 없는 격통이 온 몸을 찢어발길 것 같이 닥쳐왔지만.

"네 이름은 랑이가 아니다."

놀랍게도 나는 평소와 같은 목소리로 말을 하고 있었다.

"네 이름은 범이다."

그럴 수 있었던 건 내 입이 머리가 아닌 마음, 더 정확히 말하면 이제 갓 눈을 뜨기 시작한 영성에서 기반했기 때문이다.

그리고.

System message : 상정하지 못한 문제에서 개발자의 안전을 지키기 위해 시스템을 긴급 종료합니다.

랑이가 하늘에 점지어 받은 이름을 부르는 것으로, 나는 지금까지 잊고 있었던 기억이 내 의식을 제물삼아 깨어나는 것을 느꼈다.

* * *

이른 아침.

아침을 먹고 온 나는 책상 위에 놓여 있는 서류를 물끄러미 바라보았다.

이상했거든.

평소에는 산처럼 쌓인 서류가 오늘은 아담한 동산 정도의 양만 책상 위에 놓여 있었으니까.

이 정도면 점심 먹기 전에 끝날 것 같은데?

하지만 이럴 때, '오늘은 일이 얼마 없구나! 만세!' 라고 생각하는 건 하수다.

이걸 다 하면 새로운 서류가 올라오겠다고 생각하는 건 중수고.

세희에게 시달릴 대로 시달려 고수가 되어 버린 나는 눈을 가늘게 뜨며 우리 집 제일의 트러블 메이커를 올려다보며 말했다.

"오늘은 또 무슨 난리를 치려고?"

검은색 슈트를 입고 있는 세희는 알 없는 안경을 손가락으로 쓰윽 올리며 평소보다 차가운 목소리로 말했다.

"업무 시간에 사담은 엄금인 걸 잊으셨습니까, 임금님?"

"……이야, 재밌다, 야."

우리 아버지가 저런 말장난을 하면 아저씨 개그라고 하겠는데, 세희니까 그럴 수 없다는 게 아쉬울 정도로.

"……."

아니, 말 안 했잖아. 생각도 안 했고.

내가 생각하거나 언급하는 순간 칼바람이 몰아치는 그것에 대한 이야기도 아닌데 왜 그렇게 노려봐.

"이럴 때는 한 때 인터넷에서 유행했던 드라마의 한 장면처럼 나를 지금 바보로 아는 거야, 라고 말하면서 주인님의 뒤통수를 잡고 얼굴을 책상에 몇 번이나 내리찍어야 할 텐데 그럴 수 없다는 것이 참으로 아쉽군요."

나는 휴대폰을 꺼내 나를 지금 바보로 아는 거야, 라고 검색해 나오는 영상을 본 뒤.

세희의 눈치를 살살 살피면서 조심스럽게 자세를 바로하며 펜을 잡았다.

"자! 일하자!"

세희의 경고 아닌 협박 때문일까.

나는 11시에 일을 끝낼 수 있었다. 내 예상보다 한 시간이나 빨리 끝냈다는 이야기지.

오늘은 정말 집중이 잘 됐어!

……단순히 세희의 협박 때문이 아니었다.

오늘 올라온 문서는 쓸데없는, 그래.

지금까지 읽어 보았던 서류 중에서 인상 깊었던 한 가지를 예로 들자면 '뒷집에 사는 갑순이가 마당에서 고기를 구워 먹었는데 그 냄새가 너무 좋아서 저도 바비큐 파티를 열려고 슈퍼에 갔는데 요즘 집값이 왜 이런 가요?' 같은 게 없어서 집중할 수 있었던데다가.

"수고하셨습니다, 주인님."

물어보고 싶었던 게 있었으니까.

나는 서류를 정리해서 소매 속에 집어넣는 세희에게 말했다.

"그래서 오늘은 왜 이렇게 할 일이 적은데?"

아 다르고 어 다르다고는 하지만, 일하기 전에 물었던 때와 달리 세희는 빙긋 미소 지으며 말했다.

"주인님께 부탁드리고 싶은 일이 있어서 그렇습니다."

세상은 Give&Take죠.

하지만 이 기본적인 상식에서 가장 많이 벗어난 녀석이 당연한 이야기를 하니까 등 뒤가 오싹해졌다.

도대체 나한테 무슨 짓을 시키려고 업무량까지 조절해?

설마 카메라 앞에서 랑이와 수영복만 입고 오일을 잔뜩 바른 뒤 레슬링을 하면서 머리띠를 빼앗는 쪽이 이기는 경기를 카메라 앞에서 하라는 건 아니겠지?

"……"

나를 내려다보는 세희의 표정에서 경멸이 엿보인다.

아니, 대놓고 경멸하고 있다.

"생각이 그렇다는 거잖아, 생각이!"

나는 생각도 못하냐! 어! 사상의 자유까지는 바라지 않아도 생각의 자유 정도는 원할 수 있잖아!

"저 역시 예시를 들어도 참 주인님다운 예시라고 생각했을 뿐입니다."

"표정에서 다 드러났는데."

"하아……."

세희가 깊은 한숨을 내쉬고 나를 안쓰럽게 바라보며 말했다.

"과거에 비하면 세상이 정말 좋아졌는데 어째서 주인님께서는 그 혜택을 못 보고 계시는 건지 모르겠습니다."

"……무슨 소리야?"

"거울 좀 보라는 뜻이었습니다."

그렇게 티 났냐.

할 말이 없어진 나는 그저 의자를 뒤로 빼고 자리에서 일어나며 말했다.

"어쨌든 부탁할 일이 뭔지는 모르겠지만, 일단 안방으로 가자."

세희가 무슨 일을 시킬지는 모르겠지만, 랑이가 옆에 있으면 최소한 정말 끔찍한 일은 없을 테니까.

"그것이 음란하고 저열하기 그지없는 상상을 하신 겁쟁이 주인님께서 선택한 도주 경로로군요."

알면 좀 넘어가 줘라.

지금은 정말 할 말이 없으니까.

그렇게 방에서 나와 아무도 없는 마당을 훑어본 뒤, 대청마루를 가로질러 안방의 문을 연 순간.

"성훈아아아아!"

분명 방바닥에 누워서 동화책을 읽고 있었던 것으로 보이는 랑이가 내게 뛰어들고 있었다.

랑이의 어깨 너머로 인상을 찌푸리고 있는 냥이와 그 밑에 펼쳐져 있는 동화책이 보였거든.

아, 딴생각할 때가 아니네.

"웃샤!"

나는 내 품에 뛰어든 랑이를 가볍……

가볍지는 않지만 그렇다고 옛날처럼 힘들지는 않게 받아 들었다. 뒤로 물러서지 않고 제자리에서 받아 냈으니까.

운동! 효과 있습니다, 여러분!

태생이 꼬마 장군으로 태어난 랑이는 두 다리와 팔로 내 허리와 등을 끌어안고서는 고개를 들며 말했다.

"오늘은 일이 빨리 끝났구나!"

나는 랑이의 머리에 가볍게 입을 맞춘 뒤 말했다.

"우리 랑이가 보고 싶어서 빨리 끝냈거든."

"으냐양~! 나를 이 이상 행복하게 만들어서 어쩌려는 것이느냐!"

나는 얼굴을 붉게 물들이며 내 가슴에 볼을 비비는 랑이에게 말했다.

"아직 시작도 안 했는데 그런 말 하면 안 되지."

"……빕."

남의 집 방바닥에 침을 뱉는 냥이는 못 본 채하자.

"제가 언제 배낚시를 하러 나왔는지 모르겠군요."

등 뒤에서 속이 울렁거린다며 비아냥거리는 세희도.

나는 랑이를 안아 들고 소파에 앉아 안방을 둘러보았다. 안 방에는 랑이와 냥이밖에 없었나 보다.

나래는 곰의 일족 일 때문에 자기 방에 있는 것 같고, 폐이 는 요괴넷 관리를, 치이는 그런 폐이의 옆에 있어 주는 것 같 고. 성의 누나와 성린와 아야는 바둑이와 함께 산책이라도 간 것 같다.

아야가 자신을 언니라고 부르는 성린을 많이 아끼는데다가, 마당에 아무도 없었으니까 말이지.

"성훈아, 성훈아!"

품에 안겨 있는 귀여운 천사의 목소리에 나는 생각을 멈추 고 아래를 내려다보았다.

랑이가 반짝반짝 빛나는 눈동자로 나를 올려다보며 말했다.

"검둥이하고 동화책을 읽고 있었는데, 정말 재미있었느니 라! 성훈이도 같이 읽지 않겠느냐?"

나도 그러고 싶은 마음이 한가득이긴 한데, 랑아.

네가 그렇게 말하는 순간 냥이가 등 뒤에 검은색의 불길한 기운을 내뿜으며 도끼날 같은 눈매로 나를 노려보고 있다.

저 시선을 내 맘대로 해석하자면, '네놈은 양심도 없느냐!

지금은 나와 흰둥이가 단둘이서 즐겁게 보내는 시간인데, 어찌하여 염치도 없이 끼어드는 것이느냐! 평소보다 일이 빨리 끝났으면 방구석에 처박혀서 굴러다니기나 할 것이지, 이 신혼부부 집에 하루가 멀다 하고 찾아오는 놈보다 눈치 없는 것 아!! 썩 꺼져라!' 정도가 되겠다.

……제가 그동안 당한 게 있다 보니까, 좀 피해망상적인 부분이 있습니다.

"네놈은 양심도 없느냐!"

아니면 그만큼 냥이에 대해 잘 알게 되었거나.

"왜 그러느냐, 검둥아?"

다만 랑이는 냥이가 왜 저러는지 이해를 못하고 내게 착 달라붙은 채로 고개만 돌려서 물어보고 있다. 랑이의 순수한 호기심 넘치는 시선에 냥이는 목구멍까지 올라온 험한 소리를 다시 밑으로 내리고서는 최대한 감정을 절제한 목소리로 말했다.

"지금은 흰둥이가 학문을 갈고닦는 시간이지 않느냐. 그런데 저 신혼부부의 집에 하루가 멀다 하고 찾아오는 놈 같이 눈치 없이 구니 그런 것이니라."

너무 잘 알게 된 것 같네!

나는 어느새 냥이와의 유대가 이렇게 깊어졌다는 사실에 내심 놀라며 여동생이 바란다면 저 밤하늘의 별이라도 진짜 따올 것 같은 녀석에게 말했다.

"나도 그러고 싶지는 않았는데 말이다."

옆에 서 있는 세희에게 슬쩍 시선을 돌리면서.

"세희가 부탁할 일이 있다고 해서 오게 됐다."

냥이가 인상을 쓰며 세희를 노려봤지만, 우리 집 창귀는 무표정으로 일관했다. 결국 냥이는 다시 나를 노려보며 말했다.

"그러면 네놈의 방에서 하면 될 것을, 왜 나와 흰둥이의 사이를 방해하는 것이느냐?"

나는 조금의 거짓도 담지 않은 진심을 냥이에게 말했다.

"혼자 듣기 무서워서."

"……"

내 대답이 잠시 할 말을 잃은 냥이는 이윽고 꼬리에서 담뱃대를 꺼내 입에 물었다.

"……바랄 걸 바라야지."

이상하네요. 분명 제가 바라는 대답이 나왔는데 그다지 기분이 좋지 않아요.

"그런데 세희야."

그것도 품에 안긴 랑이의 목소리에 금방 아무 상관없게 됐지만.

랑이가 내 몸에서 두 팔과 두 다리를 풀고서 제자리에서 고쳐 앉았다. 그래봤자 내 허벅지 위에 앉아서 세희 쪽을 바라보며 가로 앉은 거지만.

"성훈이한테 부탁할 게 있다고 했느냐?"

세희가 랑이에게 공손히 허리를 굽히며 말했다.

"그렇습니다, 안주인님. 사실, 요 근래 들어 해 보고 싶은 일이 생겨서 말이죠."

"오! 정말이느냐?"

흥미가 생겼는지 랑이가 허리를 앞으로 숙이고 두 손으로 무릎을 짚었다.

그런 랑이를 따듯한 시선으로 바라보던 세희가 이쪽으로 고개를 돌려 한심하다는 듯한 눈빛을 보낸 이유는 말하지 않아도 알고 있습니다.

세희에게 시달리지 않은 덕분에 순진함을 간직할 수 있었던 랑이가 순수한 호기심에 기대어 말했다.

"그래서 무엇을 하고 싶은 것이느냐?"

"게임을 만드는 것입니다."

"게임?"

랑이가 머리카락으로 물음표를 만들고 턱에 손가락을 대며 고개를 갸웃거렸다.

"페이가 좋아하는 거 말이느냐?"

"그렇습니다, 안주인님."

고개를 끄덕인 세희가 말을 이었다.

"그런 게임을 만드는 데 있어 주인님의 도움이 약간 필요했습니다만……."

말하지 않았지만 들린다. 주인님께서 워낙 겁이 많으셔서 이곳까지 오게 된 거라는 세희의 속마음이.

그렇다면 나도 말해 주지.

네가 약간, 조금, 간단 같은 말을 할 때 정말 그랬던 적이 없었다는 내 경험을!

하지만 세희의 대답에 랑이의 꼬리가 추욱 내려간 것 때문에 그럴 수 없었다.

나야, 세희 때문에 이상한 미소녀 연애 시뮬레이션 게임 속에 들어가거나, 괴상한 판타지 게임 세계에 들어가서 이런저런 고생을 한 적이 있으니까 그렇다 치자.

하지만 랑이는 그런 고생을 해본 적이 없다. 그 상황을 즐기면 즐겼지. 그러니만큼 지금은 호기심에 두 눈을 반짝이며 꼬리를 살랑살랑 흔들어야 하는 거 아니야?

물론 저야 랑이의 이런 반응이 반갑지만요! 아무리 하늘 무서운 줄 모르는 세희라고 해도 랑이의 기분을 신경 안 쓰고 끔찍한 일을 저지르는 경우는 **거의** 없으니까!

"왜 그래, 랑이야. 마음에 걸리는 거라도 있어?"

그래서 나는 랑이에게 물어보았다.

결과적으로는 세희에게 도움을 주는 거나 다름없겠지만, 어쩔 수 없잖아요! 나는 랑이의 기분이 더 중요하니까!

차라리 내가 조금 고생하고 말지, 랑이가 침울해하는 모습을 보고 싶지는 않다고.

"그게 말이니라, 성훈아."

랑이가 내 가슴팍을 앙증맞은 손으로 꼬옥 잡고서 나를 올려다보며 말했다.

"폐이와 치이가 함께 게임을 하면, 언제나 치이가 울상을 지으며 끝나지 않느냐"

어, 음…….

그렇긴 하지. 페이가 워낙 세희와 비교될 정도로 고인 물, 그러니까 닳고 닳은 게이머니까 평범한 방식으로는 게임을 안 하잖아?

혼자서 할 때는 문제가 없지만, 중요한 건 다른 사람들하고 할 때도 그런 변태 같은 플레이를 고집한다는 거다.

이상 피해자의 증언이었습니다.

"그런데 세희가 게임을 만드는 데 도와 달라고 하니까 너도 치이처럼 되지 않을까 걱정 되어서 그랬느니라."

'되지 않을까'가 아니라, '된다'다.

너에 대한 내 사랑에 걸고 맹세해도 돼. 나는 분명 페이의 온갖 꼼수와 치사한 수법에 말릴 대로 말려서 울상이 된 치이보다 더 끔찍한 얼굴을 하게 될 거야!

"걱정하실 것 없습니다, 안주인님."

하지만 세희는 입술을 혀로 핥은 뒤 말했다.

"조금 전에 말씀드렸다시피, 이번에 제가 하고 싶은 일은 게임을 만드는 것입니다. 주인님의 선택, 실례, 의사 표명을 통해 게임을 만드는 데 있어 가장 귀찮고 쓸데없으며 실상 판매량에는 별반 관계없다고 여겨지기도 하지만 플레이어가 몰입을 하기 위해서는 정말 중요한 시나리오 부분을 대체하려는 것뿐이니 안주인님께서 걱정하실 만한 일은 없을 것입니다. 아마도."

들었습니다! 똑똑히 들었습니다! 마지막에 '아마도'라고 말하는 걸 목숨의 위협을 느끼고 인간의 청력을 초월해 버린 제 귀로 똑똑히 들었습니다!

더 큰 문제는 그것보다 마음에 걸리는 소리가 있다는 거지!

야, 너 설마 나보고 게임 시나리오를 쓰라는 건 아니지? 우리 아버지가 술 마시면 개가 되는 유형의 작가인 덕분에 나는 지금까지 인기도 제대로 써 본 적이 없는데!

아니, 세희가 나를 가지고 노는 걸…….

갑자기 자괴감이 들긴 하지만, 어쨌든 나를 가지고 노는 걸 즐기긴 해도! 제대로 된 결과물이 나올 가능성이 없는 일을 시킬 리가 없다. 일단 자기가 하고 싶은 일이라고 했으니까. 그렇다면 어떻게 나를 통해 시나리오 부분을 대체하려는 거지?

분명 지금까지 들은 말 중에 답이 있을 것 같다는 생각은 들었지만, 오호통재라.

소프트웨어의 성능이 살짝 올라갔다 한들, 하드웨어가 변하지 않았기에 랑이의 얼굴에 환한 꽃이 피기 전까지 답을 찾을 수 없었도다.

"그러하느냐! 그렇다면 걱정할 필요가 없겠구나!"

나는 고개를 돌려 냥이를 보았다.

네가 랑이를 아끼고 사랑하는 건 알긴 하지만 다른 사람을 의심하는 법도 조금은 가르쳐 줘야 하지 않겠냐?

그런 생각을 가득 담은 눈빛을 보내자 냥이가 팍 인상을 썼다.

그래, 우리 사이가 눈빛만으로 대화를 할 수 있을 정도로 좋지는 않지. 아니면 내가 왜 지금 자신을 바라봤는지 눈치챘는데도 그랬을 수도 있고.

"그래서 성훈이가 무엇을 도와주면 되는 것이느냐?"

열심히 현실에서 도피하고 있는 나를 대신해서 호기심을 참지 못한 랑이의 질문에 세희가 대답했다.

"간단한 일입니다."

난 세희가 저렇게 말할 때가 가장 무섭더라.

그 기준이 불세출의 천재인 자신이라는 걸 이미 잘 알거든.

＊　＊　＊

"대략적인 설명을 먼저 드리자면."

세희가 만들고자 하는 게임은 평범한 미소녀 연애 시뮬레이션이었다. 평범하지 않은 부분이 있다면, 그걸 만드는 사람이 세희라는 것.

그리고 그 주인공이 나와 랑이라는 거지.

"오! 성훈이와 나의 이야기를 게임으로 만들려는 것이느냐!"

자신이 주인공으로 나오는 게임을 만들겠다는 말에 기대감이 가득 찬 랑이의 귀가 쫑긋 섰다.

"그렇습니다, 안주인님."

만약 내게 동물의 귀가 달려 있다면 반으로 접혔겠지만.

"주인님과 안주인님께서 만나고, 오해를 겪고, 갈등을 겪으며, 서로 사랑하는 마음을 확인했던 지난 여름날을 비쥬얼 노벨 장르의 게임으로 만들려고 합니다."

세희가 이어 말하길, 인간과 요괴가 서로를 이해할 수 있는 정책 중 하나로 무료로 유포할 생각이라 했다.

"하지만 이미 그때의 일은 나와 호랑이님이라는 책으로 출판한 지 오래. 그렇기에 과거에 있었던 사실 그대로 게임을 만들 경우, 이미 책을 읽은 요괴와 인간들의 흥미를 끌지 못할 것으로 여겨져 허구의 이야기를 조금 섞을 생각입니다."

두려움을 누르고 호기심이 고개를 든 나는 세희에게 물어보았다.

"그러니까 없었던 일을 멋대로 덧붙이겠다는 거냐?"

세희가 랑이에게는 잘 보여 주지 않는 경멸과 한심함이 가득한 표정을 지으며 내게 말했다.

"꼭 그렇게 말씀하셔야 하겠습니까."

나는 그 시선을 그대로 받아넘기며 떳떳하게 말했다.

"응."

세희 역시 눈웃음을 지으며 내 시선을 그대로 받아넘기며 말했다.

"섭섭합니다, 주인님. 저는 그저 **게임의 재미를 위해서** 그때는 존재하지 않았던 선택지를 조금 늘릴 뿐인데 말이죠."

어딜 봐도 뭔가를 꾸미고 있는 인상인 건 둘째 치고.

나는 선택지라는 부분에 집중했다.

미소녀 연애 시뮬레이션 게임, 줄여서 미연시는 나도 세현 **덕분에** 몇 번 해 본 적이 있으니까 잘 알고 있다.

그 선택지에 따라 이야기의 전개가 변하거나, 여주인공이 변한다거나, 엔딩이 변한다거나 하지.

그건…….

"물론."

내가 무슨 생각을 하고 있는지 눈치챈 세희가 말했다.

"이야기의 큰 흐름 자체는 달라지는 일이 없을 것이니 그쪽에 관하여 걱정하실 필요는 없을 것입니다."

그러면, 뭐, 상관없겠지.

가벼운 마음으로 고개를 끄덕인 내게 세희가 말했다.

"다시 설명을 계속하자면, 제가 주인님께 원하는 것은 실제로는 일어나지 않았던 일들이 벌어졌을 때. 주인님께서 어떻게 생각하고 어떻게 행동하실 것인가에 대한 데이터를 제공해 주시는 것입니다."

나는 세희가 지금 무슨 말을 하고 있는지 이해를 못해서 머리카락으로 물음표를 만들고 있는 랑이의 머리에 턱을 올리며 말했다.

"알았어."

"이해해 주셔서 감사합니다, 주인님."

세희가 살짝 안심한 듯한 표정을 지으며 허리를 숙였다.

그런데 왜일까.

지금 세희가 고개를 들면 한쪽 입꼬리만 살짝 올라가있을 것 같다는 생각이 드는 건.

지금이라도 말을 물러야 할까 고민하고 있을 때.

"그러면."

세희가 소매에 손을 집어넣으며 말했다.

"설명은 이 정도로 충분한 것 같으니 당장 작업에 들어가겠습니다."

그렇게 해서 소매에서 나온 것은 사람 한 명은 들어가서 누워도 남을 것 같은 거대한 캡슐이었다.

왜, SF영화 같은 거 보면 냉동 수면 유지 장치 같은 게 나오잖아? 그거하고 정말 비슷하게 생겼단 말이지? 다른 게 있다면 머리를 대는 곳에 헬멧 같은 게, 몸통 쪽에는 병원에서 심박수를 측정할 때 쓸 것 같은 센서들이 줄줄이 달려 있다는 걸까?

게임을 만든다고 했는데 왜 이런 게 튀어나와? 불길하게 말이야.

"우와……."

그에 비해 이런 최첨단 문물을 처음 본, 실제로 본 건 나도 처음이지만, 최첨단 기계에 놀란 랑이는 그저 순수한 호기심과 감탄에 두 눈을 동그랗게 떴지만.

"주인님."

나도 그러고 싶다. 나도!

"……여기 들어가라고?"

걱정과 불안과 우려와 고뇌가 가득 담긴 내 목소리에 세희는 가볍게 고개를 끄덕였다.

"예."

"………진짜?"

수틀리면 랑이한테 달라붙어서 울고불고 할 각오를 이미 마쳤다는 걸 깨달았는지, 세희는 평소와는 달리 두 손을 모으고 상냥해 보이는 미소를 지으며 말했다.

"그리 걱정하실 것 없습니다. 현대과학과 요술의 합작품인 이 Virtual Revolution World Maker Prototype은 개발자의 안전을 가장 중요하게 생각하며 만들어졌으니까 말이죠."

이름에서부터 사기의 냄새가 나는데.

"주인님께서는 그저 VRWM이라는, 아마추어 게임 개발자도 쉽고 빠르며 간단하게 고 퀄리티의 게임을 만들 수 있는 게임 개발 엔진을 사용해 주시면 되는 것입니다."

세희의 환한 미소를 보니 내 의혹은 점점 더 커졌다.

"세희야, 세희야!"

하지만 문제가 하나 있었다.

"성훈이가 마음 내키지 않는 것처럼 보이는데, 그렇다면 내가 먼저 써 보겠느니라! 그러면 성훈이도 안심하지 않겠느냐?"

랑이가 이 수상한 기계에 가진 관심이 점점 더 커져 가고 있다는 거지!

아니, 문제가 두 개였다!

랑이의 등 뒤에서 손에 물 한 방울 묻히지 않고 키운 내 목숨보다 귀한 여동생이 저런 수상한 기계 속에 들어가는 걸 보게 된다면 그때는 네놈이 내 뱃속으로 들어갈 거라고 눈빛으로 외치고 있는 냥이도 있으니까!

"괜찮아, 랑이야. 나도 진짜 써 보고 싶었거든. 응! 정말로!

하하하! 정말 재밌겠는데?! 새로운 세상! 뉴 월드! 레볼루션!
와! 정말 기대된다!"

……스스로도 지금 무슨 소리를 하는지 모르면서, 나는 내
발로 신개념 관 속에 들어갔다.

젠장! 제대로 된 설명도 못 들었는데!

그거 그렇고, 의외로 시승자? 피험자?

아니, 제물의 마지막 가는 길을 신경 써서 만들었는지 살짝
앉았는데 침대 대용으로 써도 될 정도로 푹신했다.

그렇다고 드러눕지는 못하겠지만.

내가 엉거주춤한 상태로 제단 위에 있자니, 세희가 다가와
서는 내 가슴을 지그시 눌러 인신공양의 준비를 모두 마쳐 버
렸다.

"……이곳에 성린 님이 안 계셔서 다행이군요."

"난 있었으면 좋겠는데."

그러면 성의 누나가 어떻게든 말려 주지 않았을까.

설마, 세희! 그것까지 계산하고 이 애매모호한 시간에 나를
안방으로 데려온 거냐?!

"주인님께서 그리 영민해지셨으니, 기어는 직접 쓰셔도 될
것 같습니다."

지금이라도 이 알 수 없는 기계에서 뛰쳐나갈까 생각이 들
었지만.

"세희야, 세희! 이런 거 하나 더 없는 것이느냐?!"

새로운 장난감을 선물받은 아이처럼 기계에 찰싹 달라붙어

서 두 눈을 빛내고 있는 랑이를 보자니 그럴 수도 없는 노릇이다.

……그래, 설마 죽기야 하겠냐.

나는 각오를 하고 머리맡에 놓여 있는 헬멧을 썼다.

그러자 스피커라도 내장되어 있는지 익숙한 세희의 목소리가 들려왔다.

[VRWM의 세계에 오신 것을 환영합니다, 주인님.]

기계음 느낌이 났지만, 그게 중요한 게 아니기에 나는 그 목소리에 집중했다.

머리 위로 유리 덮개 닫히는 것과 그 너머로 한쪽 입 꼬리를 올리며 미소 짓고 있는 세희를 보면서.

[안주인님을 생각하시는 주인님의 마음이 점점 커져 가는 것에 이 강세희, 기쁜 마음을 금할 수 없습니다.]

아니, 됐고.

거기까지 예측했으면 내가 무엇을 어떻게 해야 하는지에 대한 설명도 듣지 못했다는 것도 알고 있을 테니까 설명이나 해라.

[죄송스럽습니다만, 본 시작품에는 도움말 기능은 탑재되어 있지 않습니다.]

아니, 야, 잠깐만!

[그럼 즐거운 게임 개발 되시길.]

안타깝게도 그 말이 내 입에서 튀어나오기 전에 나는 모든 것을 잃고 말았다.

의식뿐만 아니라, 기억까지.

"……그러니까, 내가 너희들에 대해 아무것도 몰랐던 시절에 보일 만한 반응과 생각을 알기 위해서는 기억을 잠깐 지울 필요가 있었다는 말이지?"

"그렇게 생각하셔도 드릴 말씀이 없습니다만, 저는 주인님의 기억을 지운 것이 아니라, 잠시 내면에 잠재워 두었던 것입니다."

"내 입장에서 보면 뭐가 다른데?"

"죄송합니다."

나는 깊은 한숨을 쉬고 고개를 숙인 세희를 내려다보며 말했다.

"왜 그랬냐?"

"주인님께서 아셨으면 절대로 도와주시지 않을 것이라 생각했기 때문입니다."

"그야 그렇겠지."

뜨거운 여름날, 세희가 기억을 조작하는 요술은 운이 좋으면 사람을 백치, 운이 나쁘면 죽이게 된다는 소리를 아직도 기억하고 있으니까요.

그런데 내가 미쳤다고 내 발로 저 안에 들어가겠냐. 랑이의 발목을 붙잡고 엉엉 울면서 살려 달라고 빌겠지.

"하지만 주인님. VRWM은 하나 님과 제가 힘을 합쳐 만든

첨단 과학과 요술의 집합체이기 때문에 주인님께서 걱정하실 만한 일은……."

"쯥."

"……정말 죄송합니다."

나는 다시 한번 깊은 한숨을 쉬고는 고개를 절레절레 흔들었다.

"궁금한 게 있는데."

"예."

"그렇게 잘난 기계가 왜 고장이 난 건데?"

겨우 고개를 든 세희가 말했다.

"안주인님의 하늘에 점지어 받은 이름을 게임에서 쓸 수는 없기에 사용한 방법이 주인님의 영성을 자극할 수도 있다는 가능성을 고려하지 못한 제 실책입니다."

"그러니까 짧게 말하면, 내가 네 예상보다 잘나서 이런 일이 일어났다는 거지?"

"그렇습니다, 주인님."

나는 피식 웃으며 말했다.

"그래. 죽을 뻔했던 거도 아니고, 내가 너무 잘나서 문제 일어난 거라고 하니까 널 탓할 생각도 안 든다."

"송구스럽습니다, 주인님."

"그런데 진짜 위험한 건 아니었지?"

세희가 여느 때와는 다르게 진지하고 진실된 표정으로 나와 그 옆을 번갈아 보며 말했다.

"저를 받아 주시고 아껴 주신 주인님과 안주인님의 은혜에 대고 맹세하옵건대, 주인님의 옥체와 정신에 위협이 가는 일은 없었습니다. VRWM에 전기가 튀고 연기가 난 것은, 주인님의 안전을 위해 시스템을 강제 종료하며 일어난 반동을 기계가 오롯이 받아냈기 때문이었습니다."

"그럼 됐어."

……자, 그럼 이 정도면 되겠지?

나는 그렇게 생각하며 내 옆에 앉아 있는 사랑스러운 연인의 눈치를 살짝 살폈다.

"……."

지금의 랑이는 나나 냥이의 눈에만 사랑스럽게 보이겠군.

왜 이렇게 됐는지 간단히 이야기를 하자면.

게임 제작을 위해 인신 공양을 당했다가 어떻게 자력으로 살아 돌아온 내가 가장 먼저 보게 된 것은, 산산조각이 난 VRWM의 유리 덮개 사이로 고개를 들이민, 울 것 같은 표정을 한 랑이였다.

왜 그렇게 됐는지 들어보니, 내가 그 안에 들어간 지 몇 분 후.

놀랍게도 내가 VRWM 안에서 그 고생을 하고 있는 동안 현실에서는 그 정도 시간밖에 지나지 않았다고 한다.

어쨌든, 몇 분이 지났을 때.

랑이는 내가 자신의 이름을 부르는 것을 느꼈다고 한다. 그에 대해 세희에게 물어보려고 할 때. 갑자기 VRWM에서 전기가 튀며 연기가 뿜어져 나왔다.

자, 여기서 질문.

요즘 들어 치이와 함께 페이가 추천하는 만화 영화를 보고, 여러 동화책을 읽은 랑이의 머릿속에서 떠오른 장면은 어떤 것이었을까요?

정답은 피할 수 없는 죽음을 눈앞에 두고 자신이 사랑하는 연인의 이름을 부르는 주인공의 모습이었습니다.

그런 이유로.

나는 세희에게 진심으로 화가 난 랑이를 볼 수 있었습니다.

그 사람을 가지고 놀기 좋아하는 세희도 대역죄인처럼 얌전히 무릎을 꿇고 두 손을 든 채!

그 잘난 세희가 어른의 모습으로 무릎을 꿇고 두 손을 든 채 고분고분 대답을 하며 용서를 빌 정도로!

그러다보니 아이러니하게도 가장 피해를 봤던 내가 세희를 위해 이런 연극을 해야만 했다.

"그럼 됐어, 가 아니니라."

아니, 더 해야 할지도 모르겠군.

나는 사람 하나 잡아먹을 법한 눈으로 세희를 내려다보고 있는 랑이의 볼을 살짝 찌르며 말했다.

"그럼?"

랑이가 내 쪽으로 몸을 돌리며 투정부리듯 말했다.

"성훈이는 너무 착하느니라!"

……우리 집에서 가장 착한 녀석에게 이런 말을 들으니 뭔가 쑥스럽구만.

"네가 그렇게 말하니까 좀 부끄럽다, 야."

그래서 나는 머리를 긁적이며 생각한 그대로를 말했다. 덕분에 삐쭉 일어나 있던 랑이의 꼬리털이 두 배로 부풀었지만.

"지금은 그런 말 말고 세희한테 화를 내야 하지 않겠느냐!"

나는 일부러 고개를 갸웃거리고 턱에 손가락을 대며 말했다.

"왜?"

목숨이 위험한 것도 아니었고, 이런 사소한 사고는 하루가 멀다 하고 일어나는 집구석이다. 그런데 매번 화를 내다가는 스트레스로 죽지 않을까?

"이럴 때는 네 남편이 될 사람답게 대범한 모습을 보여 주는 게 맞지 않아?"

나는 하고 싶은 말이 너무 많아서 오히려 입을 열지 못하고 있는 랑이의 볼을 한 손으로 부드럽게 감싸 안고서는 말을 이었다.

"안 그래, 우리 색시님?"

세상에! 이게 내 입에서 나온 소리라니! 닭살 돋아서 죽을 것 같다!

"흐, 흐냐아앙~♡"

그나마 다행인 건 내 말이 랑이에게 제대로 먹혔다는 거다.

"색시! 성훈이가 나를 색시라고 불러 주는 건 처음이니라!"

아니, 예전에도 한 번 불렀는데.

네가 나를 동굴 벽에 날려 버렸을 때.

하지만 지금 그런 걸 말하는 건 바보 같은 짓이겠지.

"그러면 앞으로도 자주 말해 줄게."

"으, 으냐앙?"

그렇기에 나는 얼굴을 붉히고 있는 랑이에게 점점 다가가, 결국 두 눈을 꼬옥 감은 내 사랑스러운 신부(예정)에게 입을 맞췄다.

……동시에 랑이 몰래 손짓을 해 세희에게 빨리 이곳을 벗어나라고 신호를 보내면서.

그렇게 우리 집에서 일어난 작은 소동도 언제나와 같이 끝을 맞이하게 되었다.

글쓴이의 끼적끼적

안녕하세요. 본래의 계획대로라면 이 자리에서 3부 4권 집필이 끝났다는 기쁜 소식을 독자님들께 전해드릴 생각이었습니다만, 날이 점점 더워지고 있는 가운데에도 원고 집필이 생각보다 진척이 되지 않아 초조해져만 가고 있는 카넬입니다.

다들 잘 지내고 계신지요.

3부 3권을 그렇게 끝내고서 단편집이라니, 이놈은 도대체 무슨 생각인지 궁금하신 독자님들께서도 계실 거라 생각합니다.

저도 사실, 한 동안 본편만 계속 출간을 할 생각이었습니다만……

올해 12월에 책이 출간될 수 있을지 미지수인 상황에서, 10주년을 기념하는 단편을…….

스스로 10주년을 기념하는 방법이 단편집이라는 게 조금 우습긴 합니다만.

10주년을 기념하는 단편을 독자님들께 보여드리고 싶었기
때문입니다.

또한, 그렇기에 이번 단편집에서는 나와 호랑이님의 시작을
열어주었던 아이들로만 무대를 채우게 되었습니다.

다른 아이들을 애타게 기다려오신 독자님들께 정말 죄송하
다는 말씀을 올리고 싶습니다. 부디 넓은 아량으로 이해해주
시면 감사하겠습니다.

……근시일 내에 독자님들과 아이들과의 만남을 주선해보
도록 노력하겠습니다.

그럼 단편에 대한 이야기로 넘어가서.

첫 번째 단편, 다섯 명의 신부는 지금으로부터 멋 옛날. 제
가 꿈과 희망을 가지고 있던 시절, 다른 작가 분들과 이야기
를 나누다가 나온 소재였습니다.

랑이 5인방이라든가, 랑이 전대라든가, 그런 이야기가 작가
분들 사이에서 우스갯소리처럼 나왔었죠.

저는 아이디어 수첩에 적어놨지만.

하지만 그때는 생각 못했습니다.

랑이가 다섯 명이 되면, 영인 님이 다섯 명의 랑이를 세상
에 선보여 주셔야 한다는 것을.

……정말 힘드신 와중에도 무리한 요구를 들어주신 영인 님께 감사의 인사를 드립니다.

 영인님의 도움을 통해 독자님들과 마주하게 된 랑이는, 정말 기적과 우연의 산물 같은 아이라고 생각합니다.
 그러다보니 랑이의 사랑스러움을 제 미숙한 솜씨로는 독자님들께 제대로 보여드리지 못했다는 생각이 머릿속에서 떠나지 않았습니다.
 그래서 이런 편법으로나마, 제가 지금껏 제대로 표현하지 못한 랑이의 모습을 독자님들께 조금이라도 보여드리고 싶었습니다.

 독자님들께서는 홍랑이, 파랑이, 도랑이, 금랑이, 흑랑이 중에서 어떤 아이가 가장 마음에 드셨나요?
 다섯 명의 신부를 쓰면서 가장 힘들었던 건, 그 질문에 대한 성훈의 답을 내는 것이었습니다.
 고민에 고민을 거듭하다 낸 성훈의 답이, 부디 독자님들의 마음에 드셨으면 하는 바람입니다.

 키즈 카페에서 파랑이가 읽은 악마의 동전이라는 동화책은, 원작이 존재하며, 신원을 밝히지 말아달라고 부탁하신 작가님께서 개인적으로 집필하신 작품입니다.
 너무나 감명 깊게 접한 작품이라, 조금 억지를 부려 이렇게

나마 세상에 알리고 싶었습니다. 독자님들께서도 원작을 접하실 수 있는 기회가 있으셨으면 좋겠습니다.

두 번째 단편, 나와 호랑이님 유어~ 스토리는 지금껏 몇 번이나 선보였던, 그래서 지루해질 수도 있는 게임을 소재로 삼았습니다.

그걸 알면서도 글을 쓴 건……

스스로 나와 호랑이님을 리메이크 하거나 게임을 만들고 싶다는 생각을 정리하기 위해서였습니다.

1권을 낸 지 10년이 지난 지금, 1권을 다시 보면 '그런 짓은 하지 말았어야 했는데 난 그 사실을 몰랐네~'하고 노래를 부르고 싶어집니다.

싹 뜯어 고치고 싶다는 욕심도 들고요.

말 그대로 욕심입니다. 어디까지나 제 개인적인 의견이고 제 작품에 대한 저 혼자만의 생각입니다만. 그건 그 시절 제 미숙한 글을 재미있게 읽어주신 독자님들께 해서는 안 될 행동이라고 생각하기 때문입니다.

중요하니까 다시 말씀드리면, 이건 어디까지나 제 개인적인 생각입니다.

나와 호랑이님의 게임 같은 경우에는, 개인적으로라도 만들어 볼 생각이었습니다. 그래서 비쥬얼노벨 제작툴을 살짝 건드려 보았다가⋯⋯.

압도적인 작업량에 포기했습니다.

송충이가 솔잎을 먹고 사는 건, 다른 걸 먹으면 배가 터져 죽기 때문이 아닐까요.

그래도 기획을 하면서 넣고 싶었던 만약의 상황을 독자님들께 선보이고 싶은 마음이 남았고, 그 결과물이 나와 호랑이님 유어 스토리입니다.

⋯⋯솔직히 말씀드리자면, 저는 조금 더 많은 정신나간 선택지들과 그로 인한 배드 엔딩을 독자님들께 보여드리고 싶었습니다만.

랑이가 나오니까 그렇게 안 되더라고요.

⋯⋯자식 이기는 부모 없다고, 제가 낳았지만 제 멋대로 구는 아이들입니다.

그래서 흐뭇합니다. 적어도 제가 10년 동안 틀린 길을 걸어오지는 않았다는 생각이 들어서요.

그럼 평소와 달리 길고 긴 끼적거림도, 여기까지 하겠습니다.

아이들을 사랑해주시는 독자님들, 정말 감사합니다.

부디, 다음 권에서도 뵐 수 있도록 좀 더 노력하겠습니다.

─── ◆본 작품의 의견, 감상을 기다리고 있습니다◆ ───

보내실 곳 _

서울시 구로구 디지털로 26길 111 JnK디지털타워 503호
우편번호 08390
(주) 디앤씨미디어 시드노벨 편집부

카넬 작가님 앞
영인 작가님 앞

카넬 시드노벨 저작 리스트

나와 호랑이님 22.5

초판 1쇄 발행 2020년 9월 1일

지은이_ 카넬
발행인_ 신현호
편집장_ 이환진
책임편집_ 유석희
편집부_ 유석희 송영규 이호훈
편집디자인_ 한방울
국제부_ 정아라 함려나 전은지
영업 · 관리_ 김민원 조은걸 조인희

펴낸곳_ (주) 디앤씨미디어
등록_ 2002년 4월 25일 제 20-260호
주소_ 서울시 구로구 디지털로 26길 111 JnK디지털타워 503호
전화_ 02-333-2513(대표)
팩시밀리_ 02-333-2514
E-mail_ seednovel@dncmedia.co.kr
홈페이지 www.seednovel.com

값 7,200원

©카넬, 2020

ISBN 979-11-6145-362-0 04810
ISBN 979-11-956396-9-4 (세트)

＊저자와 협의하여 인지는 붙이지 않습니다.
＊이 책은 (주) 디앤씨미디어(시드노벨)가 저작권자와의 계약에 따라 발행한 것으로 본사와
저자의 허락없이는 어떠한 형태나 수단으로도 내용을 이용할 수 없습니다.

류은가람 지음
NARU 일러스트

배드 엔딩 메이커 7

빌런들과의 현실 정모.

"이런 꼬맹이가 그 헌터 킬러라고?"
"거짓말이야! 당신이 닥터일 리 없어!"
"마침내! 짐이 도래했도다——!"
"조, 조용히 해, 이 인싸들아!"

그리고.

"이쪽은 GM 생머리와, 덩치. 내…… 오랜 친구들이야."

민철은 옛 친구이자 동료들에게 최후통첩을 날리며
윙즈 온라인 7대 도시 중 나머지 4개 도시의 공략에 들어간다.

자연의 도시 에버그린   마법의 도시 이터니티 가든
기술의 도시 펑크히트   전쟁의 도시 아이스버그

"자아, 세계를 멸망시키자!"
"윙즈 온라인을 지키자!"

역대급 공성전의 시작!
바야흐로 '엔딩'이 눈앞에 다가왔다!

시드
북스

송수하 지음
Moran 일러스트

전생의 프로가 꿀 빠는 법 3

그리운 집, 영지로 복귀한 아렐은
본격적으로 꿈의 도시를 만들기 위한,
그 첫 번째 발걸음인 은행 설립에 시동을 건다!

은행 설립을 위해 이리저리 바쁘게
뛰어다니는 아렐.

그런데 왕국 전역에 언데드가 나타났다?

"자! 그럼 언데드를 상대로 팬 미팅을 시작해 보자!"

언데드 따위가 꿀 빠는 삶을 막을 수는 없는 법.
위기도 기회로 바꾸는 전생의 프로 꿀 빠는 법 제3권!

시드
북스

월영신 지음
JOSI 일러스트

천하제일 이인자 5

흑사련주의 검에 남궁주는 유명을 달리하고
남궁세가는 깊은 슬픔에 잠긴다.

진백천은 남궁주의 죽음이 자신의 탓이라며
목 놓아 구슬피 울지만

이대로 눈물만 흘리고 있을 수는 없는 법.

"받은 만큼은 돌려줘야지."

진백천이 이별의 슬픔을 딛고 일어서는 동안
흑사련의 암계가 다시금 무림 전역에 천천히 드리워지기 시작하는데……

드디어 시작되는 흑사련과의 혈투.
신투의 비동을 둘러싸고 진백천과 흑사련의 한판 승부가 벌어진다!

시드
북스